Barry Cole

SHINGAS

EIN ROMAN ÜBER DEN BRUTALEN KAMPF DER DELAWAREN-INDIANER GEGEN DIE ENGLISCHEN ROTRÖCKE

EK-2 MILITÄR

Verpassen Sie kein Buch mehr!

Tragen Sie sich in den Newsletter von *EK-2 Militär* ein, um über aktuelle Angebote und Neuerscheinungen informiert zu werden und an exklusiven Leser-Aktionen teilzunehmen.

Link zum Newsletter:
https://ek2-publishing.aweb.page

Über unsere Homepage:
www.ek2-publishing.com
Klick auf *Newsletter*

Via Google: EK-2 Verlag

Als besonderes Dankeschön erhalten Sie **kostenlos** das E-Book »Die Weltenkrieg Saga« von Tom Zola.

Deutsche Panzertechnik trifft außerirdischen Zorn in diesem fesselnden Action-Spektakel!

Ihre Zufriedenheit ist unser Ziel!

Liebe Leser, liebe Leserinnen,

zunächst möchten wir uns herzlich bei Ihnen dafür bedanken, dass Sie dieses Buch erworben haben. Wir sind ein kleines Familienunternehmen aus Duisburg und freuen uns riesig über jeden einzelnen Verkauf!

Mit unserem Label *EK-2 Militär* möchten wir militärische und militärgeschichtliche Themen sichtbarer machen und Leserinnen und Leser begeistern.

Vor allem aber möchten wir, dass jedes unserer Bücher **Ihnen ein einzigartiges und erfreuliches Leseerlebnis** bietet. Daher liegt uns Ihre Meinung ganz besonders am Herzen!

Wir freuen uns über Ihr Feedback zu unserem Buch. Haben Sie Anmerkungen? Kritik? Bitte lassen Sie es uns wissen. Ihre Rückmeldung ist wertvoll für uns, damit wir in Zukunft noch bessere Bücher für Sie machen können.

Schreiben Sie uns: info@ek2-publishing.com

Nun wünschen wir Ihnen ein angenehmes Leseerlebnis!

Jill & Moni
von
EK-2 Publishing

Für Elisabeth

PROLOG

Der Krieg war vorbei. Der erbitterte Kampf, in den die beiden großen europäischen Nationen Frankreich und England sieben Jahre lang verwickelt gewesen waren, war endlich zu Ende. Vorbei war der blutige Konflikt und Kanada hatte nun zusammen mit allen abhängigen Gebieten einen neuen Herrscher, König Georg den Dritten von England. Nun musste der Sieger nur noch die westlichen Festungen und Außenposten, die noch in französischer Hand waren, in Besitz nehmen. Und genau dort beginnt unsere Geschichte.

Das am Westufer des gleichnamigen Flusses gelegene Fort Detroit mit seinen etwa hundert kleinen Häusern und einer robust gebauten Kaserne war von hohen Palisadenzäunen umgeben. Das Fort glich eher einer befestigten Stadt als einem militärischen Außenposten. Die Anordnung der Gebäude hatte die Form eines Vierecks und an jeder Ecke befand sich ein hölzernes Bollwerk, das jeweils mit einer Kanone bestückt war. Das Eingangstor wurde von einem Blockhaus bewacht, so dass die kanadischen Einwohner kaum Angriffe von Wilden zu befürchten hatten. Obwohl die Festung gegenüber einer großen, wild entschlossenen Garnison französischer Soldaten nicht uneinnehmbar wäre, so war das Fort dennoch beeindruckend. Doch an einem kalten Novembertag des Jahres 1760 spielte all dies keine Rolle mehr, denn die Kapitulation wurde, ohne dass ein einziger Schuss gefallen war, durch ein einziges Dokument besiegelt.

KAPITEL 1

Von dem Viereck aus fester Erde, das auf beiden Seiten von verwitterten Palisaden umgeben war, richtete Hauptmann Beletre seinen düsteren Blick auf die Fahne, die in der zunehmenden Brise flatterte. Er war Kommandant der Garnison, ein stämmiger Mann mittleren Alters. Beletre war tadellos gekleidet. Er trug eine graue, dreiviertellange Jacke mit dunkelblauen Manschetten über einer blauen, mit goldenen Knöpfen verzierten Weste. Seine aristokratischen Züge, die durch die gekrümmte Nase leicht verunstaltet wurden, verharrten in einer grimmigen Miene. Er war fest entschlossen gewesen, seinen Posten zu verteidigen, doch als ihm der englische Offizier eine Kopie der Kapitulation sowie ein Schreiben des Marquis de Vaundreuil überreichte, blieb ihm nichts anderes übrig, als sich zu ergeben. Er hatte die Order erhalten, den Posten widerstandslos aufzugeben.

Als ein Sonnenstrahl den wolkenverhangenen Novemberhimmel durchdrang, wurde der östliche Wachturm des Forts in ein sanftes Licht getaucht. Ein einzelner französischer Soldat trat vor und holte unter dem Beifall der englischen Soldaten, die von außerhalb der Mauern zusahen, die Fahne ein. Er löste das Seil am Fuß des Fahnenmastes und begann, die Fleur de Lis herabzulassen.

Beletre konnte nicht dabei zusehen und senkte seinen Blick. Als Soldat spürte er die Bitterkeit der Niederlage und als Franzose übermannte ihn die Trauer darüber, ein Kaiserreich verloren zu haben. Als Ehemann und Vater aber war er froh, dass es vorbei war. Er war erleichtert, dass er den Krieg hinter sich hatte.

Für ihn war der Moment der Gewissheit zwei Jahre zuvor bei Ticonderoga gekommen. Damals, als die englischen Soldaten mit ihrem Heldentum und ihrer entschlossenen Tapferkeit den Willen zeigten, dieses Land demjenigen zu entreißen, der es bis dahin für sich beansprucht hatte. Auch wenn sie zu Hunderten in einem Hagelsturm von Musketen-Kugeln auf den französischen Brüstungen umkamen, waren sie dennoch nicht aufzuhalten gewesen.

Er verdrängte die bittere Erinnerung und wandte sich an den Krieger neben ihm. Er war ein Kriegshäuptling der Seneca und ein Verbündeter der Franzosen. Er schenkte ihm ein freundliches Lächeln.

Der Indianer starrte ihn mit seinen tintenschwarzen Augen an. Er war großgewachsen für einen Mann seines Volkes. Sein Körper war schlank und muskulös, seine wilden Gesichtszüge waren mit Kriegsbemalung verziert. Eine einzelne weiße Reiherfeder schmückte seine Kopfbedeckung, und um seinen Hals trug er eine Kette mit Bärenklauen. Seine Kleidung bestand lediglich aus einem Lendenschurz und oberschenkellangen Lederleggins, die von Lederbändern am Knie gehalten wurden. An seinem Gürtel hingen ein Messer und ein Tomahawk. Der Akzent seiner Muttersprache durchdrang sein Französisch. Obwohl die Sprache für ihn fremd war, hatte er sie in vielen Stunden von schwarz gekleideten Jesuiten gelernt und beherrschte sie auf lobenswerte Art und Weise.

"Warum legt ihr eure Waffen nieder, wenn wir viele sind und sie wenige?"

"Denkst du, ich will nicht kämpfen?" entgegnete Beletre. Sein Gesicht war vor Zorn gerötet und seine Worte trieften vor Bitterkeit.

"Es wurde mir untersagt. In Frankreich ist unser Großer Vater eingeschlafen, und während er schläft, wünscht er, dass wir mit den Engländern Frieden schließen."

"Und was soll aus uns, deinen roten Brüdern werden? Müssen wir ebenfalls mit diesen englischen Hunden Frieden schließen?"

"Ich muss den Wünschen meines Königs gehorchen, und auch du musst ihm gehorchen."

"Er ist nicht mein König."

"Das mag so sein, aber Shingas muss verstehen, dass er die Engländer nicht allein bekämpfen kann."

"Shingas kämpfte gegen die Yengeese, bevor seine französischen Brüder ebenfalls die Waffen gegen sie erhoben. Shingas hat viele Skalpe genommen und wird bald noch mehr nehmen."

Beletre wurde angesichts von Shingas Worten von einem Gefühl der Traurigkeit überwältigt. Er wusste um das Schicksal, das ihn und sein Volk erwartete. Beletre hielt einen Moment lang inne und überlegte, wie er diesem wilden Krieger das komplexe Geflecht aus Politik und Intrigen, das zu diesem Moment geführt hatte, erklären konnte, aber er wusste, dass es hoffnungslos war. Es wäre einfacher, ein Seil aus Sand zu knüpfen. Stattdessen schlug er einen versöhnlicheren Ton an und log ihn an.

"Shingas ist ein großer Krieger, aber er muss sich gedulden, denn bald wird der Große Vater erwachen und dann seine Armeen aussenden, um die Engländer aus dem Land seiner Kinder zu vertreiben."

"Der englische König schläft nicht, und wenn Shingas nicht kämpft, werden diese rot gekleideten Hunde mein Volk auffressen."

Resigniert über die Aussichtslosigkeit, weiter zu argumentieren, griff Beletre mit einer Hand an seinem schwarzen, goldverzierten Dreispitzhut und drehte sich um. Er ging davon und dachte dabei an die Rückkehr in sein geliebtes Haus in der Rue St. Antoine in Paris und an ein Wiedersehen mit seiner Familie, die er seit über fünf Jahren nicht mehr gesehen hatte. Während er über den kleinen Hof schritt, dachte er an seine beiden Töchter, die nun verheiratet waren. Es bestand die Möglichkeit, dass er im Alter Enkelkinder haben würde. Doch zunächst galt es, die Formalitäten der Übergabe zu erledigen.

Vor ihm, flankiert von englischen Soldaten, schritt er die französische Garnison ab. Sie waren entwaffnet und niedergeschlagen und schritten durch das Tor. Sie machten sich auf den Weg über die schmale, unbefestigte Straße, die zum Fluss hinunterführte, und zu der kleinen Flottille von Walbooten, die darauf warteten, sie über die stürmischen Gewässer des Eire-Sees in die Gefangenschaft zu bringen.

Eine große Schar von Kriegern der Pottawattamie- und Wyandot-Stämme in bunten Hemden und mit frei flatterndem Federkopfschmuck sah erstaunt von ihrem Dorf am gegenüberliegenden Ufer aus zu.

In ihrer einfachen Denkweise verstanden sie nicht, warum die Franzosen mit so vielen Soldaten so einfach vor einem Feind kapitulierten, der zahlenmäßig unterlegen war.

Mit einer Geste versammelte Shingas seine Krieger um sich. Ihrer Musketen beraubt waren sie machtlos, etwas an den Ereignissen zu ändern. Sie fielen hinter den grau gekleideten Truppen der Marine zurück und verließen den Zufluchtsort des Forts.

Auf der anderen Seite, wo das ansteigende Gelände einen niedrigen Hügel bildete, wurde Leutnant Brehm der Schlacht beraubt, auf die er sich so sehr gefreut hatte. Er beobachtete das Geschehen mit wachsender Enttäuschung. Das war so, bis er Shingas und seine Krieger am Ende der Kolonne entdeckte. Er drehte sich zu einer Kompanie von Rogers Rangern um. Ihre rostgrünen Uniformen standen in krassem Gegensatz zu der Uniform des Feindes. Brehm winkte der Truppe eindringlich zu. Gehorsam, mit ihren Musketen vor der Brust liefen die Soldaten auf ihn zu, wie ein Rudel Jagdhunde, die man zu Fuß ruft.

Der junge Offizier war sich bewusst, dass den französischen Soldaten als Kriegsgefangenen ein gewisser Respekt entgegengebracht werden musste, aber er wusste auch, dass dieses Ermessen nicht für ihre heidnischen Verbündeten galt.

Von diesem Gedanken bestärkt, schritt er den Abhang hinunter in Richtung der unbefestigten Straße. Die Ranger formierten sich zügig hinter ihm und bildeten zwei Kolonnen. Shingas war alarmiert, als sich die englischen Soldaten um den jungen Offizier versammelten. Er beobachtete mit wachsender Besorgnis, wie sich die Soldaten auf den Weg zur Straße machten. Irgendetwas an der zielstrebigen Gangart des Offiziers beunruhigte ihn. Was ihn aber noch mehr beunruhigte, war, dass die beiden Soldaten, die das Schlusslicht bildeten, im Gegensatz zum Rest der Kompanie beide ihre Musketen über die Schultern gehängt hatten. Sie trugen Hand- und Fußfesseln.

Mit einem gutturalen Schrei rief Shingas eine Warnung und verließ den unbefestigten Weg, um in Richtung des geräumten Geländes vor der Festung zu rennen. Es war ein Schlachtfeld für jeden Angreifer, der waghalsig genug wäre, sich darauf zu wagen.

Die Gruppe seiner Krieger folgte Shingas Warnung, und ein Mann nach dem anderen sprintete ihm hinterher.

Sie sprangen mit der Anmut und Gewandtheit von Hirschen über die Stümpfe der umgestürzten Bäume und rannten mit klopfendem Herzen auf den Schutz des Waldes zu. Als sie die Straße erreichten, formierten sich die Soldaten zügig in zwei Reihen. Die erste Reihe ließ sich auf ein Knie fallen, während sich die zweite Reihe einen Schritt hinter ihnen aufstellte. Der junge Offizier hielt einen Moment inne, um jedem Mann Zeit zu geben, seine Muskete zu heben und sein Ziel auszuwählen. Dann rief er. "Feuer!"

Das Geräusch explodierender Musketen zerriss die Stille. Die Salve der Musketen Kugeln dröhnte wie ein Schwarm wütender Bienen, der durch die Gruppe der fliehenden Krieger flog. Augenblicklich fielen sechs der Männer zu Boden, jeder hatte ein blutiges Loch im Rücken. Nach vorne getrieben rannten Shingas und die Überlebenden kopfüber in den Schutz der Bäume. Hinter ihnen luden die Soldaten mit geübter Präzision ihre Musketen nach. Sie rammten Watte und Kugeln mit ihren Stöcken in die Gewehrläufe und füllten abermals die Pfannen mit Pulver. Als alle bereit waren, rief ihr Leutnant, "präsentiert das Gewehr! Feuer!"

Wieder durchbrach das ohrenbetäubende Krachen des Musketenfeuers die Stille, und nur wenige Meter von der sicheren Baumgrenze entfernt wurden die drei Krieger, die hinter den anderen zurückgeblieben waren, vom Hagel der Bleikugeln getroffen. Sie stürzten zu Boden wie Kegel, die von einer gut geworfenen Kugel getroffen wurden.

Mit jugendlicher Röte auf den Wangen befahl Leutnant Brehm seinen Männern, die Bajonette aufzusetzen. Er schritt mit der Pistole in der Hand vorwärts, als würde er über einen Paradeplatz marschieren. Er stolzierte über den unebenen Boden auf die gefallenen Indianer zu. Hinter ihm formierten sich die Soldaten in einer einzigen Reihe und rückten über den eroberten Boden vor. Der nackte Stahl ihrer Bajonette blitzte dabei in der späten Morgensonne auf. Ihre Stiefel versanken im weichen Boden. Als sie die gefallenen Indianer erreichten, stachen die Söldner mit ihren Bajonetten auf sie ein, als wären sie Fleischklumpen. Es war ihnen egal, ob sie bereits tot oder noch am Leben waren. Dann, als ihr mörderisches Werk vollbracht war und das Blut von ihren einst glänzenden Bajonetten tropfte, machten sie sich unter der Führung des jubelnden jungen Offiziers auf den Weg zurück zur Straße.

Mit ausdruckslosem Gesicht und versteckt durch das dichte Blattwerk beobachtete Shingas das Gemetzel. Von Kindheit an hatte man ihm beigebracht, Emotionen zu verbergen, doch in seinem Herzen schwor er, blutige Rache zu nehmen. Mit einem letzten Blick auf die Festung und der blutroten Fahne des Heiligen Georgs, die über ihren Wällen wehte, drehte er sich um und zog mit seiner Truppe Krieger, die sich um ihn geschart hatte, in die Sicherheit des dunkler werdenden Waldes davon.

KAPITEL 2

Das kleine Fenster war durch einen hölzernen Fensterladen verschlossen. Der Raum war in Dunkelheit gehüllt. Das einzige, spärliche Licht drang durch die teilweise geöffnete Tür herein. Ein großer, kräftig gebauter Mann Mitte Zwanzig stand mit dem Ohr an die Fensterluke gepresst, um das Gespräch aus dem Nebenraum zu belauschen. Eine Männerstimme erklang, aber so leise, dass er sie kaum hören konnte.

Die attraktiven Gesichtszüge des Mannes wurden von einer Mähne dunkelbrauner, schulterlanger Haare eingerahmt. Die muskulösen Konturen seiner nackten Brust bildeten ein Relief, ähnlich wie bei dem Torso einer griechischen Statue.

Der längliche Nebenraum war spärlich eingerichtet. Er diente sowohl als Küche als auch als Wohnraum. In der hinteren Ecke befand sich ein Vorhang, hinter dem sich ein kleines Bett verbarg. In der Mitte des Raumes stand ein zehn Fuß langer Tisch, der von Holzböcken getragen wurde. Um ihn standen sechs Stühle. In die hintere Wand war eine massive Eichentür eingelassen und wurde von zwei Metallbolzen gesichert. An beiden Seiten der Türe befand sich ein schmales Fenster, welches ebenfalls mit einem hölzernen Fensterladen verschlossen war. Ein steinerner Kamin mit einem großen gusseisernen Ofen nahm den Großteil der längeren Wand ein. Das herabgebrannte Feuer tauchte den Raum in ein sanftes, orangefarbenes Licht. An beiden Enden des Tisches saß eine Person. Deren Gesichter wurden vom Licht einer gläsernen Laterne beleuchtet, die über ihnen an einem Dachbalken hing. Auf dem Kaminsims stand eine messingüberzogene Uhr. Die Stille wurde nur durch ihr rhythmisches Ticken unterbrochen.

Samuel Endicote war ein breitschultriger Mann in den Sechzigern mit wettergegerbtem Gesicht und kurzgeschnittenem grauen Haar. Er sah zu der Frau, die ihm gegenübersaß. Seine kleinen, hellen Augen starrten erwartungsvoll in ihr Gesicht. Esther hielt seinem Blick einen Moment lang stand und senkte schließlich ihre Augen auf Samuels schwielige Hände. Es waren die Hände eines Bauern, die mit den Handflächen nach unten auf dem Tisch vor ihm ruhten.

Seine unerwarteten Worte hatten sie verunsichert. Sie ließ ihre Gedanken zwischen Zweifeln und Möglichkeiten hin und her schwanken. Ihr Denken wurde überschattet von einem Gefühl der Ungläubigkeit. Konnte er sich das wirklich von ihr wünschen? Als er wieder sprach, erschreckte sie der Klang seiner Stimme, obwohl er nicht laut sprach.

"Hast du denn keine Antwort für mich?"

Esther vernahm die Ungeduld in seinem Tonfall und wartete noch einen Moment, bevor sie antwortete.

"Du . . . Du willst, dass ich Adam heirate?"

"Ja, und dafür bekommst du deine Freiheit und noch mehr."

Esther spürte, wie sich ihr Herzschlag beschleunigte. Konnte das möglich sein? Ein einfaches *Ja*, und sie wäre frei von ihrer Knechtschaft? Doch bevor sie das Wort aussprechen konnte, sprudelte ein Einwand unaufgefordert aus ihrem Mund.

"Aber Adam ist... Er ist..."

"Ein Kind! Ein Dummkopf!", sagte Samuel und spuckte die Worte aus, als wären sie Galle.

Verärgert über ihren dummen Ausbruch wandte Esther ihren Blick ab. Samuel ballte die Fäuste und beugte sich vor, wobei sich seine Lippen zu einem anzüglichen Grinsen verzogen.

"Er mag ein Dummkopf sein, aber er ist trotzdem ein Mann."

Erschrocken über diese Andeutung hob Esther eine Hand zum Mund. Erfreut über die Reaktion, die seine Worte hervorgerufen hatten, blickte Samuel sie einen Moment lang an, bevor er sich in seinem Stuhl zurücklehnte. Er ließ seine Wut abklingen, bevor er in einem sanfteren Ton fortfuhr.

"Aber das ist nicht der Grund für meinen Vorschlag", sagte Samuel und hielt einen Moment inne, als wolle er seine Gedanken sammeln. "Wenn ich nicht mehr bin, wird Adam als unser Erstgeborener diesen Hof erben, aber was glaubst du, wie lange es dauert, bis sein Bruder Saul ihm das Gehöft wegnimmt? Kannst du mir das beantworten?"

Da sie spürte, dass er noch mehr zu sagen hatte, blieb Esther still.

"Oh, ich kenne meine Söhne gut, und Saul würde es tun, daran habe ich keinen Zweifel. Aber ich habe auch dich kennengelernt, Mistress Colwill, und ich glaube, dass, wenn du Adams Frau wärst, dies Saul nicht gelingen würde.

Esther begegnete seinem Blick. Sie war sich nun ihrer Position und der Möglichkeiten, die ihr die Sache bot, sicherer. Sie schwieg, während sie darauf wartete, dass seine Ungeduld abermals die Oberhand gewinnen würde.

"Also, was sagst du, wirst du es tun? Wirst du Adam heiraten?", fragte Samuel und schlug dabei mit der Handfläche auf den Tisch.

"Und ich würde von meinem Lehenvertrag befreit werden?", erwiderte Esther ruhig.

"In der Tat", sagte Samuel und spürte, dass sie dabei war zuzustimmen. Ich bin zwar nur ein Bauer, aber ich kann nicht zulassen, dass einer meiner Söhne mit einer Dienerin verheiratet wird. Die Andeutung eines Lächelns machte seine Züge weicher.

„Und ich würde Herrin mit eigenen Rechten sein?"

„Du hast mein Wort darauf."

Obwohl sie sich bereits entschieden hatte, hielt Esther einen Moment inne, bevor sie ihm ihre Antwort mitteilte. Es würde nicht schaden, ihn warten zu lassen.

„Dann werde ich zustimmen", sagte sie selbstbewusst. „Ich werde tun, was du verlangst."

Saul schob die Tür zu und wandte sich ab. Obwohl er alles gehört hatte, was gesagt wurde, war es eher ein Lächeln anstatt Wut, das sein Gesicht erhellte. Mit geübter Leichtigkeit schritt er durch den abgedunkelten Raum und den Gang zwischen den beiden schmalen Betten hindurch. Er hielt einen Moment inne und blickte auf die schlafende Gestalt seines jüngsten Bruders Kit, der den Kopf in ein Kissen vergraben hatte. Die Hand des Jungen umklammerte einen Zipfel der Decke, als hätte er Angst, dass sie ihm jemand wegreißen würde. Das schwere Atmen seiner beiden anderen Brüder, die sich das Bett gegenüber teilten, gab ihm Gewissheit, dass keiner von ihnen etwas von seinem Lauschen mitbekommen hatte. Er ließ sich auf sein Bett sinken, aber obwohl er müde war, war die Aussicht auf etwas anderes als Schlaf mehr als genug, um ihn wach zu halten.

In der Stille klang das Schlagen der Kaminuhr um Mitternacht wie das Läuten einer Kirchenglocke in Sauls Ohren. Um Kit nicht zu stören, kletterte er vorsichtig aus dem Bett, ging zur Tür, hob langsam den hölzernen Riegel und betrat lautlos das Nebenzimmer.

Im schwachen Schein des Ofens und dem fahlen Licht einer einzigen Kerze, das Tisch und Stühle erhellte, ging Saul barfuß und mit nichts außer einer selbstgesponnenen Hose bekleidet lautlos zu dem Vorhang, der an Haken von der Decke hing. Er griff nach einem Ende und zog ihn zur Seite, so dass ein schmales Bett zum Vorschein kam, das ganz an die Wand geschoben war. Esther lag darauf und ihr Körper war von einer gemusterten Bettdecke bedeckt. Sie blickte zu ihm auf. Ihre graublauen Augen glitzerten wie Edelsteine im flackernden Kerzenlicht. Sie war nicht überrascht, ihn zu sehen, denn sie hatte gewusst, dass er kommen würde. Genauso sicher, wie sie wusste, dass er alles mit angehört hatte, was zwischen ihr und seinem Vater besprochen wurde.

Sie richtete sich auf und zog mit einem einladenden Lächeln die Decke beiseite, um sich ihm darzubieten. Das einfache

Baumwollnachthemd, das sie trug, öffnete sich am Hals und gab den Blick auf das weiche Tal zwischen ihren Brüsten frei. Saul trat näher an sie heran und starrte auf sie herab. Das Verlangen stieg wie Lava in ihm auf. Esther lächelte verführerisch, griff nach unten und zog langsam den Saum ihres Nachthemdes über ihre Schenkel. Während er sie mit seinen Augen verschlang, löste Saul mit zitternden Fingern den Lederriemen um seine Taille und ließ seine Hose zu seinen Knöchel herabfallen.

Esther starrte auf seinen nackten Körper, streckte ihre Hand aus und zog ihn neben sich auf das Bett. Seine Kehle war trocken vor Leidenschaft, und Saul packte ihre Schultern mit seinem schraubstockartigen Griff und drückte sie auf das Bett. Esther beugte ihren Hals und starrte zu ihm auf. Ihre Augen glühten, ihre Lippen waren voll und einladend. Mit einem halb unterdrückten Aufstöhnen bedeckte Saul ihren Mund mit seinem. Seine Lippen zerquetschten ihre förmlich. Esther stöhnte leise und schlang ihre Arme um ihn. Sie zog ihn an sich, seine nackte Brust drückte auf ihre Brüste. Saul befreite seinen Arm, griff mit seiner Hand zwischen ihre Schenkel und drückte sie auseinander. Sein Finger tasteten nach ihrer Weiblichkeit in dem seidigen Dreieck aus Schamhaar. Sein Herz klopfte, als er die samtige Weichheit ihrer geheimen Öffnung streichelte.

Entflammt von seiner Berührung, stöhnte Esther vor Vergnügen, griff nach seinem Arm, zog seine Hand weg, spreizte ihre Beine und schlang sie fest um seinen Körper. Sie umschloss seine Taille mit ihren nackten Schenkeln und zog ihn in sich hinein. Mit ihrem süßlichen Moschusduft in seiner Nase stürzte sich Saul voller Lust in sie. Er spürte, wie sich ihr Körper wölbte, während er wieder und wieder in sie hineinstieß. Sein Rhythmus wurde immer schneller. Ihre breiten, gebärfreudigen Hüften drängten nach oben und begegneten seinen Stößen mit ihren eigenen. Ihre Nägel krallten sich in seinen nackten Rücken und gruben sich wie Krallen in seine Haut. Nach wenigen Augenblicken war es vorbei, und erschöpft rollte Saul von ihr herunter. Seine Brust hob und senkte sich, sein Körper glänzte vor Schweiß.

Mit einem Anflug von Schüchternheit zog Esther ihr Nachthemd herunter und drehte sich auf die Seite. Sie stützte sich auf den Ellbogen und starrte in sein hübsches Gesicht. Ihr Blick glitt über seine Züge, seine dunklen Augen, die perfekte Linie seines Kiefers. Sie wusste, dass es keine Liebe zwischen ihnen gab. Nur ein unausgesprochenes Bedürfnis. Ein Verlangen nach dem Körper des anderen. Aber trotz alledem passte ihnen beiden ihr unerlaubtes Liebesspiel. Sie befriedigte seine männlichen Bedürfnisse und er schenkte ihr Momente des Vergnügens in einem Leben voller Plackerei und Mühsal.

Als Esther sich von ihrem Geliebten abwandte und auf den Rücken legte, kehrten ihre Gedanken zu der folgenschweren Entscheidung zurück, die sie zuvor am Abend getroffen hatte. Auch an die Konsequenzen, die sich daraus ergeben würden. Sie dachte an die Veränderungen, die die Heirat mit Adam für ihr eigenes Leben mit sich bringen würde. Ein Leben frei von Knechtschaft. Die allgegenwärtige Angst, von Familie zu Familie weitergereicht zu werden wie ein Stück Vieh, würde für immer vorbei sein. In diesem Moment verspürte sie ein Gefühl der völligen Zufriedenheit.

KAPITEL 3

Sie waren zu siebt und alle trugen einen fettigen Jagdkittel aus geräuchertem Hirschleder, der mit Pferdehaar gesäumt war. Ein rauer und grober Haufen mit stoppeligen Bärten und schütterem, schulterlangem Haar, das unter Mützen unterschiedlicher Machart versteckt war. Einige der Kopfbedeckungen waren aus Filz und mit Federn verziert, andere aus Biber- oder Otterfell gefertigt. Es waren harte Männer, die zusammengefunden hatten, ohne sich dabei um ihre Verträglichkeit zu scheren. Es genügte, dass jeder von ihnen Arbeit genauso sehr hasste, wie sie Indianer hassten, und bereit waren, für die reinen Gefahren des Lebens und eine unbeständige Belohnung ein wenig von beidem zu ertragen.

Zwei Wochen zuvor hatten fünf von ihnen die Grenzstadt Albany mit ihren geschäftigen Kais und engen, von Familien bevölkerten Straßen verlassen, um ein neues Leben in der weiten Wildnis zu beginnen. In einem gemieteten Boot, dessen Besatzung aus flusskundigen Männern bestanden hatte, waren sie den Mohawk hinaufgerudert. Das Boot war schwer mit allen möglichen Handelswaren beladen gewesen, darunter sechs Fässer billiger Whiskey. Es war eine lärmende, singende Mannschaft gewesen, bis die Anstrengung, die das Ziehen an den schweren Rudern erforderte, ihnen den ganzen Atem geraubt hatte.

Weiter ging es durch die alte Holländerstadt Schenectady mit ihren hübschen Holzhäusern und winkenden Kindern. Dann um die lange Flussbiegung herum zum Fort Hunter, das kühn an der Mündung des Schoharie stand.

Als sie die hohen Wälle mit gebeugten Rücken passierten und die Wachposten grüßten, erreichten sie am frühen Abend schließlich Fort Herkimer in den German Flats und damit auch die einladende Aussicht auf Kost und Logis für die Nacht.

Im Morgengrauen machten sie sich wieder auf den Weg, und nach einem mühsamen Kampf gegen die Strömung, die einen Hauch von Meeresbrise verströmte, erreichten sie Fort Stanwix, der Ausgangspunkt der Flussschifffahrt. Hier wurde das Boot entladen und die Waren für die Nacht hinter die Dämme verstaut.

Die Männer, die ein weniger beschwerliches Leben gewohnt waren, konnten sich auf ein Abendessen und ein bequemes Bett freuen. Am nächsten Morgen wurde das Schiff wieder flussabwärts geschickt und die Handelsgüter auf die Rücken von sechzehn Packpferden verladen. Es waren alle Waren abgesehen von den zehn Musketen, die trotz der Proteste des Händlers vom Kommandanten des Forts konfisziert wurden. Der Offizier befürchtete, dass die Gewehre von den abtrünnigen Wilden gegen die Untertanen seiner Majestät verwendet werden könnten.

Die Männer gingen durch das Tor und machten sich auf den Weg nach Westen. Sie kamen zum Wood Creek, einem wilden, rauschenden Bach, der von hoch aufragenden Ulmen und alterslosen Eichen gesäumt wurde.

Beim Überqueren des Gewässers verloren sie beinahe zwei ihrer Packtiere. Schließlich erreichten sie die dunklen Nischen des Waldes.

Die dichten Reihen hoch aufragender Kiefern, deren schuppige Stämme den Himmel zu durchdringen schienen, drängten sich um die Männer wie eine undurchdringliche Barriere. Doch nun befanden sie sich auf vertrautem Terrain, und nach weiteren zwanzig anstrengenden Meilen erreichten sie die kleine Holzfestung Royal Blockhouse und damit das Ziel ihrer Reise.

Das am östlichen Ende des Oneida-Sees gelegene Fort war vor vielen Jahren vom Militär aufgegeben worden. Sein undichtes Dach und seine bröckelnden Mauern beherbergten nun einen alten Proviantlieferanten und seine beiden Milchkühe. Er verdiente seinen Lebensunterhalt mit Handel, den er mit den Oneida-Indianern am gegenüberliegenden Ufer betrieb. Die ganzen Waren auf den Packtieren waren aber nicht für diesen Ort bestimmt.

Neben dem verfallenen Außenposten, dessen Tür und Fenster auf den See hinausblickten, stand ein weiteres rechteckiges Gebäude aus Holzstämmen gezimmert und mit einem schrägen Schindeldach versehen. Das Lagerhaus war fast doppelt so groß wie das Fort und bot Platz für ein Dutzend Männer. Es gehörte Thomas Gann. Ihn interessierte der majestätische Name des Forts wenig, denn er hatte den Standort allein aufgrund seiner Lage als Platz für seinen Handelsposten gewählt.

Gann war ein kühner und vorausschauender Mann, der sich nach dem Ende des Krieges mit den Franzosen dem einträglichen, wenn auch oft unsicheren Geschäft des Pelzhandels zugewandt hatte. Die Rivalität unter den verschiedenen Händlern war heftig und Mord war an der Tagesordnung. Doch trotz alledem wurden die Erfolgreichen mit großen Gewinnen belohnt, und Gann, dessen Charakter dem Scharfsinn eines Bankiers mit der Moral eines Wegelagerers entsprach, war weit entfernt davon, erfolglos zu sein. Und so kam es, dass sich die sieben Männer und ihre Packpferde dank seines schnellen Verstandes und seiner gierigen Finger nun in das Herz des Genessee Valley, der Heimat der Seneca, wagten.

Drei Tage lang reisten sie durch den dichten Wald mit seinen schuppigen Türmen aus Rinde, dem Dickicht und den Kiefernsümpfen, und obwohl über ihnen die Juni-Sonne brannte, war es unter dem endlosen Blätterdach schattig und dunkel. Nur die Wärme durchdrang das Grün und hing zwischen den Kiefern, Fichten und Ahornbäumen wie ein unsichtbarer Nebel, schwer mit dem stechenden Duft von Harz und Verwesung erfüllt.

Als Tag und Nacht aufeinanderprallten, traten sie aus der düsteren Tiefe des Waldes hervor und bahnten sich ihren Weg am Rande eines schmalen Sees entlang. Seine Oberfläche schimmerte in der späten Nachmittagssonne, als wäre sie mit einer Million goldener Münzen bedeckt. Die Müdigkeit war den rauen Gesichtern der Männer und in den trüben, dunklen Augen der Pferde abzulesen. Alle waren erleichtert, als sie einen schmalen Strand erreichten und ihr Anführer namens Quinty Soule, sie zum Anhalten aufforderte. Um sie herum waren dicht bewaldete Hügel, die sich im Wasser spiegelten, doch hier am Strand trafen See und Land auf einer Ebene aufeinander. Der Wald wurde von einer schmalen Wiese mit saftigem Gras flankiert und von Weißbirken und Erlen in Schach gehalten.

Flute war ein kleiner, stämmiger Mann in den Vierzigern mit dem rötlichen Teint eines jovialen Gastwirts. Er löste einen Sack vom Rücken einer der Pferde und schüttete das Sortiment geschwärzter Töpfe und Pfannen auf den Boden. Obwohl er für die Rolle des Kochs nicht qualifiziert war, genügte ihnen seine Bereitschaft, die kulinarischen Aufgaben zu übernehmen. Die anderen waren eher aus Faulheit bereit, die gelegentliche Durchfallplage in Kauf zu nehmen, statt selbst die Aufgabe des Kochens zu übernehmen.

Während Flute sich um das Essen kümmerte, nahmen die übrigen Händler geschäftig die Warenbündel von den Pferden. Blessing, ein bärenstarker Mann mit kurzen, stämmigen Beinen, und ein schlaksiger Jüngling namens Linnet, dessen pockennarbiges Gesicht von langem, strähnigem Haar umrahmt wurde, gingen auf die Suche nach Brennholz. Die letzten Pferde wurden von ihrem Ballast befreit und von Double John, dem Pferdepfleger der Gruppe, an einem Seil zwischen zwei Birken angebunden.

Als er sah, dass sich die Tiere beruhigt hatten, holte er einen Sack aus dem Haufen der Handelsgüter und ging an der Leine entlang, um jedem Pferd eine Handvoll Mais zu geben. Als sich die Dunkelheit wie eine Decke über sie legte, kehrten Blessing und Linnet mit Feuerholz zurück. Mit den Funken eines Feuersteins dauerte es nicht lange und ein Feuer war entzündet. Seine einladende Glut zog die anderen an, wie Flammen die Motten.

Als letzter traf McCallum ein. Er war ein drahtiger Mann mit schmalen Schultern und einer Schottenmütze, die er als Zeichen seiner Herkunft über die Ohren gezogen hatte. Er legte das Bündel Fell, das er bei sich trug, auf den Boden und fuhr sich dabei lüstern mit der Zunge über die dünnen Lippen. Er schlug das Fell zurück und enthüllte eine Rehkeule. Sie würde ihr Abendessen werden.

McCallum spießte die Keule auf eine rostige Eisenstange, die er zu diesem Zweck bei seinen Utensilien aufbewahrte. Dann steckte er sie in die eingekerbten Enden der beiden Stöcke, die auf beiden Seiten des Feuers in der Erde steckten. Mit erwachendem Appetit traten die Händler näher an das Feuer heran, den Blick auf die Rehkeule gerichtet, die über den Flammen brutzelte. Während die sieben Männer ihr Abendessen über dem Feuer betrachteten, wurden sie selbst von anderen Augenpaaren beobachtet.

Die vier Seneca-Krieger waren durch das dichte Geäst der Fichten gut versteckt und ihre kupferfarbene Haut verstärkte noch die Tarnung. Sie waren abgesehen von einem Lendenschurz und oberschenkellangen Leggings nackt. Ihre Köpfe waren bis auf eine einzige Haarlocke am Scheitel kahlgeschoren. Jeder von ihnen war mit einer Steinschloss-Muskete bewaffnet. Den ganzen Nachmittag über hatten sie, unbemerkt von den Händlern, den Zug der Packtiere auf seinem Weg durch den Wald beobachtet. Die Händler waren dabei immer tiefer in ihr Jagdgebiet vorgedrungen.

„Das sind *Yengeese, englische* Händler. Wir werden mit ihnen sprechen." Der Krieger, der gesprochen hatte, hieß Pahotan. Er hatte leise gesprochen. Als Anführer der kleinen Jagdgruppe sprach er mit Autorität. Die anderen Krieger, allesamt junge Männer, blieben stumm. Als er seine Entscheidung getroffen hatte, deutete er auf einen der Krieger, und er und Pahotan standen auf und schlichen gemeinsam durch die umliegenden Bäume.

Double John war der erste, der sie sah. Nach dem Abendessen hatte er die letzten beiden Pferde zum See geführt, um ihnen die Beine zu waschen, während sie im seichten Wasser standen und ihren Durst stillten. Alle Tiere hatten Schnittwunden und Kratzer erlitten von den Dornensträuchern und dem dichten Gestrüpp, durch das sie marschiert waren. Obwohl die Wunden nicht tief waren, wusste er, dass sich diese blutigen Schnitte am nächsten Morgen als unwiderstehlich für die allgegenwärtigen Fliegenschwärme erweisen würden, wenn er die Stellen nicht reinigte. Die junge Stute, die als Letzte gewaschen wurde, tappte mit geblähten Nüstern nervös von ihm weg und legte dabei ihre Ohren zurück. Double John zog sanft am Halfterseil des Pferdes und brachte es schnell unter Kontrolle. Er sprach mit der Stute und spritzte dabei das kühle Wasser über ihre Beine. Seine Stimme war sanft und beruhigend. Als das letzte Blut von den Beinen der Stute gewaschen war, drehte Double John zufrieden dem See den Rücken zu und begann, die beiden Pferde zurück zum Lager zu führen. Da sah er sie.

Auch ohne Kriegsbemalung strahlten sie eine Aura der Bedrohung aus, und obwohl Double Johns Gesicht von Besorgnis gezeichnet war, sprach er dennoch mit ruhiger Stimme. Sein Akzent verriet seine Herkunft aus Cornwall.

„Schaut an, wir haben Gesellschaft bekommen."

Sofort griffen die Männer, die um das Feuer herumsaßen, nach ihren Musketen. Sie wandten sich gemeinsam der vermeintlichen Gefahr zu.

„Ruhig, Jungs, ich glaube nicht, dass sie uns etwas tun wollen", flüsterte Soule. Er legte seine Muskete auf den Boden, stand auf und ging langsam auf Pahotan und den jungen Krieger zu. Die beiden waren auf halbem Weg zwischen dem Wald und dem Lager reglos stehengeblieben. Eine Entfernung, die ihre Kühnheit unter Beweis stellte und ihnen gleichzeitig eine gute Chance zur Flucht bot, falls sich die Yengees als unfreundlich erweisen sollten.

Mit seinem Hemd aus Hirschleder, das er über scharlachroten Leggings trug, und seinem langen, fettigen, schwarzen Haar, das er zu einem einzigen Zopf zusammengebunden hatte, verkörperte Quinty Soule die Sorte Männern, welche die Franzosen Coureurs de bois, *Waldläufer* nannten. Manche würden in ihm eher einen Indianer als einen Weißen sehen. Er war Ende dreißig und seine wettergegerbten Gesichtszüge wurden von einem violetten Striemen entstellt. Die Narbe verlief von seiner Augenhöhle bis zu seinem Kiefer und war ein sichtbares Zeugnis für die Gefahren des Händlerlebens.

Obwohl keiner der anderen vom Lager aus verstehen konnte, was geredet wurde, stießen sie dennoch einen Seufzer der Erleichterung aus, als sie sahen, wie Soule sich umdrehte und die beiden Indianer zurück zu ihrem Feuer führte. Er rief seinen Männern zu, während er sich ihnen näherte.

„Wir haben Glück, Jungs. Dies hier sind Seneca-Krieger, und sie sagen, dass sie uns morgen früh in ihr Dorf führen werden.

„Das Fleisch verbrennt, wenn es nicht gegessen wird", rief Flute, der sich mehr Sorgen um das Verderben seiner Mahlzeit als um ein paar Wilde machte. Schnell folgten alle seiner Aufforderung und suchten sich einen Platz am Feuer. Sie hackten ohne Rücksicht auf Manieren mit ihren Messern auf den Braten ein und stopften sich die Fleischstücke in den Mund, bis es ihnen an den Mundwinkeln herausquoll wie bei einem geplatzten Sack.

Als das letzte Stück Fleisch vom Knochen geschnitten war, wischte jeder sich mit dem Ärmel über den fettigen Mund. Flute hob den großen, geschwärzten Kessel vom Feuer und begann, den heißen Kaffee zielsicher in drei große Zinnbecher zu gießen. Soule nahm, wie es sich für einen Anführer gehörte, einen für sich allein, während die anderen beiden von Mund zu Mund weitergereicht wurden. Als sie leer waren, wurden sie wieder aufgefüllt, bis der Kessel leer war.

Nach dem Essen erklang ein Chor herzhafter Rülpser und die Händler tauchten ihre fettigen Finger in ihre Taschen und nahmen ihre Pfeife und ihren Tabak heraus. Flute bildete die Ausnahme. Aus Gründen, die er selbst am besten kannte, hatte er eine Abneigung gegen diese Gewohnheit.

Sie zündeten die Pfeifen mit einem Stock aus dem Feuer an, und in wenigen Minuten war die Luft mit Wolken aus süß duftendem Rauch erfüllt. Eine Wohltat für die Nase und eine Abschreckung gegen die blutsaugenden Insekten, die so nah am Wasser plagten. Als die Dunkelheit über sie hereinbrach, breitete Bailey, ein Mann mit schmalem Gesicht und tiefliegenden Augen, eine Decke auf dem Boden aus. Er holte seine Würfel aus dem um seinen Hals hängenden Lederbeutel. Die anderen Händler, die nie vor einem Spiel zurückschreckten, versammelten sich rasch um ihn. Jeder holte eine Handvoll Musketen-Kugeln aus den Patronenbeuteln, um sie als Wetteinsatz zu verwenden.

Soule saß abseits der anderen und schaute über seinen Becher hinweg auf den Kreis der Spieler, wobei sein Blick auf den beiden Indianern verweilte. Jeder von ihnen hatte einen Tomahawk und ein Skalpier-Messer am Gürtel hängen. Letzteres steckte in einer hochgeschlossenen, mit bunten Federkielen verzierten Scheide. Über den Schultern trugen sie einen ledernen Tornister und ein Pulverhorn. Die Riemen lagen überkreuzt über der Brust. Bevor er das Interesse an den beiden verlor, richtete Soule sein Augenmerk auf ihre Gewehre. Die Tatsache, dass es sich bei beiden um militärische Steinschlösser handelte, wie sie die Engländer an ihre indianischen Verbündeten ausgegeben hatten, hätte ihn eigentlich beruhigen müssen. Aber da Soule die Launenhaftigkeit der Indianer kannte, schenkte er der Tatsache wenig Vertrauen. Die Erfahrungen der Vergangenheit hatten ihn gelehrt, dass sich solche Bündnisse innerhalb eines Wimpernschlags ändern konnten. Es war allgemein bekannt, dass viele Seneca-Krieger auf der Seite der Franzosen gekämpft hatten. Der ältere Krieger jedoch hatte ihm versichert, dass sein Volk sie mit ihren Handelsgütern, die sie mit sich führten, willkommen heißen würde. Soule hatte keinen Grund, das zu bezweifeln. Wenn die beiden Unheil im Schilde führten, würden sie es schon bald herausfinden. Sowohl er als auch die Männer in seiner Truppe waren an solche Gefahren gewöhnt, so dass er nicht übermäßig besorgt war. Sie waren schon oft in solche Situationen geraten und hatten immer noch ihre Skalps.

Als der Abend schließlich in die Nacht überging, wurde das Spiel eingestellt und die Händler suchten sich ein Plätzchen rund um das erlöschende Feuer. Der Boden diente als Bett, und bald schliefen alle mit ihren Bäuchen mit Wildfleisch gefüllt ein. Das Geräusch ihres Schnarchens zeugte von den Strapazen des Tages. Soule, der nicht einschlafen konnte, warf etwas Holz auf das Feuer und wärmte den Rest Café in seiner Tasse mit den Resten aus dem Kessel. Vom See, der in der Schwärze der Nacht versank, drangen die melancholischen Töne eines Eistauchers zu ihm herüber. Der Wind, der nirgendwohin ging, hatte die Melodie aufgefangen und trug sie zwischen die Baumkronen.

KAPITEL 4

Wie üblich war Flute der erste, der unter seiner Decke hervorgekrochen kam und einen Kessel zum Kochen brachte, bevor sich die anderen wie ein Rudel hungriger Hunde um das Feuer drängten und die Luft schnupperten. Ihre Beschwerden, dass die Mahlzeit zu spät serviert wurde, beantwortete der Koch mit ein paar gut gewählten Schimpfwörtern.

Das Frühstück bestand aus dem, was vom Abendessen übriggeblieben war. Dazu gab es ein Dutzend Haferbrötchen, die mit Beeren gewürzt waren und in einer Pfanne über dem Feuer buken. Die Mahlzeit wurde mit einer Tasse kochend heißem Kaffee heruntergespült.

Die Ersten, die mit dem Essen fertig waren, befreiten die Pferde von ihren Fesseln. Sie wurden von Double John ins Lager geführt, und da alle mit anpackten, waren die Tiere schon bald mit ihrer schweren Last beladen. Der Pferdepfleger ging von Tier zu Tier und überprüfte die Gurtbänder, um sicherzustellen, dass keines zu eng oder zu locker war.

Als das Mahl beendet und das letzte Brötchen verzehrt war, goss Flute die Reste des Kaffees ins Feuer und begann damit, seine Töpfe und Pfannen in einen fettigen Jutesack zu packen. Dann öffnete er die Vorderseite seiner Hose und erleichterte sich mit dem Glied in der Hand direkt über dem Rest des Feuers. Damit erloschen die restlichen Flammen. Als er sah, dass Double John fertig war sich um seine Pferde zu kümmern, rief Soule ungeduldig, dass sie sich endlich auf den Weg machen sollten.

„Alles ist bereit, lasst uns aufbrechen"

Aufgerüttelt durch seine Worte begannen Pahotan und der junge Krieger mit ihren Musketen in der Armbeuge in Richtung des naheliegenden Waldes zu laufen. Es bedurfte etwas Ermunterung durch einen kräftigen Zug am Halfter, aber schließlich setzte sich Blessing, das führende Pferd in Bewegung. Der Rest der Brigade von Pelzhändlern hatte sich in einer Reihe hinter ihm aufgereiht und folgte ihm.

Die beiden jungen Seneca-Krieger, die von ihrem Versteck aus zusahen, warteten, bis das letzte Pferd aus dem Blickfeld verschwunden war. Dann kehrten sie dem See den Rücken zu und verschwanden im dunkelgrünen Schoß des Waldes.

Den ganzen Morgen über bewegte sich die Brigade tiefer in den Wald hinein. Die schuppigen Stämme der Baumriesen ragten dunkel und bedrohlich über sie hinweg. Der süßliche Geruch von verrottenden Kiefernnadeln drang in ihre Nasenlöcher. Gelegentlich durchdrang ein goldener Sonnenstrahl das dichte Blätterdach und hob ihre Stimmung, während die anhaltende Stille an ihren Nerven zehrte. Glücklicherweise wurde es im Wald merklich frischer, als sie sich dem Genessee River näherten.

Die immergrünen Tannen und alte Hemlock-Bäume wichen Ulmen und Eichen. Die Wälder um sie trugen nun andere Farben. Das Tageslicht fiel durch die ausladenden Äste. Am Mittag planschten sie über einen breiten Bach, dessen Ufer dicht mit Lorbeeren und Weinreben bewachsen waren. Sie hielten in der Mitte des Baches, damit die Pferde ihre Nüstern in das kühle Wasser tauchen konnten. Da rochen sie den Geruch von Rauch in der Luft und zogen weiter zum anderen Ufer und den dahinter liegenden Hügeln.

Als sie den Kamm des Hügels erreichten, erfreute der Anblick der Siedlung die Händler. Pahotan zeigte auf einen entfernten, mit Reihen von Kürbissen und Mais bepflanzten Hang und rief „Tiataroga". Es war sein Dorf. Die Händler hatten ihr Ziel erreicht.

Weniger als eine Stunde später näherten sie sich den abgelegenen Langhäusern des Seneca-Dorfes. Eine Schar lärmender, nackter Kinder kam ihnen wie von Geisterhand entgegengelaufen. Einige von ihnen trugen jeweils ein nacktes Baby auf der Hüfte. Ihre kohlschwarzen Augen waren vor Aufregung weit aufgerissen.

Ihnen folgte knurrend und bellend ein Rudel magerer Lagerhunde. Sie hatten wütend die Nackenhaare gesträubt. Obwohl keiner dieser Unholde je zuvor ein Pferd gesehen hatte, waren sie vom Anblick solch großer Tiere keineswegs eingeschüchtert. Einige von den Jungen zeigten, wie mutig sie waren, und liefen auf die Pferde zu. Manche fassten sie sogar an. Die Mutigeren unter ihnen duckten sich unter den Pferdebäuchen hindurch und huschten dann davon. Dabei kreischten sie vor Freude über ihre eigene Kühnheit. Die Hunde aber interessierten sich für die Beine der Pferde bis Double John sie vom Gegenteil überzeugte, indem er seinen Fuß schwang und zwei von ihnen mit der Spitze seines Stiefels erwischte. Sie huschten mit eingezogenen Schwänzen davon.

Blessing, der nicht für seine Geselligkeit bekannt war, überraschte seine Gefährten, denn sein Pfleger nahm einige der jüngeren Kinder auf seine Arme und setzte sie auf den Rücken des Pferdes. Er lachte laut auf, als die Kinder mit einer Mischung aus Schrecken und Freude zu kreischen begannen. Sie griffen mit ihren Händen in die Mähne des Tieres und klammerten sich mit ihren dünnen Beinen um den Hals des Pferdes, als ob es darum ging, ihr Leben zu retten.

„Siehst du, wie sie es lieben, John-John? Siehst du, wie sie sich freuen?" Double John zweifelte nicht daran, dass er sich sowohl auf die Pferde als auch auf die Kinder bezog, und ersparte sich mit einem schiefen Lächeln den beabsichtigten Tadel.

Pahotan schritt voraus und erreichte die abgelegenen Langhäuser, wo die Pelzhändler und ihr Gefolge sofort von einer Schar von Frauen in ihren Kleidern aus Wildleder umringt wurden. Sie plapperten aufgeregt mit hohen Stimmen und reckten ihre Hälse, um einen guten Blick auf die Händler zu haben. Jede von ihnen wollte wissen, welche Schmuckstücke und Flitterkram sich in ihren Packtaschen befanden.

Ihre Männer, meist junge Krieger, hielten sich hochmütig und distanziert am Rande der Menge auf und schauten mit angemessener Gleichgültigkeit zu. Die beiden jungen Krieger hatten ihnen von der bevorstehenden Ankunft der Händler berichtet, als sie zwei Stunden zuvor ins Dorf zurückgekehrt waren. Dank ihnen kannten sie bereits jeden dieser Yengeese-Händler, als ob sie diese zuvor mit eigenen Augen gesehen hätten.

Das Ratshaus, das doppelt so groß war wie die anderen Langhäuser, war innen düster und wurde von Talglichtern beleuchtet. Deren schwaches Licht wurde von den Wänden aus Ulmenrinden reflektiert. Die einzelnen Gebäudeteile waren durch aufrechtstehende Holzpfähle gesichert, und das gewölbte Dach, das vom Rauch zahlloser Feuer geschwärzt war, wurde in regelmäßigen Abständen von zusätzlichen Holzstämmen gestützt. In der Mitte des Daches befand sich ein großes Rauchloch. Das hereinfallende Licht sammelte sich in einem gelblichen Kreis auf dem Boden aus Binsenmatten.

Mehrere Stammesältere saßen auf einer niedrigen Bank vor einer flachen Feuerstelle. Ihre Gesichter wurden von den flackernden Flammen erhellt. Alte Männer, deren scharfblickende, tief liegende Augen in ihren Höhlen glänzten. Ihre strengen Züge verrieten nur wenig Emotionen. Jeder von ihnen trug eine bunte Decke über den nackten Schultern, und um den Hals hingen Halsketten und Amulette, die aus den Krallen wilder Tiere und den Knochen kleiner Vögel gefertigt waren.

Vor ihnen, auf der anderen Seite des Feuers, stand Kiashuta, der Häuptling eines benachbarten Stammes. Seine kühnen Gesichtszüge waren mit Ocker und Ruß beschmiert. Sein Kopf war bis auf einen schmalen Streifen Haar glattrasiert. Die Strähne reichte ihm bis auf die breiten Schultern. An einer Kette trug er einen silbernen Ringkragen um seinen Hals. Es war wohl eine Trophäe, die er wahrscheinlich dem Körper eines toten englischen Offiziers geraubt hatte. Um ihn herum hatten sich drei weitere Krieger versammelt. Ihre Gesichter waren mit Kriegsbemalung betont worden und an deren Gürtel hing jeweils ein Tomahawk oder eine Kriegskeule.

Wenn Kiashuta sprach, war der Klang seiner Stimme kräftig und seine Worte emotional. Als er seine Rede beendet hatte, wandte sich Kiashuta an einen seiner Gefährten und griff nach dem Stoffbündel, das dieser in den Armen hielt. Vorsichtig entfaltete er das Bündel und enthüllte einen Gürtel aus purpurnen und schwarzen Muscheln und einen blutbefleckten Tomahawk. Die Zeichen des Krieges waren für alle sichtbar, und mit einem wilden Schrei nahm Kiashuta den Tomahawk und schleuderte ihn den Ältesten zu Füßen.

Langsam erhob sich Wapontak, der Stammeshäuptling. Ein Sonnenstrahl strahlte ihn dabei direkt aus der Rauchöffnung an. Er war ein großer Mann mit kühnen, gerissenen Gesichtszügen. Die Narben auf seiner breiten, unbehaarten Brust zeugten von seiner Tapferkeit im Kampf. Seine oberschenkellangen Leggings waren mit den Skalps seiner Feinde verziert. Am Gürtel um seine Taille hingen ein Skalpier Messer und ein Beil.

Ausdruckslos stand er einen Moment lang da und blickte auf die blutige Axt hinunter. Dann zog er mit einer fließenden Bewegung die Decke von den Schultern und warf sie mit dramatischem Schwung über das beleidigende Objekt. Die blutverschmierte Axt wurde von seiner Decke verdeckt, und Wapontak blickte zu den Kriegern hinüber, die vor ihm standen. Sein Gesichtsausdruck wirkte wie in Stein gemeißelt.

„Hältst du uns für so dumm, dass du denkst, dass wir deinen Lügen glauben?", sagte er mit lauter werdender Stimme. Seine Worte troffen vor Feindseligkeit.

„Diese Franzosen, von denen ihr sprecht, sind weit weg und werden immer kleiner. Die Engländer haben ihren Fuß auf ihrem Genick. Können die Franzosen meinem Volk Decken, Kessel,

Schießpulver und Schrot geben? Nein, denn das können uns nur die Engländer geben, und dennoch willst du, dass wir das Kriegsbeil gegen sie erheben. Ich sage, verlasst uns, bevor der Zorn in meinem Herzen euch verschlingt."

Wutentbrannt warf Kiashuta den Kriegsgürtel zu Boden, wirbelte herum und stürmte, gefolgt von zwei seiner Krieger, auf den Ausgang zu. Der dritte Krieger, dessen Gesicht durch eine große Brandnarbe entstellt war, schnappte sich die zurückgewiesenen Symbole und eilte den beiden anderen nach. Er blieb in der Tür stehen und starrte Wapontak noch einmal an. Sein vernarbtes Gesicht war dabei zu einer bösartigen Maske verzogen. Dann zog er den Vorhang beiseite und war verschwunden.

Die beiden jungen Seneca-Krieger sahen den Aufbruch von Kiashuta und seinen Abgesandten. Sie waren begierig, ihre Neuigkeiten mitzuteilen, und ihre geschmeidigen Körper glänzten noch immer vor Schweiß. Schließlich machten sie sich auf den Weg zur Gruppe der Ältesten. Shingas schaute enttäuscht aus dem Schatten zu, aber lauschte ihren Worten mit wachsendem Interesse. Die Nachricht von der baldigen Ankunft der Pelzhändler erfüllte seinen zornigen Geist mit Hoffnung. Eine Hoffnung, dass sie ihm eine Chance geben würden, seinen Ruf als Kriegshäuptling in dem Kampf wiederherzustellen, in dem Kiashuta versagt hatte.

Draußen, umringt vom Gefolge aufgeregter Seneca und angeführt von Pahotan, bahnten sich die Pelzhändler mit ihren Packpferden ihren Weg durch das Dorf in Richtung des Platzes in dessen Mitte. Das Zentrum war an drei Seiten von geordneten Reihen von Langhäusern umgeben. Das große, karge Viereck war auf den ersten Blick, abgesehen von etwas, das wie Baumstämme aussah, völlig leer. Es sah so aus, als ob drei Stämme in einem Dreieck angeordnet waren und etwa zehn Meter voneinander entfernt in den Himmel ragten. Ihre Höhe wurde durch eine Axt festgelegt. Diese ragte in etwa acht Fuß Höhe aus dem Holz. Erst bei näherer Betrachtung wurde die Bestimmung für die Axt deutlich. Es waren Marterpfähle. Folterinstrumente, deren verkohlte Stämme von den Schrecken zeugten, die arme Seelen erlitten hatten, die das Pech gehabt hatten, ihrem Schicksal auf diese Weise begegnen zu müssen.

Zwei Krieger kamen aus dem Ratshaus und führten eine lange Holzbank mit sich. Sie stellten sie auf einer großen Binsenmatte ab, die auf dem Boden ausgelegt worden war. Dann verschwanden sie wieder im Langhaus. Wenige Augenblicke später trat Wapontak aus dem Gebäude und blinzelte im hellen Sonnenlicht. Er begab sich in Begleitung der Ältesten in feierlicher Prozession zu der Bank. Dort setzte er sich in die Mitte der Bank, und die Ältesten drängelten sich um die Plätze neben ihm. Als der letzte der Ältesten Platz genommen hatte und die Gruppe bewaffneter Krieger wie eine Ehrengarde hinter ihnen stand, war alles bereit.

Sie mochten zwar alte Männer sein, aber diese Stammesältesten wurden von allen verehrt, auch von dem wildesten Kriegshäuptling. Sie genossen bei allen Mitgliedern des Stammes hohes Ansehen. Ihr sozialer Status war ihnen sicher und ihre vergangenen Heldentaten waren eine Inspiration für jeden jungen Krieger.

Mit Pahotan an der Spitze drängte sich die aufgeregte Prozession auf den Platz. Alle Gespräche verstummten, als sie die Männer um das Zentrum herumbewegten. Eine bleierne Stille legte sich über die Menge der Zuschauer. Selbst die Babys schwiegen. Nichts, nicht einmal das Kläffen eines Hundes, störte die Stille.

Jenseits der Trilogie aus geschwärzten Pfählen beobachtete Soule, wie Pahotan zu der Bank ging, auf der Wapontak saß. Er hatte Mühe zu hören, was der Krieger dem Häuptling ins Ohr flüsterte. Nachdem er seine Botschaft überbracht hatte, schritt Pahotan zum Ratshaus hinüber und schlüpfte hinein. Als er wieder auftauchte, hielt er eine Pfeife in der Hand. Ihr langer Stiel war mit den Flügelfedern eines Eichelhähers geschmückt. Als er zu Wapontak zurückkehrte, legte er die angezündete Pfeife in die ausgestreckten Hände des Ältesten.

Soule, der sich mit der Stammesetikette gut auskannte, erkannte dies als eine Aufforderung und trat nach vorne, um sich im Schneidersitz auf die Binsenmatte zu setzen. Hinter ihm begannen seine Männer, den Kindern von den Pferden zu helfen. Sie beobachteten, wie die Kinder in die wartenden Arme ihrer Mütter huschten. Wapontak setzte das Mundstück der Calumet, der

Friedenspfeife mit ihrem geschnitzten Steinkopf, zwischen seine Lippen und atmete einen Zug des aromatischen Tabaks ein. Als er ausatmete, reichte er die Pfeife an den Mann zu seiner Linken weiter. Der Älteste folgte seinem Beispiel und reichte sie weiter an den Mann, der neben ihm saß. Die Pfeife wurde von einem Ältesten zum nächsten weitergereicht, bis das zeremonielle Ritual abgeschlossen war. Als er die Pfeife zurückerhielt, streckte Wapontak seine Arme aus und bot sie Soule an. Soule nahm sie an und setzte sie an seine Lippen, um den Rauch einzuatmen. Er ließ ihn wie einen Seufzer entweichen, bevor er die Pfeife an den Häuptling zurückgab. Nach der Begrüßungszeremonie wandte sich Soule an die zuschauenden Händler und machte eine Geste mit seiner Hand.

Bailly, der sich seiner Rolle in diesem Prozess bewusst war, ging zu einem der Pferde und holte ein kleines, in ein blaues Tuch eingewickeltes Bündel aus einem der Säcke. Er ging zu Soule hinüber, zwinkerte ihm wissend zu und reichte es ihm. Soule legte das Bündel vor sich auf den Boden und löste die Schnüre. Er entfaltete das blaue Tuch Ecke für Ecke und enthüllte den Inhalt vor den neugierigen Blicken der Ältesten. Wapotak beugte sich vor und ließ seinen Blick über die vielen Geschenke schweifen: ein Paar Messer mit Knochengriff, Tabaksspiralen, Lederbeutel mit Farbpulver, jeder Beutel mit einer anderen Farbe und eine Kette aus purpurnen Muscheln.

Emotionslos stand er auf, hob die Friedenspfeife in die Höhe und wandte sich mit kräftiger Stimme an die Händler. Er sprach im Dialekt seines Volkes, denn er wusste, dass zumindest einer der Yengeese seine Worte verstehen würde.

„Ihr seid endlich gekommen, Engländer. Im Wald des Onondowaga seid ihr Fremde, aber wir heißen euch willkommen, denn ihr seid die Guten in eurem Volk, nicht diejenigen, die mich mit Zorn erfüllen."

Bedächtig kam Soule auf die Beine. Er blieb einen Moment stehen und betrachtete das Meer von Gesichtern, das ihn umgab. Das Gefühl, dass sie wieder einmal ihren Kopf in das Maul des Löwen steckten, durchzuckte seine Gedanken. Doch als er sprach, tat er es mit Zuversicht. Er wusste wohl, dass Schüchternheit von einem so kapriziösen Publikum als ein Zeichen von Schwäche angesehen werden würde.

„Wir freuen uns willkommen geheißen zu werden". rief er. Wir sind zwar Fremde, aber wir haben unsere Fußspuren im Wald hinterlassen, damit wir wieder den Weg zurückfinden. Wir sind weit gewandert. Von den Ufern des Oneida-Sees bis hierher", wobei er mit einem Arm in Richtung Norden deutete. „Unsere Beine sind müde, aber unsere Herzen sind froh."

Ein Gemurmel der Zustimmung ging durch die Menge. Der Schauspieler in ihm ließ ihn für einen Moment innehalten. Er fing an sich zu amüsieren, doch als er wieder sprach, tat er dies in einem ernsteren Tonfall.

„Ich weiß, dass Franzosen hier waren." Das war bestenfalls eine Vermutung, denn der einzige Beweis, den er dafür hatte, war, dass die beiden Krieger, die sie hierhergeführt hatten, am Vorabend französischen Schrot beim Würfeln eingesetzt hatten.

„Ich freue mich, dass ihr ihre Lügen nicht hören wollt und uns als Brüder willkommen heißt." Er hielt inne, um das Gemurmel verstummen zu lassen. „Diese Franzosen sind eifersüchtig auf unsere große Freundschaft. Sie würden Lügen und falsche Geschichten verbreiten, um euch dann um eure Pelze zu betrügen. Wir bringen euch guten Handel. Wir halten immer noch fest an der Kette der Freundschaft, die die Irokesen und die Engländer seit Langem verbindet. Nicht ein einziges Mal ist sie uns aus den Händen geglitten.

Mit seinem Blick auf Soule gerichtet, hörte Wapontak den Worten des Händlers aufmerksam zu. Er war überrascht, dass diese Yengeese wussten, dass Franzosen in seinem Dorf gewesen waren. Aber das beunruhigte ihn nicht. Er ärgerte sich lediglich über die hohlen Worte des Mannes, der von der Kette der Freundschaft sprach, die angeblich zwischen ihnen bestand.

In Wahrheit betraten die Engländer mit breitem und schwerem Fuß das Land der Irokesen. Die Offiziere und Soldaten der Festungen innerhalb der Grenzen ihres Landes behandelten ihre Häuptlinge und Krieger mit Verachtung und Beleidigungen.

Unter den Seneca gab es bereits solche, die den Krieg gegen die Engländer befürworteten, bevor es zu spät sein würde. Bevor auch sie selbst wie die Franzosen *aus dem Weg geräumt* würden.

Er erinnerte sich auch daran, dass es dieselben *üblen* Franzosen gewesen waren, die im Winter Gewehre und Decken in sein Dorf gebracht hatten. Sie hatten seinem Volk geholfen, als die Engländer ihre üblichen Geschenke an seinen Stamm zurückgehalten hatten. Sie hatten sich wenig um ihr Leid gekümmert, obwohl sie wussten, dass sie zum Überleben auf diese Gaben angewiesen waren. Es stimmte, dass dieselben *Coureurs de bois* auch zu ihnen kamen, um seine Krieger gegen die Engländer aufzuhetzen. Die Franzosen hatten sie gewarnt, dass die Engländer sie vernachlässigen und ihr Land stehlen würden und sie schließlich vernichten würden, wenn sich nicht alle Stämme der Irokesen gegen sie erhoben. Die Franzosen forderten sie auf, die Waffen zu benutzen, die sie für den Kampf gegen die Engländer mitgebracht hatten. Es wäre dringend, bevor alles verloren sei.

Wapontak war sich bewusst, dass die Saat der Lüge, die der Franzose aus Bosheit gepflanzt hatte, sich nun zu bewahrheiten begann. Doch als er die beladenen Packpferde sah, wurde er an die Bedürfnisse seines Volkes erinnert. Er schluckte seine Verbitterung hinunter und antwortete mit ausdruckslosem Gesicht und fester Stimme.

„Unsere Ohren hören deine Versprechen. Eure Worte sind willkommen, aber bei uns müssen Versprechen mit dem Auge gesehen werden, und nur dann kann man ihnen glauben."

Seine sorgfältig gewählten Worte waren eine milde Abfuhr für die Lügen des Händlers. Soule bemerkte das unruhige Gemurmel, das die Worte des Häuptlings bestärkte, und versuchte, die zuschauende Menge zu beruhigen, indem er zur Reihe der Packpferde hinüberging. Mit erhobener Stimme rief er den Leuten zu und tätschelte dabei im Takt seiner Worte die Packtaschen.

„Seht, wir bringen euch Pulver und Schrot, warme Decken und feine, scharfe Messer. Auch Beile, rotes Tuch, Tabak, Whiskey, um eure Kehlen zu befeuchten und Glöckchen und Perlen für eure Frauen sind dabei."

Kaum war Soule verstummt, erhob sich einer der Ältesten, dessen dünner Körper in eine rote Decke gehüllt war.

„Du bringst uns keine Waffen", rief er mit näselnder Stimme und deutete mit einem knochigen Finger auf Soule. „Diese Yengeese bringen uns keine Waffen."

Obwohl Soule durch die Worte des alten Mannes verängstigt war, traf ihn die Anschuldigung nicht unvorbereitet.

„Flute, bring mir deine Becher und hol eines der Fässer herunter", rief er, bevor er sich seinem Ankläger zuwandte. „Ja, es stimmt, wir haben keine Waffen zum Tauschen. Aber hört mich an. Wir kennen eure Dörfer nicht. Wir wissen nicht, wer das Begrüßungsfeuer anzündet oder wer Feuer entfachen würde, um uns zu verbrennen. Glaubt ihr, wir sind so dumm, denen, die unsere Feinde sein könnten, Waffen zu bringen? Sollten wir denen, die Feinde sein könnten, wirklich Waffen entgegenstrecken und darum bitten, dass man uns nicht töten soll? Nein, zuerst müssen wir die Gesichter unserer wahren Brüder sehen, erst dann können wir ihnen Waffen geben, um ihre Feinde zu bekämpfen."

Noch bevor Soule zu Ende gesprochen hatte, hatte Flute bereits den Stöpsel aus einem der Fässer entfernt und goss den billigen Whiskey in die drei Zinnbecher. Er drückte einen davon in die ausgestreckten Hände von Wapontak und die beiden anderen Becher in die Hände von zwei der Ältesten.

Der alte Häuptling setzte den Becher an seine Lippen und schluckte einen Schluck Whiskey hinunter. Die feurige Flüssigkeit brannte seine Kehle herab. Er nahm einen zweiten Schluck, bevor er den halbleeren Becher an einen wartenden Ältesten weiterreichte. Neidisch beobachtete er, wie der Mann einen Schluck der Spirituose hinunterschluckte. Schließlich erreichte einer der Becher denjenigen, der sich zu Wort gemeldet hatte, und er schluckte den Rest des Getränks in einem einzigen Zug herunter. Dann gestikulierte er nach mehr.

Flute nahm ihm den verbeulten Zinnbecher ab und begann, ihn bis zum Rand mit Whiskey zu füllen. Es war besser, den alten Narren betrunken zu machen, als dass er noch mehr Ärger verursachen konnte.

Schließlich war Flute davon überzeugt, dass die Ältesten genug vom kostenlosen Whiskey bekommen hatten, und schlug den Stöpsel wieder mit der Faust in das Fass. Als er realisierte, dass es keinen Whiskey mehr geben würde, stand Wapontak mit dem Zinnbecher in der Hand etwas unsicher auf.

„Mein Volk", rief er, wobei der Whiskey seine Aussprache undeutlich machte. „Diese Yengeese sind zu uns gekommen und haben viel zum Handeln dabei. Geht jetzt und holt eure Häute und Pelze. Zeigt ihnen, was für gute Jäger ihr seid. Entzündet auch die Kochfeuer, damit sie ihre Bäuche füllen können und wissen, dass die Hodenosaunee, *die Sechs Nationen* immer noch ihre Brüder sind und dass die alte Kette der Freundschaft immer noch fest in unseren Händen gehalten wird."

Sofort erhob sich ein lauter Aufschrei aus der versammelten Menge, und kaum waren seine Worte verhallt, löste sich die Menge johlend und schreiend auf. Die Menschen rannten wie Kinder, die aus der Schule entlassen wurden, in alle Richtungen davon.

Ebenso schnell, aber geordneter, begannen Soule und seine Männer, die Pferde von ihren schweren Packtaschen zu befreien und die Handelsgüter in ordentliche Reihen auf den Decken zu verteilen. Da jeder Mann einen Anteil an den Gewinnen hatte, wurden die Waren mit großer Sorgfalt präsentiert. Ob es sich um eine Perlenkette oder ein Beil handelte: Jeder Gegenstand wurde gut zur Schau gestellt. Es war eine Präsentation, die auch den zögerlichsten Käufer dazu verleiten sollte, sich von seinen Pelzen zu trennen.

In Erwartung der ersten Kunden hatten Flute und Linnet bereits die Deckel von zwei der Fässer entfernt. Sie standen jeweils mit einem Becher in der Hand bereit, eine Portion *Feuerwasser* im Tausch gegen einen Biberpelz oder einen anderen exquisiten Pelz auszuschenken.

Nachdem die Pferde von ihren Packtaschen befreit und von einer Schar schelmischer Kinder umgeben waren, führte Double John die müden Tiere von den umliegenden Langhäusern weg. Er fand einen geeigneten Platz am Waldrand, befestigte ein Seil zum

Anbinden zwischen den Stämmen zweier Bäume und begann, jedes der Pferde an seinem Halfter daran festzubinden. Dann schritt er mit dem Sack Hafer in der Hand die Reihe ab und schüttete die Reste des Hafers vor jedes Tier auf den Boden. Nachdem er sich vergewissert hatte, dass die Pferde versorgt waren und für die Tiere keine Gefahr bestand, von neugierigen Kindern belästigt zu werden, machte sich Double John auf den Rückweg zum Platz. Er bedauerte, dass es nicht mehr Futter für seine Schützlinge gab, aber zweifellos würden ein oder zwei kleine Handelsgüter ausreichen, um einen angemessenen Vorrat an Getreide für die nächste Fütterung zu sichern.

Aufgeregt bahnte sich Minawa ihren Weg durch die Menschenmenge. Ihr hübsches Gesicht strahlte vom Bärenöl und Zinnober. Sie bewegte sich langsam, denn sie war hochschwanger. Ihr mit bunten Perlen verziertes Wildlederkleid spannte sich straff über ihren aufgeblähten Unterleib. Da sie noch nie ein Bleichgesicht oder ein Pferd erblickt hatte, war der Nervenkitzel, beides an einem Tag zu erleben, beinahe berauschend. Sie hielt kurz inne, um Luft zu holen, dann zog sie den Vorhang zurück und trat in das schwach beleuchtete Langhaus.

In der Mitte des Gebäudes verlief ein etwa sechs Fuß breiter Gang mit Reihen kleiner, gleichmäßig verteilter Nischen auf jeder Seite. Jede war durch eine Trennwand aus Rindenbrettern abgegrenzt. Die Trennwände wurden durch senkrecht in den Boden gerammte Holzpfähle gehalten. Minawa duckte sich in einen der Räume und griff nach dem Pelzbündel, das auf dem Boden lag. Sie fuhr mit den Fingern durch das Seil, das ihr Bündel zusammenhielt. Doch in dem Moment, als sie das schwere Bündel anheben wollte, durchzuckte ein scharfer Schmerz ihren Bauch. Sie befreite ihre Finger und presste beide Hände auf ihren Nabel. Sie biss die Zähne zusammen, um den Schrei zu unterdrücken, der ihr aus dem Mund zu entweichen drohte. Dann, wie eine Erscheinung, erschien Shingas an ihrer Seite. Verärgert über ihre Dummheit starrte er auf sie herab. Erschrocken blickte sie zu ihm auf und bereute sofort ihr törichtes Handeln. Wortlos ermahnt senkte sie den Blick und sah dabei zu, wie Shingas das schwere Pelzbündel aufhob und ohne ein Wort zu sagen auf die Tür zuging.

Als Shingas und Minawa schließlich den Platz erreichten, herrschte dort bereits ein reges Treiben. Menschen kamen und gingen, ihre schrillen Stimmen trugen zum allgemeinen Lärm bei. Überall auf dem Gelände gab es Feuerstellen. Diese wurden von alten, schrumpeligen Großmüttern mit Gliedmaßen wie Stöcke unterhalten. An zwei der Feuer wurde jeweils ein großer, mit Maisbrei gefüllter Kessel erhitzt. An anderen Feuern brutzelnden Fleischstücke, waren aber noch nicht gar and der Seite, die von den Flammen abgewandt war. Diejenigen, die für die Zubereitung des Festmahls zuständig waren, waren zu beschäftigt und plapperten viel. Dutzende von halbnackten Kindern schlängelten sich durch die Flammen und ihr lautes Geschrei wurde vom Heulen der Lagerhunde begleitet. Sie verstärkten den Lärm noch zusätzlich.

Schon bald trafen Dutzende von weiteren Kriegern mit Pokergesichtern auf dem Platz ein. Sie hielten ihre Felle in den Armen oder trugen sie in losen Bündeln auf den Schultern. Alle versammelten sich um die Händler und begutachteten mit wissbegierigen Augen die auf dem Boden ausgebreiteten Waren, die sehr verlockend waren. Den erfolgreichen Jägern dicht auf den Fersen waren ihre Ehefrauen. Junge Frauen mit runden Gesichtern standen in all ihrer Pracht vor ihnen. Ihr tiefschwarzes Haar glänzte vom Bärenfett, ihre hohen Wangen waren mit Zinnoberrot gepudert. Jede von ihnen hoffte auf eine neue Zierde für ihre Kleidung.

Minawa mischte sich unter sie und betrachtete mit leuchtenden Augen die auf den Decken ausgebreiteten Tand und Spielereien. Jede Auslage wirkte so verlockend auf sie, als wären es Schalen voller Diamanten und Rubinen im Schaufenster eines Juweliers einer hochgeborenen Dame.

Abseits des Gedränges hatte sich eine große Gruppe von Kriegern um die Whiskeyfässer versammelt. Jeder dürstete nach einem Becher Whiskey. Alle waren begierig darauf, einen exquisiten Pelz gegen einen Schluck der feurigen Flüssigkeit einzutauschen. Auf der anderen Seite schaute eine Gruppe älterer Frauen ängstlich zu. Aus Erfahrung wussten sie, welche Anfälle von Wahnsinn das böse Wasser bei ihren Männern bald auslösen würde. Einige der Vorsichtigeren unter ihnen kehrten in ihre Behausungen zurück und versteckten alle Messer und Tomahawks.

Ermutigt durch Neugier schlängelten sich zwei Jungen durch die Beine der Krieger, die sich um die Whiskeyfässer versammelt hatten. Als sie sich dem von Linnet überwachten Fass näherten, streckten sie ihre Hände mit den Handflächen nach oben und baten ihn um einen Tropfen der Flüssigkeit. Als Linnet ihnen gerade eine Kostprobe geben wollte, packte Flute ihn plötzlich am Arm. Er verfluchte den Jungen für seine Dummheit, während er gleichzeitig mit dem Fuß nach den beiden Taugenichtsen trat, sodass diese davonhuschten.

Auch der Hunger lockte die Menschen an, und dank dem Duft von Maisbrei und gebratenem Fleisch, der die windstille Luft erfüllte, versammelten sich viele Menschen um das Feuer, um ihren Hunger zu stillen. Soule, der vertrauensvoll genug war, die anderen mit dem Handel zu betrauen, hatte sich bereits zu einem der Lagerfeuer begeben und bediente sich bald selbst an den Töpfen. Während er ein Stück Fleisch von einem der über dem Feuer bratenden Tiere abschnitt, lächelte er die beiden nackten Kinder an, die nur wenige Zentimeter von den tanzenden Flammen entfernt saßen und zufrieden auf dem Leckerbissen kauten, den ihre Mutter ihnen gegeben hatte.

Aber es waren nicht nur die Kinder, die Soules Aufmerksamkeit erregten. Sein Blick wurde von vier Kriegern angezogen. Sie standen in einer dichten Gruppe neben einem der Langhäuser. Jeder war mit einer Muskete bewaffnet und ihre wilden Gesichter waren mit Kriegsbemalung verziert. Sie standen losgelöst von dem Treiben um sie herum dort und wurden zeitweise verdeckt durch die Menge und den Lärm. Er fühlte sich unbehaglich, wann immer er einen Blick auf sie erhaschen konnte. Dann waren sie plötzlich aus seinem Blickfeld verschwunden, unter anderem wegen der unzähligen Funken, die in den Himmel stoben, ausgelöst von den Ästen, die eine der Frauen in die niedrigen Flammen warf.

Als die Funken schließlich nachließen, waren die vier Krieger verschwunden, beinahe als ob sie ein Traum gewesen wären. Enttäuscht wandte Soule sich vom Feuer ab und machte sich auf den Weg zurück zu der großen Menschenmenge, die sich um die Handelswaren versammelt hatte. Seine Gedanken aber blieben bei den vier Kriegern. Irgendetwas an ihrer Anwesenheit beunruhigte ihn, und er war nicht der Typ Mann, der sich leicht beunruhigen ließ.

Hoch oben auf dem ausgestreckten Ast einer vertrockneten Eiche saßen zwei Raben, deren glänzende Flügel das helle Sonnenlicht reflektierten. Sie blickten mit glänzenden, schwarzen Augen auf das Treiben unter ihnen. Es war ein Schlafplatz, an dem sie sich oft aufhielten, und so ließen sie sich von dem Lärm und der Aufregung nicht beunruhigen. Zumindest würden sie Ruhe haben vor den jungen Burschen, die sonst mit angespitzten Pfeilen auf sie schossen. Anscheinend waren diese jungen Bogenschützen heute zu sehr mit anderen Dingen beschäftigt, als dass sie sich die Mühe machten, sie als Zielscheibe zu benutzen.

Der eigentliche Grund für den Besuch der Vögel war ihre Neugierde, als sie die Frauen dabei beobachteten, wie sie im Lager junge Hunde für das Kochfeuer einfingen und töteten. In den letzten vier Tagen war ihre einzige Mahlzeit aus den Resten eines Rehkadavers bestanden, den Wölfe gerissen hatten. Während das klagende Winseln der glücklosen Hunde zu ihnen heraufdrang, betrachteten sie die Szene unter ihnen.

Sie sahen der alten Frau zu, wie sie das warme Blut trank, das aus dem Hals eines Hundes in ihre Hände floss. Sie beobachteten, wie sie sich mit ihrem Häutungsmesser an die Arbeit machte und dann den Kadaver auf einen Spieß steckte und diesen über dem Feuer platzierte. Die Raben sahen die Gruppe junger Mädchen, die mit einem Korb voller Beeren und Wildfrüchte aus dem Wald zurückkehrten und auch den Jungen mit dem Welpen auf dem Arm, der in den Wald rannte. Nichts entging ihnen. Aber was am wichtigsten war und ihre Aufmerksamkeit am meisten erregte, waren die weggeworfenen Eingeweide, die wie eine sich windende Masse von sich paarenden Vipern neben einem der Feuer lagen. Eine Beute, die so verlockend nah und doch so gefährlich war. Sie warteten geduldig, und als sich die Gelegenheit bot, stürzten sie sich mit der Tapferkeit von Adlern darauf. Mit triumphierendem Krächzen schnappten sie sich einen Schnabel voll glitzernder Innereien. Ihre kräftigen Flügelschläge hoben sie hoch in die Luft.

Der Krieger, der durch die Brandnarbe in seinem Gesicht entstellt war, drängte sich durch die Menge um die Whiskeyfässer. Die nackte Klinge seines Messers drückte gegen seine Seite. Flute und Linnet machten gute Geschäfte, und der Haufen Felle zu ihren Füßen zeugte von ihrem Erfolg. Um sie herum drängten sich weitere Seneca-Krieger, die in der einen Hand einen Kürbis oder ein anderes Gefäß und in der anderen ein Fell hielten. Sie wollten bedient werden und drängten durch die Menge jener, die bereits mehrere Becher hinuntergestürzt hatten und schnell dem Gefühl der Trunkenheit erlagen. Mitten im Getümmel, die Ärmel hochgekrempelt, tauchte Linnet seinen Zinnbecher wieder in das Fass mit dem schlecht gebrannten Whiskey. Völlig vertieft in seine Aufgabe wandte er sich dem nächsten Kunden zu. Er lächelte amüsiert über den Anblick der beiden Krieger, die auf unsicheren Beinen auf ihn zu taumelten und deren wütende Stimmen sich über den Lärm erhoben. Einen Schritt hinter ihnen, die Ablenkung ausnutzend, stieß der Krieger mit dem Narbengesicht die Klinge seines Messers tief in die Brust des schlaksigen Jungen am Fass.

Betäubt von der Wucht des Schlages und mit einem ungläubigen Gesichtsausdruck taumelte Linnet zurück. Blut strömte aus der tiefen Wunde in seiner Brust. Er versuchte zu schreien, aber es kam kein Ton heraus. Dann knickten seine Beine unter ihm ein und er kippte rückwärts gegen das Fass. Er sackte auf den Boden und ein leises Geräusch drang aus seinem offenen Mund. Es war nicht der Schrei, den er sich erhofft hatte, sondern nur ein leises Stöhnen. Dann begann sein Körper zu krampfen. Er zuckte und wand sich, als würde er von einem epileptischen Anfall geplagt. Augenblicke später war der Krampf vorbei, und mit einem grotesken Grinsen auf den schmalen Lippen und dem Whiskey, der sich aus dem umgestürzten Fass um ihn herum sammelte, ging Linnet vom Leben in den Tod über.

Mit einem letzten Blick auf den ermordeten Händler verschwand der Krieger mit der Narbe in der ihn umringenden Menge. Er hielt noch immer das Messer, von dessen Klinge Linnets Blut tropfte, in der Hand.

Durch Flutes Schrei alarmiert, schob Soule jeden beiseite, der ihm den Weg versperrte, und rannte über den Dorfplatz. Noch bevor er die Fässer erreichte und Flute allein dort stehen sah, wich die Menge zurück, als ob der Händler von einem Feuerring umgeben wäre. Soule befürchtete das Schlimmste. Als er näherkam, sah er das umgekippte Fass, das neben Linnets ausgestrecktem Körper lag. Der Junge hielt seine Hände über die Brust. Sein Lebenssaft rann in Rinnsalen an seinen nackten Armen entlang und bildete kleine Pfützen auf dem trockenen Boden. Soule ließ sich neben ihm auf die Knie fallen und fuhr mit den Fingern über Linnets Augen.

Obwohl der Tod für ihn nichts Neues war, hinterließ er doch seine Spuren. Wie eine Kerbe, die in einen Pfahl geschnitten wurde. Bei einigen, von denen er viele selbst getötet hatte, hatte er keine Gefühle empfunden. Für ihn waren sie nur ein weiterer Ast für das Feuer des Teufels. Aber bei Linnet war es anders. Hier fühlte er echte Trauer. Er fühlte sich auch schuldig.

Die Erkenntnis, dass er seiner Vorahnung hätte mehr Glauben schenken sollen und das Wissen, dass er sich besser um ihn hätte kümmern sollen, peinigte nun sein Gewissen. Wie ein gefangenes Tier stellte sich Flute dem Ring von Indianern entgegen, dann ließ er sich auf ein Knie fallen und presste seine Lippen an Soules Ohr. Flutes Atem stank nach Whiskey.

„Ich habe nicht gesehen, wie das Geschrei anfing, aber als ich hinsah, sah ich diesen bemalten Heiden, der dem armen Linnet ein Messer in die Brust gestoßen hat. Ich konnte nichts tun, Quinty", sagte er und nannte den Mann bei seinem Vornamen. „Ich wusste, dass er erledigt war."

Soule nickte nur. Obwohl er den Mord nicht miterlebt hatte, wusste er bereits mehr über die Täter als Flute. Er konnte es natürlich nicht zugeben, und selbst wenn er es täte, was würde es nützen? Nichts. Genauso wie es keinen Sinn hätte, Flute zu bitten, den Täter zu benennen. Denjenigen zu identifizieren, der die mörderische Tat begangen hat, war zwecklos. Er war sicher bereits geflohen, das blutige Messer in der Hand wie eine Trophäe. Nein, jetzt war es seine Pflicht, dafür zu sorgen, dass sie nicht alle das gleiche Schicksal ereilte.

„Bleib bei ihm", sagte er zu Flute und erhob sich rasch.

In diesem Moment sah er Bailey, Double John und McCallum, die sich, jeder mit einer Muskete in der Hand, einen Weg durch die Menge bahnten. Die drei Männer drängten sich um ihn herum und starrten mit grimmigen Gesichtern auf die Menge der Menschen, die sich um sie herumtummelten. Jeder von ihnen erwartete, jeden Moment den Kriegsschrei zu hören.

„Ruhig, Jungs", sagte Soule. Er spürte, dass die Sache schnell aus dem Ruder laufen konnte. Kaum hatte er gesprochen, sah er die Gestalt von Wapontak, flankiert von einem Dutzend bewaffneter Krieger, die zielstrebig auf ihn zuschritten. Die Menge teilte sich, um sie durchzulassen.

Pahotan schritt neben dem alten Häuptling her, seine Kriegskeule leicht in der Mulde seines Armes ruhend. Als er sich der Gruppe von Händlern näherte, richtete Wapontak seinen Blick auf das umgekippte Whiskeyfass und auf die Leiche von Linnet, die daneben auf dem Boden lag. Soule nutzte seine Chance und schritt vor.

„Siehst du, was hier passiert ist?", rief Soule und deutete mit dem Finger anklagend auf Linnets Leiche. „Einer meiner Männer ist tot. Ermordet von einem eurer Krieger." Seine Stimme war voller Zorn. „Sollen wir alle getötet werden, ist das euer verdammter Plan?"

Ruhig hörte sich der alte Häuptling den heftigen Ausbruch des Mannes an. Er verbarg seine Gefühle hinter einer undurchdringlichen Maske. Er wusste, dass dies das Werk von Kiashuta war. Sein schwarzes Herz hatte diese Tat heraufbeschworen, in der Hoffnung, seine Krieger zu einer Orgie des Tötens anzustacheln.

Bevor er auf Soules Anschuldigung reagierte, wandte er sich an Pahotan und sprach eindringlich mit tiefer Stimme auf ihn ein. Pahotan nickte bestätigend und wandte sich mit einer Geste an die Gruppe von Kriegern. Er wandte sich ab und rannte in Richtung des schmalen Pfads, der in den Wald führte. Allein und unbewacht wandte sich Wapontak dem wütenden Händler zu, die rechte Hand auf sein Herz gelegt, eine Geste, die dem Zuhörer versichern sollte, dass die Worte, die er sprechen wollte, der Wahrheit entsprachen.

„Keiner aus meinem Volk hat diese böse Tat begangen. Das ist das Werk derer, die uns dazu bringen wollen, das Kriegsbeil gegen unsere Brüder, die Engländer, zu erheben." Er hielt inne und streckte den Arm aus, um in den Wald zu zeigen. „Ich habe meine Krieger ausgesandt, um die Schuldigen zu finden und sie zur Rechenschaft zu ziehen."

Überzeugt davon, dass der alte Häuptling keine Mitschuld an den Geschehnissen hatte, nickte Soule langsam. Was der Älteste gesagt hatte, war wahr. Die vier Wilden, die er beobachtet hatte, waren offensichtlich die Störenfriede, von denen der alte Häuptling gesprochen hatte. Diejenigen, die er nicht besser im Auge behalten hatte und die dank seiner Nachlässigkeit nun eine blutige Trophäe vorweisen konnten. Doch bevor er etwas erwidern konnte, wurde er durch eine plötzliche Unruhe in der Menge abgelenkt, und als er den Kopf drehte, sah er Blessing aus dem Menschengewühl hervortreten.

Soule fürchtete sich vor der Reaktion des Mannes, als dieser Linnets Leiche erblickte. Er schritt auf ihn zu, in der Hoffnung, ihn zu erreichen, bevor er den am Boden liegenden Körper des Jungen sehen würde. Aber es war bereits zu spät.

Zuerst stand Blessing nur da und starrte auf den Boden. Sein simpler Verstand konnte nicht begreifen, was er da sah. Doch dann sah er die blutgetränkte Brust des Jungen und ihm wurde alles klar. Die Wut kochte in ihm hoch wie Galle und der Wunsch nach Rache verzehrte ihn. Mit einem unmenschlichen Gebrüll stürzte sich Blessing auf den alten Häuptling. Seine Hand griff instinktiv nach der Axt in seinem Gürtel.

Überrascht von der Geschwindigkeit von Blessings Angriff, stürzte Soule auf ihn zu und versperrte ihm den Weg.

„Halt dich zurück, du Narr", sagte Soule und stieß seine Schulter hart in die bärenhafte Brust des Mannes. „Willst du uns alle

umbringen lassen?" Er griff Blessings Handgelenk, während er
sprach. Doch sein Flehen stieß auf taube Ohren, und mit wütender
Kraft begann Blessing, seine Axt zu befreien und Soule zur Seite
zu stoßen. In diesem Moment spürte der Angreifer den scharfen
Schmerz in seiner Seite unter den Rippen, und er wusste, dass er
niedergestochen worden war.

„Eher bringe ich dich um, als das ich dich passieren lasse", sagte
Soule. „Du weißt, dass ich es ernst meine."

Es war nicht so sehr der Zorn in Soules Stimme, der ihn innehalten ließ. Es war die Gewissheit, dass er es tatsächlich tun würde.
Das brachte Blessing zur Besinnung. Dieses Wissen und die
Wunde in seiner Seite waren mehr als genug, um seinen Zorn zu
besänftigen. Mit einem resignierten Blick befreite Blessing sein
Handgelenk aus Soules Griff und machte sich mit schwerfälligen
Schritten auf den Weg zu Linnets Leiche. Der Junge war sein guter
und liebster Freund gewesen. In Wahrheit, wenn das auch nur wenige wussten, war er noch mehr als das gewesen.

Obwohl er gezwungen war, seinen Wunsch nach Rache zu unterdrücken, war sich Blessing sicher, dass es Gelegenheit zur Vergeltung geben würde. Er musste nur geduldig warten. Wenn er
auf den richtigen Moment wartete, würde Linnets Tod nicht un-
gerächt bleiben. Er würde schon dafür sorgen. Er hatte seine
feuchten Augen auf das pockennarbige Gesicht des Jungen gerichtet. Die Maske des Schmerzes war nun durch einen Ausdruck ruhiger Gelassenheit ersetzt. Blessing hob ihn mit müheloser Leichtigkeit vom Boden auf, nahm Linnets Körper in seine kräftigen
Arme und wandte sich von dem umgestürzten Fass ab. Blessing
schritt langsam auf den das Lager umgebenden Wald zu. Seine
Haltung war dabei so würdevoll wie die eines Leichenbestatters.

Als der Mord an Linnet keine Ablenkung mehr bot, sondern wie
ein Sturm im Wasserglas abgetan wurde, kehrten die Gruppen
von Kriegern mit ihren Frauen zu den Kochfeuern zurück. Die
Nachzügler drängten sich um die schwindenden Stapel von Handelswaren und feilschten um irgendein begehrtes Stück. Die Kinder, die von der Zurückhaltung befreit waren und mit ihren Müttern plauderten, kehrten schließlich zu ihren ausgelassenen Spielen zurück.

Abseits des Geschehens sah sich Soule einer Gruppe von Kriegern gegenüber. Sie alle verlangten nach einem Becher der feurigen Flüssigkeit und er verdrängte die Erinnerung an Linnets Tod aus seinem Kopf. Er entfernte den Deckel eines dritten Fasses.

Der blutgetränkte Boden war der einzige Hinweis auf das Schicksal des jungen Händlers. Mit gemischten Gefühlen sah Soule zu, wie Blessing in den düsteren Wäldern verschwand. Obwohl er traurig über den frühen Tod des Jungen war, war er auch wütend auf sich selbst. Zornig über sein Versagen, denn er hatte es nicht verhindern können. Jeder von ihnen war sich der Gefahren bewusst, die ihnen durch ihre Arbeit drohen konnten. Sie akzeptierten, dass der Tod manchmal der Preis war, den sie für ihren gewählten Beruf zahlen mussten. Doch Soule tröstete das wenig. Wie um sein Bedauern noch zu verstärken, beobachtete er kurz darauf, wie Pahotan und seine Krieger aus dem Wald hervortraten. Die Tatsache, dass sie allein waren, sagte ihm alles, was er wissen musste. Diejenigen, die für den Mord an Linnet verantwortlich waren, waren entkommen, und die Chance, die Schuldigen zu bestrafen, war vertan.

Er beobachtete die Frauen, die auf der Suche nach Hunden für das Kochfeuer durch das Dorf zogen, und sah den Jungen, der mit dem Welpen auf dem Arm den breiten Graben, der das Dorf umgab, überquerte und im Wald verschwand.

Der Junge bahnte sich einen Weg durch die Bäume und erreichte nach wenigen Minuten sein Lieblingsversteck am Fuße eines alten Schierlings. Der Baum war schon vor langer Zeit abgestorben, aber beim Umstürzen hatte er sich in den ausgestreckten Ästen seiner Nachbarn verfangen. Seine verrottenden Äste bildeten ein Spalier, das von Reben und Schlingpflanzen genutzt wurde. Das Sonnenlicht fiel durch das zerrissene Blätterdach und erkundete mit seinen gelben Fingern die Länge des verrottenden Stammes. An den halb ausgegrabenen Wurzeln hatten Farne und Wildblumen Wurzeln geschlagen und gediehen in dem reichhaltigen, schwarzen Humus.

Auf Händen und Knien, den Welpen fest an die Brust gepresst, wühlte sich der Junge unter dem umstürzenden Laub hindurch, bis er eine Laube erreichte, die aus dem Geflecht der verschlungenen Stängel und Halme bestand. Eine düstere Laube, dunkel und feucht, aber ein gutes Versteck für einen kleinen Jungen und sein Hündchen.

Im Schneidersitz auf dem Boden sitzend, spitzte der Junge seine Ohren, aber außerhalb ihres geheimen Ortes war die Welt still. Das einzige Geräusch kam von der Zunge des Welpen, die über sein Gesicht leckte. Er spürte, dass der junge Hund hungrig war, und nahm ein Stück Fleisch aus dem Beutel, den er um den Hals trug, einem alten Tabakbeutel, der seinem Großvater gehört hatte, und ließ es in das Maul des Welpen fallen. Das Letzte, was er wollte, war, dass er anfing zu winseln. Und so blieben sie dort, versteckt und schweigend, was für einen so jungen Welpen eine sehr lange Zeit war.

Als der Welpe sich schließlich immer stärker wehrte, kroch der Junge widerwillig aus seinem Versteck hervor. Da er befürchtete, dass es noch Menschen geben könnte, deren Hunger gestillt werden musste, ging er lieber mit dem zappelnden Welpen in den Armen in den umliegenden Wald zurück. Er hatte beinahe die kleine Lichtung erreicht, wo er sicher war, dass sie dort ohne Gefahr spielen konnten, als der Junge plötzlich vom Anblick einer Gestalt aufgehalten wurde.

Der Mann wirkte wie ein Koloss, der den Weg vor ihm versperrte. Er hielt den Körper eines Mannes in seinen Armen. Durch das plötzliche Auftauchen des Mannes erschreckt, wollte der Junge zunächst weglaufen. Doch dann erkannte er ihn. Er erinnerte sich, dass er ihn an jenem Morgen gesehen hatte, als er die kleinen Kinder auf den Rücken der seltsamen Tiere gehoben hatte. Und so blieb er stehen, einerseits beruhigt durch die Erinnerung und andererseits neugierig, warum er einen anderen Yengeese auf dem Arm trug.

Überrascht über das plötzliche Auftauchen des Kindes, aber auch dankbar, dass es nicht weggelaufen war, ließ Blessing Linnets Körper mit einer fließenden Handbewegung auf den Boden sinken und winkte den Jungen zu sich.

„Komm doch, Junge. Komm näher und sieh dir einen toten Mann an. Toddy hier hat nichts dagegen, wenn du ihn anschaust." Obwohl er nicht verstand, was der Mann gesagt hatte, war die Geste deutlich genug, und mit der Neugier, die die Vorsicht überwand, und dem zappelnden Welpen fest im Arm ging der Junge auf ihn zu.

Natürlich hatte er schon einmal eine Leiche gesehen, aber nicht eine wie diese. Nicht die Leiche eines Yengees. Als er auf Linnets blutige Brust hinunterstarrte, verstärkte sich das Ringen des Welpen, und er befreite sich aus den Armen des Jungen und huschte er zwischen die Bäume.

Instinktiv drehte sich der Junge um, um ihn zu verfolgen, aber noch bevor er seine Beine bewegen konnte, schlossen sich Blessings kräftige Hände wie ein Würgehalsband um seinen Hals. Entsetzt und mit vor Angst aufgerissenen Augen schlug der Junge um sich und versuchte verzweifelt, sich aus dem Griff des Mannes zu befreien. Doch sein Schicksal war bereits besiegelt. Die Schläge seiner kleinen Fäuste gegen Blessings Brust waren so nutzlos wie die Flügel eines Schmetterlings, die gegen eine Glasscheibe schlugen. Mit einer Drehung seiner Handgelenke brach Blessing dem Jungen das Genick, als ob es ein trockener Zweig wäre. Ohne einen Anflug von Reue ließ er den leblosen Körper des Kindes auf den Boden sinken und hob Linnet wieder in seine Arme, um seinen Weg fortzusetzen.

Er war kaum ein Dutzend Meter weit gegangen, als ihm ein Gedanke kam, und als er sich umdrehte und seinen Blick auf den Körper des toten Kindes richtete, dachte er über dessen Vorteile nach. Zum Glück fiel ihm die Entscheidung nicht schwer, selbst für einen wie Blessing, und so ging er wieder zurück. Ja, er würde sie beide hier begraben. Der Platz war gut genug und erfüllte seinen Zweck. Zufrieden mit seiner Entscheidung, schob Blessing die überhängenden Äste beiseite und schleppte die beiden Leichen in das düstere Innere der Bäume.

Als er eine geeignete Stelle gefunden hatte, begann er mit seiner Axt in den nährstoffreichen Boden zu graben und grub mit den Händen in der weichen Erde. Es war eine harte und schweißtreibende Arbeit, aber obwohl die Wunde in seiner Seite wieder zu bluten begonnen hatte, arbeitete er unermüdlich weiter. Schließlich lehnte er sich zufrieden mit dem Rücken gegen die aufgeschüttete Erde und zog einen tiefen Atemzug in seine Lungen.

Doch seine Ruhe war nur von kurzer Dauer, denn es gab noch das Begräbnis zu erledigen. Linnet war der erste, der in das Grab gelegt wurde und sein schlaksiger Körper passte genau in das abgemessene Loch. Dann folgte das Kind, dessen zerbrechlicher Körper mit dem Gesicht nach oben auf Linnets blutige Brust gelegt wurde.

Blessing nahm sich einen Moment Zeit, um sein Werk zu begutachten, und beugte sich mit ungewohnter Zärtlichkeit hinunter, um Linnet auf die Lippen zu küssen. Es war das Lebewohl eines Liebhabers. Nach der einfachen Zeremonie begann Blessing, das Loch aufzufüllen. Er schüttete die Erde in die vertraute Öffnung und verdichtete sie mit seinen Händen, bevor er mit der Klinge seiner Axt Linnets Namen in die Erde ritzte. Nach getaner Arbeit schob Blessing das dichte Geäst beiseite und ging zurück auf den schmalen Pfad.

Als er sich an die plötzliche Helligkeit am Waldrand gewöhnt hatte, blieb er einen Moment lang stehen und sah sich nach dem Welpen des Jungen um. Warum, war er sich nicht sicher, denn schließlich wäre das Tier ja kein richtiger Zeuge. Amüsiert von dem Gedanken, steckte er die Axt in seinen Gürtel und machte sich mit schwerfälligen Schritten zurück in das Dorf der Seneca.

Der Tag war beinahe vorbei. Das Lärmen des Handels hatte aufgehört, und Ruhe hatte sich über das Dorf gelegt. Müde Kinder rieben sich die Augen. Untätige Krieger lungerten an den erlöschenden Feuern herum, während diejenigen, die sich an den Whiskeyfässern satt getrunken hatten, dort lagen, wo sie hingefallen waren. Sie schliefen ihren Rausch aus. Mütter und Großmütter saßen in den Türrahmen der Langhäuser und hielten ihre Hände und Zungen selten still. Nur das Knurren der Aasfresser in der Nähe störte die ruhige Atmosphäre.

Vor dem Eingang des Langhauses, das ihnen für die Nacht als Unterkunft dienen sollte, waren McCallum, Flute und Double John damit beschäftigt, die Felle zu sortieren, die sie im Tauschhandel erstanden hatten. Von den Handelswaren war nicht eine einzige Perle oder Decke übriggeblieben. Selbst die Whiskeyfässer waren leer.

Soule legte sein Notizbuch beiseite und sah zu, wie die Felle und Pelze von den Männern in handliche Bündel sortiert wurden. Obwohl er sich über das gute Geschäft freute, war er sich auch der melancholischen Stimmung seiner Männer nach Linnets Tod bewusst. Er bemerkte an der Dringlichkeit, mit der sie alle arbeiteten, dass jeder von ihnen darauf brannte, von diesem Ort wegzukommen.

Schließlich hörte er die Stimme von Baily. Obwohl nicht klar zu erkennen war, was er sagte, war die Wut in seiner Stimme nicht zu überhören. Entsetzt über die Möglichkeit eines weiteren Todesfalls eilte Soule zur Quelle der Stimme. Als er die Seite des Langhauses umrundete, sah er zu seinem Entsetzen Baily, der einem Seneca-Krieger gegenüberstand. Die Hand des Kriegers ruhte auf dem Griff seiner Axt. Er eilte zu ihnen hinüber, krallte seine Hände in Bailys Mantel und zog ihn zur Seite.

„Bist du verrückt geworden?", fragte Soule vehement und starrte dem Mann streng ins Gesicht. Unfähig, eine Antwort zu geben, senkte Baily einfach den Kopf. Soule ließ seine Wut abklingen und löste seinen Griff vom Mantel des Mannes. Er wandte sich Bailys Widersacher zu. Schwankend, aber nie ganz das Gleichgewicht verlierend, richtete Shingas seine trüben Augen auf den Mann, der vor ihm stand. Seine wilden Gesichtszüge wirkten nicht mehr bedrohlich. In seiner ausgestreckten Hand hielt er den Pelz eines Winterfuchses.

„Whisky! Whisky!"

Obwohl die Worte undeutlich waren, verstand Soule die Bitte des Kriegers.

„Es gibt keinen Whiskey mehr. Der Whiskey ist weg", erwiderte Soule mit fester Stimme. Verblüfft schüttelte Shingas langsam den Kopf und deutete mit ausgestrecktem Arm auf die drei Whiskeyfässer. „Whisky!"

Ohne sich die Mühe zu machen zu antworten, zog Soule seine Axt aus dem Gürtel und ging zu den Fässern hinüber. Er kippte eines der Fässer auf die Seite und stieß sein Beil mit einem einzigen kräftigen Schlag in das Fass.

„Der Whisky ist weg! Kein Whisky!", rief er und hoffte, dass die Demonstration den Krieger davon überzeugt hatte, dass die

Fässer leer waren. Dann entriss Soule dem Krieger das ihm angebotene Fell und drückte ihm die Axt in die Hand. Mit müden Augen richtete Shingas seinen Blick auf die Axt. Sie fühlte sich in seiner Hand gut an. Dankbar, dass sich sein Handel als akzeptabel erwiesen hatte, kehrte Soule dorthin zurück, wo seine Männer damit beschäftigt waren, die letzten Bündel zu Ballen zu verschnüren.

„Kommt, Jungs, es ist Zeit, unsere leeren Bäuche zu füllen.“

Eifrig kamen die Händler seinem Vorschlag nach und begaben sich in das Langhaus. Wie üblich war bereits eine Mahlzeit für sie vorbereitet worden. Ein Zeichen der Gastfreundschaft, und der verlockende Duft von frisch gebratenem Fleisch erfüllte die Luft. Sie setzten sich neben das Feuer. Jeder griff schnell zum Messer, schnitt ein Stück Fleisch ab und stopfte es hungrig in den Mund. Das in Öl eingelegte und über offenem Feuer gebratene Fleisch von Hunden war für sie genauso verlockend wie eine im Ofen gebratene, in Rotwein marinierte und mit Rosmarin- und Thymianzweigen garnierte Wachtel für einen englischen Aristokraten gewesen wäre.

Mit der Axt in der Hand taumelte Shingas davon. Das Gefühl der Freude über seinen Handel ging schnell verloren und wurde von einer depressiven Stimmung verzehrt, die ihn wie ein böser Geist beherrschte. Wie andere Mitglieder ihrer Rasse empfanden auch die Seneca wenig Freude am Trinken. Rührseliger Kummer oder heftige Wut waren meist die einzige Belohnung für ihren Genuss.

Mit schwindender Kraft in den Beinen und nur durch seine Willenskraft davor bewahrt, zu Boden zu fallen, taumelte Shingas in Richtung seines Langhauses. Das Läuten der Glocke der Konsequenz warnte ihn, dass er sein Lager finden musste, bevor diese Krankheit noch mehr von seinen Kräften verschlang. In diesem Moment sah er Minawa in einer Gruppe junger Frauen stehen. Sie hatte sich ihre neu erworbene Decke über die Schultern gelegt. Um sie herum stolzierten ein halbes Dutzend jugendlicher Spunde, deren geschmeidige Körper mit duftendem Öl gesalbt waren und die sich mit Federn und Perlen geschmückt hatten.

Jeder von ihnen sonnte sich in den koketten Blicken der jungen Mädchen.

Eifrig machte sich Shingas bösartiger Verstand an die Arbeit, verzerrte die Natürlichkeit der Szene und widerlegte ihren harmlosen Charakter. Bei dem Gedanken, dass die jungen Männer seiner Frau mit ihren Augen Komplimente machten, stieg rasende Eifersucht in ihm auf. Er wurde zum Spielball dieses Gefühls und schrie vor Wut auf, während seine Beine neue Energie schöpften. Shingas rannte auf die Gruppe zu. Erschrocken über sein plötzliches Auftauchen starrten die jungen Männer Shingas ungläubig an. Augenblicke später war er mitten unter ihnen und schlug blindlings mit seiner Axt zu. Voller Panik flüchteten die jungen Mädchen wie Hühner, die von einem Fuchs gejagt wurden, in alle Richtungen davon. Die jugendlichen Kavaliere, die nicht durch die Bande des Kriegerdaseins gebunden waren, folgten ihnen schnell. Alle bis auf einen. Sein Stolz siegte über seine Angst und er blieb standhaft als Ziel für Shingas' Wut stehen.

Entsetzt sah Minawa zu, wie sich Shingas auf den Jungen stürzte und seine Axt mörderische Bögen durch die Luft schnitt. Mit einem wilden Schrei stürzte sie auf ihn zu und griff nach dem erhobenen Arm ihres Mannes. Sie flehte ihn an, aufzuhören. Wütend schlug Shingas mit seinem freien Arm nach ihr, und der Schlag ließ sie rückwärts auf den Boden taumeln. Flink wie eine Katze war Minawa im Nu wieder auf den Beinen. Mit ausgestreckten Armen rannte sie auf ihn zu, ihre Stimme, ihr ganzes Wesen flehte ihn an, aufzuhören.

Blind vor Wut und taub für ihre verzweifelten Schreie hob Shingas seine Axt in die Luft und schlug auf sie ein. Die Stahlklinge bohrte sich in ihren Kopf. Die Wucht des Schlages ließ sie auf die Knie sinken. Durch diese mörderische Tat von seinem jugendlichen Stolz befreit, drehte sich der junge Dandy auf den Fersen um und begann, in die Sicherheit der umliegenden Langhäuser zu laufen. Shingas befreite seine Axt und schien den leblosen Körper Minawas, der wie eine weggeworfene Kinderpuppe auf dem Boden lag gar nicht zu bemerken. Aus der schrecklichen Kopfwunde floss das Blut.

Shingas jagte dem jungen Krieger hinterher. Doch schon nach wenigen Schritten begann seine falsche Kraft zu schwinden, und nach einem kurzen, stolpernden Lauf gaben seine Beine schließlich nach. Er wurde nach vorne gegen die Ecke eines Langhauses geschleudert und schlug mit dem Kopf gegen den Eckpfosten.

Später, als das Dorf in Dunkelheit gehüllt war, trugen Pahotan und ein anderer Krieger den schlaffen Körper von Shingas zurück in sein Langhaus. Sie legten den Bewusstlosen auf seine Liege, und Pahotan entließ den Krieger und setzte sich dann auf die freie Liege neben Shingas. Kaum hatte er sich niedergelassen, erschien eine alte Frau in der Tür. Ihr Gesicht war von Sorge gezeichnet. Pahotan schickte sie mit einer Handbewegung fort, legte sich eine Decke um die Schultern und begann mit der blutigen Axt auf dem Schoß seine Nachtwache.

In dem Moment, als er die Augen öffnete, wurde Shingas von einem schmerzhaften Pochen in seinem Kopf begrüßt. Er hob die Hand und berührte mit einem Finger die Schwellung über seinem linken Auge. Dort war das Zentrum des Schmerzes, der mit der Regelmäßigkeit seines Herzschlages durch seinen Kopf fuhr. Von Durst geplagt, griff er nach dem Steingutkrug neben seinem Lager, presste ihn an seine Lippen und trank gierig. Er schluckte das Wasser in kleinen Schlucken. Er war dankbar für die Kühle in seiner rauen, trockenen Kehle.

Als er seinen Durst gestillt hatte und den Krug auf den Boden stellte, bemerkte er plötzlich die Gestalt, die ihm gegenüber auf der Liege saß. Er erkannte, wer es war, und bevor Shingas etwas sagen konnte, streckte Pahotan einen Arm aus und reichte ihm das blutverschmierte Kriegsbeil. Shingas nahm es an sich und starrte auf die blutverschmierte Axt, während sein Verstand darum rang, sich an ihre Bedeutung zu erinnern. Dann offenbarte seine Erinnerung langsam die Bilder. Das Beil, das während seines Wahnsinns eine Rolle gespielt hatte. Makabre Bilder spielten sich vor seinen Augen ab und hüllten ihn augenblicklich in ein Gefühl von Traurigkeit und Reue. Das Wissen über das, was er getan hatte, brannte wie ein Feuer in seinem Gehirn. Doch selbst in der

Dunkelheit seines Zimmers durfte er solche Gefühle nicht zeigen. Nur die Wut durfte er zeigen. Sie färbte sein Gesicht und veränderte wie flüssiges Feuer seine kohlschwarzen Augen. Nur die Wut konnte ihn von den Schuldgefühlen befreien, die ihn zu übermannen drohten. Wahrhaftig geboren und nicht eine Erscheinung des Whiskeyfasses. In seiner bösartigen Vorstellung war er schuldlos. Diese englischen Hunde waren die wirklichen Schuldigen. Sie hatten ihn mit ihrem Whiskey vergiftet, und deshalb hatte er alles verloren. So verwandelte sich der Zorn in einem Wimpernschlag in ein übermächtiges Verlangen nach Rache. Unsicher kletterte er auf seine Füße, legte sich seine Tasche über die Schulter, nahm seine Muskete und sein Pulverhorn auf und ging mit einem letzten Blick auf die blutige Axt durch die offene Tür hinaus.

Auf der Suche nach dem Schutz und der Einsamkeit des Waldes wurde Shingas auf seinem Weg durch das stille Dorf vom Klang der Frauenstimmen aufgehalten. Die unmelodischen Klagegesänge durchdrangen die frühe Morgenluft. Er ging auf das Langhaus zu, aus dem das Geräusch kam. Er griff nach dem Vorhang, der den Eingang verdeckte, und wusste, dass er ihn nicht beiseite ziehen konnte. Er wusste, was sich dahinter verbergen würde. Shingas würde in das kerzenbeleuchtete Innere des Gebäudes blicken und Minawa auf einem niedrigen Lager liegen sehen. Sie würde in ihre besten Kleider gekleidet sein und das Blut wäre von ihrem Gesicht abgewaschen worden. Ihr Haar würde offen und gekämmt sein, um die schreckliche Wunde an ihrem Kopf zu verbergen. Der Anblick wäre zu viel für ihn und unerträglich. Nichts durfte seine Traurigkeit verstärken oder ihn an seine Schuld erinnern. Er durfte nur daran denken, wie er einen Weg finden konnte, um sich an denen zu rächen, die er für die Tat verantwortlich machte. Eine schreckliche Rache für Minawa, die sein Kind getragen hatte, denn nun waren beide fort.

Mit vertrauten Schritten, die dem schmalen Pfad folgten, bahnte sich Shingas seinen Weg durch den Wald. Ätherische Sonnenflecken tanzten wie schelmische Geister zwischen den hoch aufragenden Hemlocktannen. Die Stille unter der Kuppel der Bäume wurde durch das ferne Kläffen einer Füchsin unterbrochen, die nach ihrem Gefährten rief. Zur Mittagszeit fand er sich am Rande eines düsteren Zedernsumpfes wieder. Der sumpfige Boden war mit den umgestürzten Stämmen der verfaulten Bäume übersät. Dazwischen standen Büschel von Stechginster, deren leuchtend orangefarbene Blüten wie Juwelen in den gelegentlichen Sonnenstrahlen aufleuchteten.

Am Rande des Waldes folgte Shingas dem schmalen Pfad, der vor ihm über einen steilen, bewaldeten Bergrücken anstieg. Als er den Punkt erreichte, an dem der Weg abflachte, versperrte ihm ein großer Fels den Weg. Es war ein massiver Granitfelsen, der teilweise mit Farnen und Flechten bewachsen war und über dessen verwitterte Oberfläche Rinnsale vom darüber liegenden Hang herabplätscherten.

Shingas holte einen perlenbesetzten Tabakbeutel aus seiner Tasche und legte ihn vorsichtig auf die kristalline Oberfläche des Steins. Er hielt einen Moment inne und ging zurück zu einem Felsvorsprung, der ihm etwas Schutz bot, und setzte sich im Schneidersitz auf den harten Boden, um den riesigen Felsen zu betrachten. Auf seiner zerklüfteten Oberfläche waren auch andere Geschenke abgelegt worden. In Spalten gesteckt oder auf einen schmalen Vorsprung gelegt befanden sich die Mokassins eines Kindes oder ein mit wildem Honig gefüllter Topf aus Lehm gebrannt. Auch eine Kette aus Süßwasserperlen war auf dem Felsen. Jeder Gegenstand war als Opfergabe für eine Gottheit dort abgelegt worden. Ein Geschenk an einen übernatürlichen Geist im Austausch für ein erhörtes Gebet.

Den ganzen Tag über und bis in den frühen Abend hinein saß Shingas mit steifem Rücken da, seine Muskete lag auf den Knien und er starrte auf den heidnischen Altar. Das Tabakopfer, das er hinterlassen hatte, war für Areskoui, den Gott des Krieges. Er war es, den er mit Fasten und Gebeten um seine Hilfe anrief. Doch leider war keine Vision gekommen. Nichts wurde ihm offenbart. Es schien, als hätte Areskoui sein Gesicht von ihm abgewandt. Als er schließlich befürchtete, dass die Pelzhändler das Dorf bereits verlassen hatten, gab er seine Wache auf. Er war verzehrt von enttäuschter Hoffnung, von Bösartigkeit und Frustration. So machte sich Shingas wieder auf den Weg durch den dunkler werdenden Wald. Sein Leben war ein Bild der Finsternis. Sein Ansehen und sein Ruf als Kriegshäuptling waren verloren. Kein einziger Krieger würde den Tomahawk in die Hand nehmen, nachdem er seinen Schrei nach Rache gehört hatte.

Doch wie andere seiner Rasse war auch Shingas von einem übermäßigen Stolz besessen, einem Stolz, der diese Widrigkeiten leugnete. Als Krieger der Hodenosaunee *der Sechs Nationen* würde er seine Rache bekommen. Nichts würde sich ihm in den Weg stellen können. Dieses Verlangen nach Rache war nun die alles beherrschende Leidenschaft seines Lebens, und er würde allem trotzen, sogar dem Tod, um sein Verlangen danach zu stillen. Er war so sehr mit seinem Rachegedanken beschäftigt, dass er beinahe das klagende Geräusch überhört hätte. Aber da war es wieder, das erbärmliche Winseln eines jungen Hundes.

Selbst im Halbdunkel unter den Fichtenzweigen entdeckten Shingas' Augen den Welpen. Er hatte eine der kleinen Hände des Jungen ausgegraben. Die abschreckende Markierung wies ihm den Weg zum Grab. Shingas ließ sich auf die Knie fallen und begann, mit den Händen in der aufgeschütteten Erde zu wühlen. In wenigen Minuten war das schreckliche Geheimnis enthüllt. Behutsam hob er den Jungen aus der flachen Grube und nahm ihn mit ungewohnter Zärtlichkeit in die Arme, um den Dreck zu entfernen, der noch an seinem unschuldigen Gesicht klebte. Als er auf die kleine, leblose Gestalt hinunterblickte, wusste er, dass hier in der Stille des Herzens des Kindes Areskouis Antwort auf sein Gebet lag. Dieser üble Mord würde nicht ungestraft bleiben. Der Schrei nach Vergeltung würde nicht ungehört verhallen, und er, Shingas, würde den Moment nutzen, um den Verlust seiner Frau und seines Kindes zu rächen.

Von dem Gedanken begeistert, packte er den Welpen am Genick und schob die überhängenden Äste beiseite, um mit immer größeren Schritten den schmalen Pfad zum Dorf zu erklimmen.

Den leblosen Körper des Jungen in den Armen schritt Pahotan langsam im Mondlicht zwischen den Reihen der Langhäuser hindurch. Eine Stunde zuvor war Shingas bereits schon einmal ungesehen in das Dorf geschlichen und hatte seinen alten Verbündeten aufgesucht, um ihm zu berichten, was er gefunden hatte.

Entsetzt über Shingas Enthüllung kehrte Pahotan in Begleitung von zwei vertrauten Kriegern mit ihm zu dem makabren Grab zurück. Den ganzen Tag über hatte man sich große Sorgen um das vermisste Kind gemacht. Scharen von Kriegern hatten den Wald abgesucht, während sie auf ihre Trommeln schlugen und mystische Beschwörungsformeln sangen. Die Ältesten hatten den Großen Geist um seine Hilfe angerufen. Viele befürchteten, dass das Kind von einem bösen Geist in der Gestalt eines wilden Tieres entführt worden war. Andere hielten es für möglich, dass ein Kriegszug der Huronen oder Ottawa auf der Suche nach Skalps den Jungen entführt hatte. Niemand konnte die schreckliche Wahrheit erahnen. Als Pahotan sich seinen Weg durch das schweigende Dorf bahnte, tauchten wie von Geisterhand Krieger und ihre Frauen auf, die mit dem grellen Schein ihrer Fackeln die Dunkelheit erhellten. Ihr unharmonisches Wehklagen, begleitet vom Heulen der Lagerhunde, zerriss die Luft. Plötzlich bahnte sich eine zahnlose alte Frau mit eingefallenen Wangen einen Weg durch das Gedränge zu Pahotan. Der Alten folgte eine junge Frau mit schmerzverzerrtem Gesicht. Mit einem unmenschlichen Schrei riss die Frau das Kind aus Pahotans Armen und drückte seinen schlaffen Körper an ihre Brust. Schluchzend vor Erleichterung rief sie seinen Namen, doch es kam keine Antwort. Und dann überkam sie die Erkenntnis. Ihr Kind war tot. Mit einem gequälten Schrei sank sie auf die Knie, ihre Tränen benetzten sein marmorbleiches Gesicht. Wenige Augenblicke danach führten sanfte Hände sie fort. Andere Herzen wollten ihren Kummer teilen.

Dann ertönten wieder Geräusche. Menschen riefen mit wütenden Stimmen.

„Wo hat man das Kind gefunden? Wie ist es gestorben? Sag es uns! Sag es uns!", schrien sie aufgebracht. Pahotan hob die Arme in die Luft und befahl ihnen, ruhig zu sein. Sofort senkte sich ein erwartungsvolles Schweigen über die Menge. Jenseits des Rings von Menschen, die wie Schauspieler abwartend in den Kulissen standen, warteten die beiden Krieger. Jeder von ihnen hielt eines von Linnets Beinen fest und wartete auf die Aufforderung, vorzutreten. Pahotan wählte den richtigen Moment und rief ihnen schließlich mit einem wilden Schrei zu, um sie in die Tragödie miteinzubeziehen. Die beiden Krieger tauchten aus dem Dunklen auf und zogen mit steinerner Miene Linnets steifen Körper hinter sich her wie einen grausigen Pflug. Aufgestachelt durch Pahotans Enthüllung über den Tod des Kindes wälzte sich die Menge mit markerschütternden Schreien auf Linnets Leiche zu. Sie hackten mit Messern, Stöcken und Tomahawks auf ihn ein. Inmitten des wilden Angriffs traf eine Gruppe von Frauen ein. Sie trugen Holz auf ihren Armen und schichteten es schnell zu einem Scheiterhaufen auf. Nachdem sie den Scheiterhaufen angezündet hatten, warfen sie den verstümmelten Leichnam des Händlers mit dämonischem Geschrei in die Flammen und sprangen in einem Rausch der Abscheu um das Feuer herum.

Er stand im Schatten, während sich das Licht des Feuers auf seinem Gesicht spiegelte, und genoss die Orgie des Hasses. Shinghas Hoffnung auf Rache wurde Wirklichkeit. Zufrieden mit seinem Werk, schlich sich Pahotan unbemerkt davon und machte sich auf den Weg zum Ratshaus. Am Eingang hielt er einen Moment inne, zog dann den schweren Vorhang zurück und trat ein.

Wapontak saß auf der niedrigen Bank in der Mitte des Gebäudes und starrte in die Glut des sterbenden Feuers. Neben ihm saßen eine Handvoll Stammesältester, die sich gegen die kühle Nachtluft in ihre Decken eingewickelt hatten. Eine alte Frau trat aus einer Ecke des düsteren Gebäudes hervor und fütterte das Feuer mit Ästen. Die sterbenden Flammen leckten hungrig nach dem Holz, und ihr flackernder Schein verbreitete sich wie ein Becken aus sanftem Licht.

Wapontak berührte den glühenden Pfeifenkopf und sog tief den Tabakrauch in seine Lungen. Er beobachtete, wie die Rauchschwaden in die dunkle Leere unter dem gewölbten Dach aufstiegen. Nachdem er sich vergewissert hatte, dass die Pfeife richtig brannte, winkte er Pahotan mit einer Handbewegung nach vorne. Pahotan setzte sich auf die Binsenmatte gegenüber dem alten Häuptling und begann seine Ansprache. Er ließ seinen Blick über die alten Männer gleiten. Sie hörten seinen Worten aufmerksam zu. Als er sprach, tat er es, ohne aufzubauschen. Es reichte, dass er sie anlog. Er sagte ihnen nur, was sie hören sollten. Er und zwei andere hatten die Leiche des Jungen gefunden, die mit dem ermordeten Händler zusammen vergraben worden war. Ja, sie war mit großer List versteckt worden, aber Tusonderongue hatte sie gefunden. Selbst der Elch zittert, wenn er in den Wäldern ist. Shingas' Rolle konnte bei all dem nicht erwähnt werden. Ihn mit hineinzuziehen, würde nur ihr Rachemotiv gefährden. Jede Andeutung, dass Shingas den Tod des Jungen für seinen eigenen Racheakt nutzen wollte, würde von dem alten Häuptling schnell bemerkt werden. Er würde dieses Wissen dazu benutzen, jegliche Vergeltung an den englischen Händlern zu unterbinden.

Wapontak starrte ihn mit seinen kleinen schwarzen Augen durch den wirbelnden Pfeifenrauch hindurch an und hörte dessen Lügengespinst aufmerksam zu. Wut stieg in dem alten Häuptling auf. Er war wütend über die sinnlose Ermordung des Kindes. Wütend darüber, dass er nicht in der Lage sein würde, die gewalttätigen Konsequenzen einzudämmen. Obwohl nur einer der Händler ein Mörder war, würde jeder von ihnen für seine Taten verurteilt werden. Also sorgte er sich stattdessen um Vorsichtsmaßnahmen, und als er sprach, stand dieser Gedanke im Vordergrund.

„Niemand darf erfahren, was aus diesen Yengeese-Händlern geworden ist. Niemand darf wissen, dass mein Volk für ihren Tod verantwortlich ist. Hört mich an", sagte Wapontak und sprach seine Worte mit großer Feierlichkeit aus. „Wir können nicht wissen, wer der Schuldige ist, also müssen alle Whiskeyhändler getötet und ihre Leichen sorgfältig versteckt werden. Es muss so sein, als wären sie nur ein Traum gewesen."

„Wenn sie kämpfen, sind sie zu wenige. Wenn sie fliehen, werden wir sie fangen", sagte Pahotan, die Sorgen des alten Häuptlings bedenkend. „Alle werden sterben, und wenn der Regen kommt und die Spuren ihrer Pferde wegspült, wird sogar der Traum vergessen sein." Seine kluge Antwort berührte jeden der Ältesten und erinnerte sie an die Zeit, als auch sie Krieger gewesen waren.

Mit einem anerkennenden Nicken sah Wapontak schweren Herzens zu, wie Pahotan aufstand und sich mit zielstrebigen Schritten auf den Weg zu der abgedunkelten Tür machte.

Nachdem sie von der Entscheidung des Ältesten erfahren hatten, zogen die Lagerschreier durch das Dorf. Mit ihren erhobenen

Stimmen riefen sie diejenigen Krieger zum Kriegsfeuer, die demselben Clan angehörten wie die Mutter des toten Kindes. Sie gehörte zum Totemklan der Wölfe, und nach dem Brauch der Hodenosaunee, dass die weibliche Linie die Ausschlaggebende war, galt dies auch für ihr Kind.

Im Inneren von Pahotans Langhaus, halb im Schatten verborgen, beobachtete Shingas das Kommen und Gehen der Frauen, die mit den ihnen anvertrauten Vorbereitungen beschäftigt waren.

Sie fütterten das lodernde Feuer mit Holz. Dann legten sie die mit Fleisch gefüllten Schalen und alle anderen Lebensmittel, die nach der gestrigen Völlerei noch aufzutreiben waren, auf Binsenmatten. Schließlich gingen sie nach getaner Arbeit nach draußen. Als sie in der Tür stehen blieben, wandte sich eine der jungen Mägde mit einem koketten Lächeln an Shingas. Er war jetzt ein Krieger ohne Frau, und sie hoffte, dass seine Augen sie mit Vergnügen ansahen. Shingas bewunderte ihre Kühnheit und starrte sie an, wobei seine Augen auf den wohlgeformten Konturen ihres Körpers verweilten. Dann war sie verschwunden, aber ihr Herz erfüllte sich mit Hoffnung.

Kaum waren die Frauen gegangen, kamen auch schon die Krieger des Wolfsclans, jeder in seinem Kriegsschmuck und mit flatternden Federn auf dem Skalp. Ihre markanten Gesichtszüge und geschmeidigen Körper waren mit Farbe bemalt. Rot für den Krieg. Schwarz für den Tod. In jedem Gürtel steckte ein Tomahawk und ein Skalpier Messer. Jeder von ihnen gab sein feierliches Versprechen, den Mord an dem Kind zu rächen, indem er sich an dem Essen labte, das man für sie vorbereitet hatte. Mit seinen wilden, für den Krieg frisch geschminkten Gesichtszügen leckte Shingas das Fett von seinen Fingern und blickte auf die um ihn versammelten Krieger. Unwissentlich würde ihre Rache auch die seine sein, denn dass er demselben Clan angehörte wie das ermordete Kind, war seiner Meinung nach kein Zufall, sondern eine echte Manifestation des Willens von Areskoui.

Nach dem Festmahl begab sich der Kriegertrupp in einer stattlichen Prozession zum Dorfplatz. Dort erwartete sie das Publikum der Wilden, und drängte sich erwartungsvoll nach vorne, aus Angst, auch nur das kleinste Detail zu verpassen.

Momente wie diese retteten ihr Leben vor der Langeweile, und obwohl es schon spät in der Nacht war, wurden die Gedanken an Schlaf verdrängt. Nur die Babys durften ihre Augen schließen. In der Mitte der Lichtung brannte bereits ein großes Lagerfeuer, dessen Flammen die Gesichter der Betrachter in Wärme und Licht tauchten. Daneben war ein hoher Stamm in den Boden gerammt. Seine raue Oberfläche war mit roter Farbe beschmiert worden. Plötzlich ertönte ein lauter Aufschrei, und die Gruppe der Krieger bewegte sich mit Pahotan an der Spitze im Kreis um den Stamm herum.

Shingas, der neben ihm herging und den Moment der Aufmerksamkeit sichtlich genoss, wurde plötzlich von einer Bewegung in der Menge abgelenkt. Eine junge Frau, deren Haar mit einem bunten Band geschmückt war, drängte nach vorne. Als er an ihr vorbeiging, lächelte sie kokett. Shingas starrte sie an, aber er verbarg sein Interesse für sie hinter seinen stoischen Gesichtszügen. Von seinem auf ihr verweilenden Blick verunsichert, wandte Meeataho ihren Blick ab und verschwand wieder in der Menge. Ihr Herz flatterte wie ein gefangener Vogel.

Mit einem Messer und einem Beil bewaffnet begann Pahotan mit lauter Stimme auf die aufmerksame Menge einzureden. Mit wilder Beredsamkeit erzählte er von seinen Heldentaten als Krieger und stellte diese in einer primitiven Pantomime dar. Er schlug auf den Pfosten ein, als wäre er ein Feind, und riss dem imaginären Opfer den Skalp vom Kopf. Angestachelt durch seine Darbietung folgte ein Krieger nach dem anderen aus dem Kriegertrupp seinem Beispiel. Sie rühmten sich ihrer Taten und stürmten auf den Pfahl zu, schlugen mit ihren Tomahawks auf ihn ein und erschreckten die Nacht mit ihrem Kriegsgeschrei. Sie sprangen und tanzten in ungezähmter Spontaneität um das Feuer, dessen Helligkeit aus ihren Schatten groteske Riesen machte. Die Flammen beflügelten sie. Berauscht von der erregenden Szene drängte sich die zuschauende Menge plötzlich in den Kreis, und ihre furchterregende Kakophonie schallte in die düstere Dunkelheit des Waldes.

KAPITEL 5

Als Soule erwachte, war es eine Stunde vor Sonnenaufgang. Er hatte schlecht geschlafen und war froh, wach zu sein. Um ihn herum lag der Rest der Brigade wie Holzscheite in ihre Decken gehüllt und waren in dem fahlen Licht kaum zu erkennen. Ohne ein Wort zu sagen ging er zwischen ihnen umher und weckte jeden von ihnen mit einem Tritt seines Fußes.

Der erste, der sich rührte, war Double John. Er war sich seiner Pflichten bewusst, nahm seinen Futtersack und ging dorthin, wo die Pferde angebunden waren. Er gab jedem von ihnen eine Handvoll Mais zu fressen. Da sie keine Lust hatten, ein Feuer zu machen, bestand das Frühstück aus den kalten Resten des Abendessens, ein paar trockenen Fleischstreifen und ein paar schimmeligen Haferkuchen, die mit Wasser aus dem nahe gelegenen Bach heruntergespült wurden. Niemand beklagte sich, denn alle hatten Soules Vorahnung ernst genommen und jeder von ihnen war ebenfalls begierig gewesen, sich auf den Weg zu machen. Bereitwillige Hände luden rasch die schweren Pelzballen auf die Pferderücken, und nachdem sie den letzten Riemen festgezogen hatten, zogen sie im Gänsemarsch tiefer zwischen die Bäume.

Den ganzen Morgen stapften sie durch den riesigen Wald. Durch die Stille, die Türme aus Rinde, den schmalen Pfad entlang, der wie ein Irrlicht vor ihnen herlief. Der Weg war anstrengend und Soule legte ein grausames Tempo vor, aber nur Double John beschwerte sich, und das auch nur aus Sorge um seine geliebten Pferde. Aber da seine Proteste auf taube Ohren stießen, gab er schließlich auf, und die Brigade zog schweigend weiter.

Es waren die Pferde, die den Bach zuerst hörten, lange bevor die Männer ihn am Fuß des steilen Abhangs erblickten. Das silberne Aufblitzen des Sonnenlichts auf dem Wasser schimmerte durch die dicht stehenden Bäume. Zur Erleichterung Aller hielt Soule am rauschenden Wasser an, um eine kurze Rast einzulegen. Danach würden sie zum Genessee River weiterziehen, denn er hoffte diesen noch vor Einbruch der Nacht überqueren zu können.

Während Double John und McCallum sich um die Pferde kümmerten und darauf achteten, dass sie nicht zu viel tranken, tauchten die anderen ihre Köpfe in den Fluss und schluckten das reine, kühle Wasser in vollen Zügen. Erfrischt tauchte Flute eine schmutzige Hand in seinen Küchensack und holte den letzten der verschimmelten Reiskuchen und ein paar trockene Kekse heraus und bot sie jedem an, der sie nehmen wollte. Bailey, der sich von ein wenig Schimmel nicht abschrecken ließ, nahm sich schnell eine Handvoll Kuchen und stopfte sie für später in seine Tasche. Andere, die sich von den Keksen verführen ließen, weichten sie vorsichtshalber erst einmal im Bach ein, um nicht Gefahr zu laufen, einen Zahn zu verlieren.

Während sie auf ihrer mageren Mahlzeit herumkauten, hofften alle, dass ihr Anführer ihnen nach der Überquerung des Flusses erlauben würde, ein Reh zu erlegen. Soule wischte sich mit dem Ärmel seines Mantels die Krümel von den Mundwinkeln und bedeutete Bailly, beiseitezutreten. Er flüsterte dem Mann etwas ins Ohr. In der Gewissheit, dass der Mann seine Anweisungen verstanden hatte, wandte er sich an die anderen und wollte sich wieder auf den Weg machen.

„Zeit zum Aufbruch, Jungs."

Im Gänsemarsch überquerte die Brigade mit ihren beladenen Packpferden den schnell fließenden Bach. Dabei hielt sich jeder Mann an einem Leitseil fest. Am anderen Ufer folgten sie weiter dem schmalen Pfad, der sich an die sanft abfallende Böschung schmiegte, bevor er in dem dahinter liegenden Wald verschwand.

Als das Letzte der Packpferde aus dem Blickfeld verschwunden war, watete Baily in das plätschernde Wasser zurück zu einer Stelle, die durch gebogene Äste voller Laub verborgen war, und begann stromaufwärts zu stapfen. Als er eine Stelle erreichte, an der das Wasser tiefer wurde und den Fuß eines Felsens umspülte, warf er sich seine Muskete über die Schulter und begann, die Unebenheiten des Felsens als Haltegriffe zu nutzen, um die Felswand hinaufzuklettern. Als er sich dem Gipfel näherte, wurde sein Vorankommen durch die überhängenden Äste eines Baumes behindert. Als er diese beiseiteschob, verhedderte sich einer der Äste in seiner Manteltasche. Als er den Ast aus der Tasche herauszog, entstand ein Riss in dem derben Material, und die zerbrochenen Kuchenstücke fielen über die Felsen herab.

Baily fluchte über den Verlust seiner Mahlzeit und schob die störenden Äste beiseite und zog sich auf den Kamm der zerklüfteten Felswand. Er hielt einen Moment inne, um zu Atem zu kommen, und entledigte sich seiner Muskete, um in die Reihen der Bäume hinter den Felsen vorzudringen. Als er eine Stelle gefunden hatte, von der aus er die Furt gut überwachen konnte, lehnte er sich mit dem Rücken gegen einen Baumstamm und griff mit einer Hand in seine zerrissene Tasche, aus der er die kümmerlichen Reste von Flutes Maiskuchen herausholte und in seinen Mund stopfte.

Im Morgengrauen verließ die Kriegerschar mit Pahotan an der Spitze das Langhaus und ging im Gänsemarsch durch das verlassene Dorf zum umliegenden Wald. Als sie eine abgelegene Lichtung betraten, wurden sie von mehreren Frauen mit je einer Muskete und einem Pulverhorn erwartet. Jede von ihnen trat vor und überreichte die Waffe jeweils einem Krieger, einem Ehemann oder einem Sohn. Im Gegenzug erhielten sie ein wertvolles Amulett, das die Krieger in der Obhut der Frauen lassen wollten. Inmitten von ihnen stand eine verunsicherte Meeataho. Sie wusste nicht, wie ihre Kühnheit aufgenommen werden würde, aber nahm dennoch ihren Mut zusammen und trat vor.

Shingas erkannte das Mädchen vom Vorabend wieder und blickte ihr ins Gesicht. Seine Gesichtszüge wurden weicher, als er ihr seine Ausrüstung abnahm. Überwältigt von der Freude darüber, dass ihre Kühnheit belohnt worden war, drehte sich Meeataho mit klopfendem Herzen anmutig auf den Fersen um, um sich wieder zu den anderen Frauen zu gesellen. Ihr Anspruch auf seine Zuneigung war für alle sichtbar. Nachdem alle Krieger für den Krieg gerüstet waren und ihre Musketen in die Luft abgefeuert hatten, zogen Pahotan und der Kriegstrupp in den Wald.

Mühelos rannte die Kriegergruppe durch das dunkle Labyrinth der Bäume. Die Hufabdrücke der Packpferde machten es ihnen leicht, der Spur der Händler zu folgen. Obwohl man an der Länge der Schritte der Tiere erkennen konnte, dass die Brigade sich beeilt hatte, entdeckten sie bereits am frühen Vormittag die Überreste des Nachtlagers der Händler. Ein Krieger ließ sich auf ein Knie fallen und drückte seine Hand in die graue Asche des erloschenen Feuers. Die Wärme sagte ihm alles, was er wissen musste. In der Gewissheit, dass die Yengeese bald unter ihren Messern liegen würden, zogen die Krieger auf dem Kriegspfad wie ein Rudel Hunde mit der Witterung ihrer Beute in der Nase weiter. Vorbei an den Haufen frischen Pferdedungs, verschwanden sie in den dichten Bäumen.

Eine Stunde später erreichten sie die Stelle, an der die Händler den Fluss überquert hatten. Da sie nun ihren Durst stillen konnten, traten einige Krieger auf den Weg zum Ufer, wo sie jedoch von Shingas aufgehalten wurden. Diese Yengeese waren nicht dumm, und Shingas wusste, dass man ihre Gerissenheit nicht unterschätzen durfte, wenn man ihre Skalps erobern wollte. Und so machte er sich unter den Augen der anderen Krieger auf den Weg zur Gabelung des Pfads und begann damit, die verworrenen Spuren der Händler und ihrer Packpferde zu lesen. Wenige Minuten später watete Shingas, überzeugt von dem, was er herausgefunden hatte, zum gegenüberliegenden Ufer und ließ seine Augen über jene Fußspuren wandern, die vom Ufer wegführten. Zufrieden mit seiner Entdeckung überquerte er den Bach und erzählte Pahotan, was er herausgefunden hatte.

„Sechs der Yengees sind in den Bach hineingegangen, aber nur fünf haben die andere Seite erreicht." Pahotan wandte sich an Tusonderongue und Cattawa, die beiden Krieger, die Linnets Leiche ins Dorf geschleppt hatten. Er teilte ihnen Shingas Verdacht mit. Sie sollten herausfinden, ob die Yengeese-Händler tatsächlich einen ihrer Leute zurückgelassen hatten. Die beiden Krieger übergaben ihre Musketen einem anderen und machten sich auf den Weg runter zum Fluss.

Die wirbelnde, mit Felsbrocken übersäte Strömung war tückisch und die beiden Krieger gingen vorsichtig Seite an Seite im Schatten der überragenden Bäume flussaufwärts. Ihre scharfen Augen suchten die steilen, felsigen Ufer auf beiden Seiten nach Etwas Ungewöhnlichem ab. Jedes Zeichen könnte ihnen verraten, wo der Händler den Fluss auf der Suche nach einem Versteck verlassen hatte. Es war Tusonderongue, der den Beweis fand: die verräterischen Kuchenstücke, die wie Papierschnipsel über die moosbewachsenen Felsbrocken am Fuße des Felsens verstreut lagen.

Mit einer Geste an Cattawa erklommen die beiden mit der Gewandtheit eines Berglöwen den Felsvorsprung. Jeder von ihnen war entschlossen, den Gipfel als Erster zu erreichen. Glücklich darüber, sich die Ehre zu teilen, zogen sie ihre Skalpiermesser aus dem Gürtel und begannen, Bailys verräterischen Fußspuren in den Wald zu folgen. Wie Schatten bewegten sie sich durch das Labyrinth von Bäumen und fanden bald das Opfer, auf das sie es abgesehen hatten. Er lag in voller Länge auf dem Boden und hatte seine Aufmerksamkeit auf den Pfad gerichtet, der von der Gabelung wegführte.

Im Nu war Tusonderongue auf ihm und drückte den auf dem Bauch liegenden Baileys zu Boden wie ein Reiter ohne Sattel. Mit der freien Hand drückte er den Kopf des Mannes in den feuchten Humus. Unfähig, eine Warnung auszusprechen, griff Baily instinktiv nach seiner Muskete. Doch gerade als sich seine Hand um den Lauf schloss, stampfte Cattawas Fuß auf den Holzgriff und drückte das Gewehr zu Boden. Seine Finger hatten sich im fettigen Haar des Händlers verknotet, als Tusonderongue sein Messer in Bailys Hals stieß. Die scharf geschliffene Klinge durchtrennte Fleisch und Sehnen. Der Körper des Pelzhändlers zuckte heftig, als sich seine Muskeln krampfend zusammenzogen und sein Lebenssaft aus der aufgeschlitzten Kehle spritzte. Der Krieger hielt ihn fest, bis der Kampf vorüber war, und befreite dann seine Klinge aus der tiefen Wunde. Dann stieß Tusonderongue die Spitze der Klinge in die Haut über Baileys Ohr und schnitt das Fleisch in einer kreisförmigen Bewegung um den Scheitel des Mannes herum auf. Mit einem Ruck zog er die Kopfhaut des Pelzhändlers von dessen Schädel. Tusonderongue wischte die Klinge des blutigen Messers an Bailys Jagdrock ab und erhob sich mit der grausigen Trophäe in der Hand. Nachdem sie ihr mörderisches Werk vollbracht, den Körper des Toten geplündert und Baileys Leiche der Gnade der Aasfresser überlassen hatten, machten sich die beiden Krieger auf den Rückweg zum Fluss.

In Unkenntnis über Bailys Schicksal und mit schweißnassen Hirschlederhemden drängte die Brigade weiter durch die dunklen Nischen des Waldes und hielt sich dabei an das Ufer des schnell fließenden Baches, der sich vor ihnen durch die Bäume schlängelte. Sie verfluchten ihr Pech, als das schäumende Wasser plötzlich ohne Vorwarnung in eine tiefe Schlucht stürzte. Die steilen Felswände durchschnitten den bewaldeten Hang wie eine Narbe. Sie hatten keine andere Wahl, als sich der Laune des Flusses zu beugen und mit dem Tosen des reißenden Stroms im Ohr dem schmalen Pfad weiter zu folgen. Dieser führte die Brigade weiter den steilen Abhang hinauf. Unter ihnen, durch das Laub der Eschen, die sich mit ihren Wurzeln an den Felswänden des Abgrunds verankert hatten, raste das tosende Wasser seinem Zusammenfluss mit dem Cohocton River entgegen.

Nachdem sie den Hügel umrundet hatten, beobachtete die Gruppe Krieger schweigend, wie die Pelzhändler in Reih und Glied den Pfad unter ihnen entlang zogen. Pahotan wartete auf den richtigen Moment. Dann schrie er auf, und die Musketen der Krieger explodierten in einer wilden Salve. Der wütende Hagel von Musketen-Kugeln traf Händler und Pferde ungebremst. Die ersten, die starben, waren Flute und McCallum. Beide Männer taumelten unter der Wucht der Kugeln zurück, bevor sie tödlich verwundet zu Boden fielen. Vorne, unversehrt von dem Schwarm tödlicher Geschosse, beobachtete Double John entsetzt, wie eines der Packpferde, dem das Blut aus den Schusswunden im Nacken spritzte, in Richtung der Schlucht auswich.

Instinktiv griff er nach dem Führstrick und versuchte verzweifelt, es aufzuhalten. Wiehernd trat das verängstigte Tier immer näher an den Abgrund. Verzweifelt zog Double John an dem Seil, doch die Kraft des Tieres war zu viel für ihn. Er war nicht bereit seinen Griff zu lösen und wurde von dem Pferd mit über den Abgrund gezogen. Mensch und Pferd stürzten in den tosenden Katarakt unter ihnen.

Soule blieb unverletzt und sah zu, wie die übrigen Pferde in Panik immer näher an den Rand des schmalen Pfads und den gähnenden Abgrund herantraten. Soule, der wusste, dass sein Leben davon abhing, stürmte mit dem Messer in der Hand auf sie zu, packte das Führerseil des nächsten Tieres und schnitt den Gurt des Pferdes durch. Er zerrte die schweren Packladungen der Tiere nach hinten, schwang sich auf das erste Pferd und warf dabei einen verzweifelten Blick auf die am Boden liegenden Körper seiner Männer. Er trieb das verängstigte Tier mit kräftigen Tritten seiner Fersen in einen Galopp an.

Oben auf dem Hügel warfen die Krieger ihre Musketen weg und rannten den Hang herab zu den angeschlagenen Händlern. Ihre Kriegsschreie klangen schaurig von den steil abfallenden Hängen der Schlucht. Blut sickerte aus der Schusswunde in Blessings Schulter. Er drehte sich zu den entgegenkommenden Kriegern um. Er richtete sich auf, hob seine Muskete und wählte den führenden Krieger aus. Dann schoss er. Mit Genugtuung beobachtete er, wie die Musketenkugel den Krieger in der Mitte seiner Brust traf und ihn wie einen erschlagenen Ochsen auf die Knie stürzen ließ. Doch viel zu schnell stürmte ein anderer Krieger auf ihn zu und hatte seinen Tomahawk bereits über den Kopf erhoben. Instinktiv holte Blessing mit dem Kolben seiner Muskete aus und schlug den glücklosen Krieger nach hinten. Er presste seine Hände auf sein blutüberströmtes Gesicht. Unbeirrt kamen die übrigen Krieger auf Blessing zu. Da sie in ihm den wahrscheinlichen Mörder des Kindes vermuteten, wollten sie ihn lebend fassen.

Wohl wissend, welche Qualen ihn erwarten würden, wenn er in ihre Fänge geraten würde, fiel Blessing die nächste Entscheidung leicht. Er wandte seinen Feinden den Rücken zu und schritt über den Rand der Schlucht. Die Muskete in der Hand, die Arme ausgestreckt, stürzte er sich mit einem trotzigen Schrei kopfüber in den Abgrund. Sein bärenartiger Körper fiel wie ein Sack Korn auf die Felsen unter ihm. Das schäumende Wasser des Flusses riss seinen leblosen Körper von dessen verwitterten Oberfläche und trug ihn flussabwärts. Seine Arme und Beine knickten wie Zweige, als sein Körper den Spießrutenlauf durch die zerklüfteten Felsen absolvierte.

Von seinem Aussichtspunkt zwischen den Bäumen sah Shingas dabei zu, wie sich seine Rache manifestierte, als die Krieger auf dem Kriegspfad den Abhang hinunter auf die toten und sterbenden Händler zustürmten. Doch dann entdeckte er aus dem Augenwinkel das Pferd, das sich unter ihm den Pfad entlang bewegte und den Mann, der sich verzweifelt an dessen Rücken klammerte. Er zog seine Muskete hoch, zielte und feuerte. Mit Genugtuung beobachtete er, wie die Vorderbeine des Pferdes plötzlich einknickten und der glücklose Reiter kopfüber auf den Boden stürzte. Begierig auf den Moment der Rache zog Shingas sein Messer aus dem Gürtel aber zögerte plötzlich. Er stand ein Dutzend Schritte entfernt, den Tomahawk in der Hand, und sah, dass Cattawa ihn mit neidischen Augen beobachtete. Shingas war sich der Rolle bewusst, die der junge Krieger in seinem Plan gespielt hatte, und als er Cattawas Blick begegnete, nickte er zustimmend.

Mit einem wilden Schrei raste Cattawa den Hang hinunter auf den gestürzten Pelzhändler zu. Benommen von dem Sturz, schüttelte Soule seinen Kopf hin und her und richtete sich langsam auf alle Viere auf. Doch bevor er auf die Beine kommen konnte, war Cattawa schon über ihm. Er schlug mit seinem Tomahawk nach unten, und der stählerne Kopf schnitt mit ekelerregender Wucht in Soules aufgerichtetes Gesicht. Der Schwall von Blut verwandelte die Gesichtszüge in eine purpurne Maske. Shingas genoss den Moment und sah zu, wie der junge Krieger sein Messer zückte und sich an Soules Kopfhaut zu schaffen machte. Er hielt den verfilzten Skalp des Händlers in die Höhe und brüllte seinen Kriegsschrei heraus.

Während die Leichen der anderen Händler in die Schlucht geworfen wurden, versammelte Pahotan die Krieger um sich herum. Nachdem er den Mord an dem Kind gerächt hatte, wollte er nun mit der Leiche des toten Kriegers auf dem Rücken des einzigen überlebenden Packpferdes zu ihrem Dorf zurückkehren. Shingas und die beiden jungen Krieger, die sich um ihn herum versammelt hatten, blickten abseits des Geschehens in die Ferne und waren mit ihren Gedanken ganz woanders.

„Kommt, es ist vollbracht", rief Pahotan ihm zu. „Wir gehen zurück."

„Für dich ist es erledigt, aber für mich ist es noch nicht beendet", antwortete Shingas. „Ich gehe nicht zurück." Ein Hauch von Wut lag in seinen Augen. Seine Worte waren kompromisslos.

Pahotan wusste, dass es zwecklos war, ihn vom Gegenteil zu überzeugen, und er richtete seinen Blick auf die beiden Krieger, die an Shingas' Seite standen. Obwohl er einst ihre Loyalität besessen hatte, wusste er, dass auch sie sich von seinen Worten nicht beirren lassen würden. Der frische Skalp, der an ihren Gürteln hing, hatte ihren Appetit auf mehr geweckt, und er wusste, dass sie mit Shingas gehen würden.

Ohne ein weiteres Wort zu verlieren, ging Pahotan zum Rand der Schlucht. Unter ihm lagen die Leichen der fünf Pelzhändler zerschmettert auf den zerklüfteten Felsen. Die wirbelnden Tümpel des Baches waren mit ihrem Blut gefärbt. Bald würden die Wölfe sie finden und sich an ihrem Fleisch laben. Dann würden Aasfresser wie Füchse und Vielfraße ihre Knochen erbeuten. Sogar die wilden Forellen würden ihren Teil dazu beitragen. Sie stiegen aus den tiefen Tümpeln zwischen den Felsen auf und ernährten sich von den Leckerbissen, die mit der Strömung zu ihnen hinuntergespült wurden. Bald würde nichts mehr von ihnen und ihren Pferden übrigbleiben, und nur noch die Bäume würden von ihrem Tod zeugen, der bald zu einem Traum werden würde. Und mit der Zeit würde selbst der Traum vergessen sein.

KAPITEL 6

Samuel Endicote hatte den Ort gut gewählt. Er lag im Windschatten eines breiten Tals und wurde von einem breiten Bach gespeist, der sich durch eine Wiese mit mannshohem Gras schlängelte. Umgeben von einer Fülle von Wäldern, die für Teer und Holz sorgen würden, eignete sich der Platz gut als neues Zuhause.

Einige der ängstlichen Seelen, die sich dazu entschieden hatten, in Norton zu bleiben, hatten behauptet, dass er töricht sei, ja sogar eigensinnig, als er sich über den Oswego River und in die dahinter liegende Wildnis mit all ihren Gefahren gewagt hatte. Aber Samuel hatte ihnen keine Beachtung geschenkt. Nicht Kühnheit, sondern der Wunsch nach einem neuen Leben hatte ihn dazu veranlasst, seine Familie aus der relativen Bequemlichkeit seines Heims in den Shires zu entwurzeln. Er war mit ihnen auf einem Schiff, dessen undichte Balken stundenlanges Pumpen erfordert hatten, um es über Wasser zu halten, über die Weiten des Ozeans gesegelt. Nicht aus einer Laune heraus, sondern mit Blick auf die Zukunft hatte es ihn in dieses fruchtbare Tal verschlagen. Das und der Wunsch, endlich sein eigener Herr zu sein. Er wollte für sich und seine Familie ein besseres Leben erschaffen, weit weg von den Zwängen und Fesseln der alten Welt.

Außerdem hatte ein Mann mit vier Söhnen die Pflicht, sich bei Gott für diesen Segen zu revanchieren. Er wollte sich Gedanken über ihr Schicksal machen und, sollte sich die Gelegenheit ergeben, plante er den Mut aufzubringen, die Träger seines Geschlechts auf einen gesunden und gerechten Weg zu führen.

Im Herzen seiner Farm stand nun eine einstöckige Hütte, gezimmert aus mit Lehm abgedichteten Holzstämmen, die waagerecht angeordnet und an den Ecken ineinander verkeilt waren. Das Zuhause war mit einem Schindeldach bedeckt und hatte im Inneren drei Zimmer von guter Größe. Der größte Raum hatte zwei kleine Fenster, die anderen beiden hatten jeweils ein Fenster. Der einzige Eingang war eine massive Tür aus dicken Eichenbohlen mit Eisenscharnieren. Ein steinerner Schornstein, der mit Mörtel zusammengehalten wurde, dominierte die Stirnwand und verlieh dem Gebäude ein langlebiges Aussehen.

Neben der Hütte, die von einem hohen Lattenzaun umgeben war, befand sich ein Gemüsegarten, dessen dunkler, fruchtbarer Boden mit Kürbissen, Karotten und Rüben bepflanzt war. Gegenüber dem Haupthaus befand sich eine große Scheune, die aus gesägtem Holz gebaut war und in deren Mitte sich eine stabile Doppeltüre befand. Sie diente als Lagerraum für die anstehende Ernte und beherbergte ein Dutzend Hühner. An der Südseite der Scheune waren die Anfänge einer kleineren Hütte zu sehen. Die Wände und der Dachstuhl waren bereits errichtet, aber es gab noch keine Schindeln, Fenster oder Türen. Dahinter befand sich eine mannshohe Zugsäge, neben der ein Stapel von entasteten Baumstämmen aufgestapelt war. Umgeben war das Ganze von einem Zaun aus gespaltenen Ästen, der einen Hektar kultivierten Boden einfasste. Darauf wuchs indianischer Mais und daneben befand sich ein weiterer Hektar Weideland für die beiden Devon-Ochsen und eine Milchkuh.

Das erste Jahr war hart gewesen. Die bittere Kälte des Winters hatte den Boden in Eisen verwandelt, und obwohl der Frühling ihn rechtzeitig für die Aussaat aufgetaut hatte, war der wankelmütige englische Mais nicht reif geworden. Schlimmer noch, ihre drei Schweine waren am Fieber gestorben. Doch mit der Wärme des Sommers keimte neue Hoffnung auf, und der indianische Mais, den sie nun gepflanzt hatten, wuchs gerade und hoch, und seine goldenen Ähren versprachen in der Zukunft eine reiche Ernte. Auch der Wald hatte eine Fülle guter Hölzer hervorgebracht, die nun in gleichmäßig lange Bretter gesägt und in der Länge gestutzt wurden. Alle waren ordentlich in der Scheune aufgestapelt und warteten auf den Transport nach Norton, wo sie sicher einen guten Preis erzielen würden.

Und so saß Samuel Endicote in seinem Stuhl mit der hohen Rückenlehne am abendlichen Feuer und rauchte seine Pfeife, während er mit Stolz auf sein kühnes Vorhaben zurückblickte. Er hatte seinen Söhnen eine Zukunft gesichert, und dieses reiche, fruchtbare Tal würde ihr Erbe sein.

Adams Wohlergehen war ihm schon seit Langem ein Anliegen, aber jetzt, mit der Aussicht auf seine bevorstehende Heirat mit Esther, fiel selbst diese Last von seinen Schultern. Der Gedanke, dass es eine kinderlose Verbindung sein könnte, hatte ihn ein wenig beunruhigt, aber mit drei weiteren Söhnen, die ihm Enkelkinder schenken konnten, war er sich sicher, dass seine Linie fortbestehen würde. Außerdem hatte er das Verlangen in Sauls Augen bemerkt, als dieser Mistress Colwill angesehen hatte, obwohl die Frau keine Schönheit war. Er hatte ihn auch mehr als einmal gehört, wie Saul sich mitten in der Nacht auf Zehenspitzen in ihr Bett geschlichen hatte. Er wusste mit einiger Sicherheit, dass es nicht mehr lange dauern würde, bis sie Sauls Bastard zur Welt bringen würde.

Moralisch gesehen war ihm der Gedanke natürlich zuwider, aber sein Gewissen wurde dadurch beruhigt, dass das Kind zumindest Endicote-Blut in seinen Adern haben würde. Das einzige Rätsel war, warum es nicht schon geschehen war.

Als Kit aus dem umliegenden Wald kam, hielt er einen Moment inne und blinzelte mit den Augen gegen das plötzliche Sonnenlicht an. Mit seinen zehn Jahren war er der jüngste von Endicotes vier Söhnen. Er war ein großer, schlaksiger Junge mit sonnenverbranntem Gesicht und langem strohfarbenem Haar. Sein übergroßes Hemd, das sein älterer Bruder ausrangiert hatte, steckte in einem Paar selbstgesponnener Hosen.

Als sich seine Augen an die plötzliche Helligkeit gewöhnt hatten, warf er das Gewehr über die magere Schulter und lief mit Pharao, einem großen, schwarzbraunen Jagdhund, los in Richtung der Farm. Pharao überwand den Lattenzaun mit einem einzigen Sprung. Die Zunge hing ihm dabei aus dem Maul. Er wartete geduldig, während Kit die dicken Holzbalken hinauf und auf der anderen Seite wieder herabkletterte. Wieder vereint und zu beiden Seiten von den geordneten Maisreihen flankiert, machten sich die beiden auf den Weg zur Hütte. Eine dünne Rauchfahne stieg wie ein Katzenschwanz aus dem Schornstein auf.

Als sie den Jungen und seinen Hund durch das halb geöffnete Scheunentor aus dem Maisfeld kommen sah, befreite sich Esther aus Sauls Umarmung und begann, ihr Mieder zuzuknöpfen. Verwundert über ihr Verhalten sah Saul sie fragend an.

„Was ist los?“

„Kit kommt.“

„Du machst dir zu viele Sorgen“, sagte Saul und streckte die Hand nach ihr aus. „Er wird hier nicht reinkommen.“

„Das könnte er aber“, sagte Esther und schob seine Hände weg. „Wir müssen vorsichtig sein.“

Saul spürte, dass sie darauf bestand, und trat mit einem wütenden Blick in den dunklen Innenraum der Scheune. Nachdem sie den letzten Knopf geschlossen hatte, hob sie den Korb mit den Eiern auf, der zu ihren Füßen lag. Sie sammelte sich einen Moment, stieß das schwere Scheunentor auf und trat ins Freie. Lässig trat sie neben Kit, als dieser vorbeiging.

„Deine Mutter hat nach dir gerufen“, sagte Esther.

Kit sah sie von der Seite an und hoffte, dass sie ihn nur necken wollte. „Du warst wieder in den Wäldern unterwegs, nicht wahr?“

Kit ließ den Kopf hängen. Obwohl sie Recht hatte, war er entschlossen, es nicht zuzugeben.

„Du weißt, dass dein Vater es verbietet", sagte Esther mit einem Hauch von Strenge in ihrer Stimme.

„Du wirst es doch nicht verraten, Esther?", flehte Kit, der wusste, dass er ertappt worden war. „Bitte sag, dass du es nicht verrätst." Esther drehte den Kopf und sah auf sein erbärmliches Gesicht hinunter.

„Ich könnte das tun, aber es kommt ganz darauf an", sagte Esther und ihre Entschlossenheit wurde schwächer.

Als er die Hütte erreichte und wusste, dass Esther ihn nicht wirklich verraten würde, wurde die Tür plötzlich aufgerissen, und in der Tür stand die imposante Gestalt von Mrs. Endicote.

Sie war eine große, kräftig gebaute Frau mit hellen, stechenden Augen und einer Brust wie eine schmollende Taube. Ihr ergrautes Haar, das sie hinter den Kopf zurückgebürstet und mit einem geknoteten Band zusammengehalten hatte, verlieh ihr ein matronenhaftes Aussehen. Dem Stirnrunzeln auf ihrem Gesicht nach zu urteilen, war sie eindeutig schlecht gelaunt.

„Ich schwöre, Mädchen, ich habe noch nie erlebt, dass jemand so lange braucht, um ein paar Eier zu holen", sagte sie und spuckte die Worte aus, ohne zu erwarten, dass man ihr antwortete. „Und du, du junger Taugenichts", fuhr sie fort und wandte ihre Aufmerksamkeit Kit zu. „Du bist nie da, wenn ich dich brauche. Geh jetzt und hol deine Brüder an den Tisch."

Dankbar darüber, dass ihm eine Standpauke oder noch Schlimmeres wegen seiner Abwesenheit erspart geblieben war, drehte sich Kit auf den Fersen um und rannte in Richtung des Sägewerks. Dabei wurde er von seinem treuen Hund begleitet. Mrs. Endicote beobachtete den Jungen, wie er davonrannte, und zerrte mit einem unzufriedenen Schnauben an ihrer Schürze, während sie zurück ins Haus stolzierte. Eine erleichterte Esther folgte einen Schritt hinter ihr.

Kaum eine Meile von der abgelegenen Farm entfernt, bewegten sich Shingas und seine kleine Kriegertruppe im Gänsemarsch durch den düsteren Wald. Sie bahnten sich einen Weg durch das dichte Kieferndickicht und kletterten über die verrottenden Kadaver der umgestürzten Baumstämme. Schließlich erreichten sie eine Böschung, die mit zahlreichen goldenen Buchen bewachsen war, deren ausgedehntes Blätterdach von der späten Nachmittagssonne durchflutet wurde. Dort machte Tusonderongue eine Entdeckung. Er ließ sich auf ein Knie fallen und begann, den Fleck Erde zu untersuchen. Sorgfältig zeichnete er mit dem Finger die verräterischen Umrisse des Abdruckes eines Kinderfußes nach, der sich in den weichen Boden eingeprägt hatte. Augenblicke später hob Cattawa seinen Arm. Er hatte die Pfotenabdrücke eines Hundes gefunden.

Während Frau Endicote am Herd arbeitete, räumte Esther nach dem Essen die Tassen und Teller ab. Die Fleischreste legte sie für Kits Hund in eine Holzschüssel. Es gab viel zu tun. Dennoch blieben Saul und sein Bruder Joshua, der einen Kopf kleiner als sein älterer Bruder war, aber genauso gut aussah, sitzen. Nach einer so herzhaften Mahlzeit hatten sie es nicht eilig, zur Säge zurückzukehren, denn dort wartete ein scheinbar endloser Vorrat an Holzstämmen auf sie.

Leider wurde der Moment der Entspannung unterbrochen, als sich die Tür öffnete und Samuel Endicote in Begleitung seines ältesten Sohnes Adam den Raum betrat. Adam ähnelte seinem Vater in Größe und Körperbau und hatte das Aussehen seiner Mutter, mit Ausnahme der Augen. Während die Augen der Mutter wie zwei leuchtende Knöpfe aussahen, waren die von Adam von blasser Farbe und wirkten lustlos. Sie gaben seinem Gesicht einen traurigen Ausdruck. Wie alle Männer des Hauses trug er ein lockeres Baumwollhemd, Leggings aus Wildleder und ein Paar kräftige Lederstiefel.

Als die Uhr auf dem Kaminsims die volle Stunde schlug, wandte sich Samuel an seine Frau.

„Wir gehen jetzt besser." Mit einem schwachen Lächeln nickte Frau Endicote zustimmend.

„Was ist denn das?", fragte Samuel und wandte sich mit einem Hauch von Wut in der Stimme an die beiden Müßiggänger, die am Tisch saßen. „Seid ihr mit eurer Tagesarbeit fertig?" Verlegen blickten die beiden jungen Männer zu ihm auf, sagten aber nichts.

„Bringt den Wagen her. Bewegt euch endlich."

Gehorsam standen Saul und Joshua auf und verließen wortlos den Raum. Als sich die Tür hinter ihnen schloss, ging Frau Endicote mit einer Ledertasche in der Hand zu ihrem Mann hinüber, legte ihm den Riemen über die Schulter und küsste ihn mit ihren trockenen Lippen auf die Wange.

„Ich habe für euch beide ein Stück Wildpastete eingepackt und ein wenig von dem Kuchen, der vom Abendessen übriggeblieben ist.

Zweifellos wird Pastor Rathbone euch mit Abendessen versorgen, so dass es bis dahin ausreichen wird." Ihr Tonfall unterstrich die Tatsache, dass es keinen weiteren Proviant geben würde, selbst wenn er darum bitten würde.

Drüben am Fenster war Esther mit dem Abwasch beschäftigt. Sie spülte jedes Teil in einer Schüssel mit heißem Wasser aus, bevor sie es auf das grobe, hölzerne Abtropfbrett legte. Aus den Augenwinkeln sah sie Adam, der an der Tür stand und sie beobachtete. Er hoffte, dass sie aufblicken und sein Lächeln bemerken würde, aber als er sah, dass er enttäuscht werden würde, wandte er sich ab und folgte seinem Vater nach draußen.

Im Schatten der überhängenden Äste stehend, blickten Shingas und seine Kriegskameraden mit ihren scharfen Augen auf die Farm unten im Tal. Nichts entging ihm. Zufrieden übergab Shingas seine Muskete an Cattawa, trat aus den Bäumen heraus und machte sich auf den Weg zur Wiese mit wildem Gras am Fuße des Abhangs. Als er den Bach erreichte, folgte er seinem gewundenen Lauf, bis er den Rand des Maisfeldes erreichte. Er plätscherte durch das Kiesbett des Bachs und bewegte sich mit der Schläue eines Raubtieres am Zaun entlang auf die Holzhäuser zu.

Die beiden Ochsen waren an der Deichsel des Wagens angeschnallt und warteten geduldig, während Samuel mit der Peitsche in der Hand auf den Sitz neben Adam kletterte. Samuel nahm die dicken, ledernen Zügel in die Hand, nickte seiner Frau zum Abschied zu und drehte sich zu seinen drei Söhnen um, die in einer

Gruppe stehend auf die bevorstehende Abreise ihres Patriarchen warteten.

„Kein Müßiggang, während ich weg bin, hört ihr?" Wie immer triefte seine Stimme vor Autorität. „Die Hütte muss fertig werden, bevor die Woche zu Ende ist. Seht zu, dass ich nicht enttäuscht werde."

Kit und Joshua schlurften mit den Füßen über den Boden und schwiegen. Sie überließen es ihrem älteren Bruder, in ihrem Namen zu sprechen. Saul nutzte die Zurückhaltung der beiden aus und blickte hinüber zur Hütte, wo er Esther in der Tür stehen sah. Obwohl ihm ihre bevorstehende Heirat mit Adam ursprünglich gefiel, hatte er in letzter Zeit begonnen, das Arrangement als unangenehm zu empfinden. Den Grund dafür verstand er nicht. Wäre ihm dieses Gefühl nicht so fremd gewesen, hätte er vielleicht erkannt, dass der Gefühlskonflikt schlichtweg aus Eifersucht entstanden war.

„Ja, Vater", sagte Saul und wandte sich wieder der Hütte zu. „Wir werden dafür sorgen, dass die Frischvermählten noch vor ihrer Hochzeitsnacht ein Dach über dem Kopf haben." In seiner Stimme lag ein Hauch von unverhohlener Belustigung.

Das Familienoberhaupt ignorierte die sarkastische Antwort seines Sohnes und mit einem aufmunternden Peitschenknall und den Rufen „Hey up! Hey, hoch!" setzte Samuel den Wagen in Bewegung. Das Ochsengespann stemmte sich gegen das Joch und zog den Wagen vorwärts. Die vier eisenbeschlagenen Räder des Wagens rumpelten über den tief gefurchten Weg, der von der Farm wegführte. Der Weg würde sie schließlich über den Fluss rüber zu der kleinen Siedlung Norton führen.

Ohne zu warten, bis der Wagen außer Sichtweite war, wandten sich die drei Brüder ab und schlenderten zur Säge rüber. Kit blieb hinter seinen Brüdern zurück und warf einen verzweifelten Blick über die Schulter zu Pharao, der vor der Hütte an seinen Posten gekettet worden war. Er spürte noch immer seine Enttäuschung über die Worte seiner Mutter. Sie hatte die Kette am messingbeschlagenen Halsband des Hundes befestigt.

„Solange dein Vater weg ist, wirst du und dein Hund nicht wieder in die Wälder verschwinden. Hast du gehört?"

Zufrieden mit seiner Erkundung, verfolgte Shingas mit wachsendem Interesse, wie der Wagen von der Farm wegrollte. Eifrig beobachtete er sein Vorankommen und schlich zurück auf die Wiese, wo er sich entlang des Zauns aus Ästen bewegte. Das hüfthohe Gras kräuselte sich in seinem Kielwasser, während er sich zurück in Richtung des umliegenden Waldes bewegte. Zwischen den steifen Türmen aus Fichten und Tannen, die von der Höhe bis beinahe zum Weg herabstanden, rannte Shingas in gleichmäßigem Tempo durch die lichter werdenden Bäume und folgte dem zerfurchten Weg nach Osten in Richtung der entfernten Siedlung Norton.

Es dauerte eine weitere Stunde, bis der beladene Wagen den Fluss erreichte. Es war ein namenloser Nebenfluss des Oswego, dessen breiter, wirbelnder Strom lautlos unter dem gewölbten Laubdach aus Ahorn und Esche dahinfloss. Samuel spürte, dass die Tiere zögerten, und hob seine Peitsche, um das stehengebliebene Gespann in das Flussbett zu treiben. Das aufgewühlte Wasser reichte ihnen schnell bis zum Bauch. Angestachelt durch seine Rufe und das Knallen der Peitsche zogen die keuchenden Ochsen den Wagen das gegenüberliegende Ufer hinauf und in den dunklen Schoß des dahinter liegenden Waldes.

Versteckt im tiefen Schatten unter den hoch aufragenden Bäumen, beobachtete Shingas regungslos wie eine Statue, wie der Wagen aus seinem Blickfeld verschwand. Mit Einbruch der Dunkelheit und in der Gewissheit, dass der Wagen nicht vor dem Morgen zurückkehren würde, wandte er dem Fluss den Rücken zu und begann, dem zerfurchten Weg zurück zur Farm der Endicotes zu folgen.

Die kleine Gemeinde Norton lag auf einer weiten, gerodeten Fläche neben dem Oswego River an einer Stelle, an der sich der Fluss zwischen niedrigen Ufern verengte. Das flache Wasser und das steinige Flussbett boten eine ideale Stelle, um den Fluss zu überqueren.

Die Siedlung rühmte sich, die am westlichsten gelegene im Territorium zu sein. Die einzige Straße war auf beiden Seiten von Hütten gesäumt. Gelegentliche zweistöckige Gebäude, die mit Schindeln verkleidet waren, zeugten von der wachsenden Bedeutung der Siedlung. Das Licht der Lampen in den Fenstern und auf den Veranden beleuchtete die festgefahrene Erde. Am anderen Ende des Ortes befand sich die Schmiede der Stadt. Das Feuer glühte selbst zu dieser späten Stunde in einem hellen, orangefarbenen Licht. Das Klirren des Schmiedehammers ertönte wie eine Kirchenglocke, als der Schmied mit viel Schweiß und Geschick das erhitzte Eisenstück auf der Spitze des Amboss bearbeitete.

Mit einem letzten Peitschenknall trieb Samuel die Ochsen die schräge Böschung hinauf auf die Straße und brachte den Wagen schließlich vor einem breiten, fensterlosen Gebäude mit zwei schweren Türen zum Stehen. Über dem Eingang war im Halbdunkel der Dämmerung ein weiß getünchtes Brett zu sehen, auf dem in schwarzen Buchstaben die Worte *Zebadiah Clemens - Kaufmann* geschrieben standen. Kaum hatten die müden Tiere ihre Köpfe gesenkt, schwang eine der Türen auf, und ein stämmiger Mann mittleren Alters in groben Leinenhosen und einem himmelblauen Kittel trat vor die Türe. Er hielt die Laterne, die er bei sich trug in die Höhe und rief mit einer von einem breiten Lincolnshire-Dialekt geprägten Stimme.

„Herrgott, Samuel Endicote, was ist das für eine Stunde, um ehrliche Leute beim Abendessen zu stören?"

„Und seit wann hat der Kaufmann Zebadiah Clemens in Norton normale Ladenöffnungszeiten?" antwortete Samuel, während er vom Wagen herunterkletterte.

„Gnade, was für ein schrecklicher Gedanke", sagte Zebadiah und ergriff die ausgestreckte Hand des Bauern. Kaum hatte er gesprochen, als sich die andere Flügeltüre ebenfalls öffnete und vier Männer erschienen, die ihre Hemden locker in den Hosenbund gesteckt und die Ärmel hochgekrempelt hatten.

Die Männer hatten es eilig, die Arbeit für den Tag zu beenden, und begannen jeweils zu zweit mit dem Abladen des Wagens. Sie trugen das schwere Bauholz in das dunkle Innere des Lagers.

„Willst du dich mit dem Jungen zu meiner Frau und mir an unseren Tisch setzen, Samuel?"

„Vielen Dank, Zebadiah, aber wir haben noch etwas mit Pastor Rathbone zu besprechen."

„Und was ist mit Essen und einer Unterkunft für die Nacht? Ich habe gehört, dass unser Pfarrer mit seinen Taten nicht so großzügig ist wie mit seinen Worten. Vor allem, wenn es sich um abwesende Gemeindemitglieder handelt." Samuel starrte ihn mit einem Flackern von Belustigung in seinen Augen an.

„Am besten lässt du die Tür zu deinem Lagerhaus offen, falls es wirklich stimmt, was du da über seine mangelnde Gastfreundschaft erzählst."

„Das werde ich. Und jetzt macht euch auf den Weg. Meine Männer werden sich um eure Ochsen kümmern."

„Und was ist mit meinen Möbeln? Hast du alles, was ich bestellt habe, da?"

„Ja, jedes einzelne Stück. Alles ist sicher unter meinem Dach gelagert und kann bei eurer Rückkehr verladen werden."

Damit schüttelten sich die beiden Männer erneut die Hände. Vater und Sohn gingen die Straße hinunter zur Kirche der Stadt. Adam ging ein paar Schritte hinter Samuel.

Es wäre falsch, das Gebäude einfach nur als Kirche zu bezeichnen, denn es diente auch als Versammlungshaus der Stadt. Zweimal in der Woche wurde es für religiöse Angelegenheiten genutzt: am Sabbat und am Donnerstagabend, wenn Pfarrer Rathbone eher etwas widerwillig einer kleinen Gemeinde frommer Seelen vorstand, deren Hingabe an Gott nach einer weiteren Portion Feuer und Schwefel verlangte. Die Fassade des Gebäudes wurde von einer imposanten Tür mit je einem Fensterflügel auf beiden Seiten dominiert. Diese wirkten wie ein Paar allsehende Augen.

Obwohl die Kirche in Dunkelheit gehüllt war, zeigte ihnen das daneben liegende, geschieferte Gebäude dank des Lichts im Fenster des Erdgeschosses den Weg. Beide Gebäude schienen beinahe zusammengewachsen zu sein. Als Samuel sein Ziel gefunden hatte, näherte er sich der Eingangstür, hob den schweren Messingklopfer an und ließ ihn mit einem kräftigen Schlag gegen das Schließblech fallen.

Innerhalb einer Minute wurde die Tür von einem jungen Mädchen geöffnet. Sie trug einen weißen Leinenkittel und ihr blasses Gesicht wurde von einer spitzenbesetzten Haube eingerahmt. Sie hielt die Laterne, die sie bei sich trug, in die Höhe und starrte in Samuels Gesicht. Ihre Lippen waren fest aufeinandergepresst und Samuel vermutete, dass von ihr keine Begrüßung zu erwarten war. So beschloss er, selbst den Anfang zu machen.

„Guten Abend, Missy. Mein Name ist Endicote. Ich bin hier, um Pastor Rathbone zu treffen."

„Sie werden bereits erwartet, mein Herr", antwortete das junge Mädchen nun mit einem süßen Lächeln. „Bitte folgen Sie mir, wenn Sie so gut wären."

Das Dienstmädchen ging zurück ins Haus und führte sie den schmalen Flur entlang. Als sie die Tür am anderen Ende erreichte, klopfte sie vorsichtig mit den Fingerknöcheln an die Türe und öffnete sie.

„Wenn Sie so freundlich wären, Sir, Mr. Endicote und sein Sohn sind nun hier", verkündete sie mit schüchterner Stimme, bevor sie Samuel und Adam schnell in das Zimmer führte.

Der in sanftes Kerzenlicht getauchte Raum war rechteckig mit dunkel getäfelten Wänden und einer weiß getünchten Putzdecke. Die nüchterne Einrichtung wurde unterbrochen durch den roten Teppich, der den größten Teil der Eichendielen bedeckte. Ein gerahmtes Gemälde der Kathedrale von Ely an der gegenüberliegenden Wand lockerte die nüchterne Atmosphäre ein wenig auf.

Pastor Rathbone stand mit dem Rücken zum Kamin aus roten Ziegeln und wärmte sich im Schein des Feuers. Der Rauch der langstieligen Meerschaumpfeife, die zwischen seinen geschürzten Lippen hervorquoll, kräuselte sich nach oben und bildete einen bläulichen Schleier über seinem kahlen Schädel. Obwohl er genauso alt war wie Samuel, ließen seine korpulente Figur und seine zarten Hände darauf schließen, dass er ein Mann war, der keinerlei körperliche Arbeit gewohnt war. Gekleidet in einem langen, schwarzen Gehrock mit breiten Samtmanschetten und ein Hemd aus durchscheinendem, weißem Leinen mit einem schlichten, breiten Kragen, passte sein Aussehen eher zu dem eines Bischofs als zu einem Pfarrer. Um seinen kräftigen Hals hing ein massives goldenes Kreuz an einer Kette. Er legte seine Pfeife auf den Kaminsims und wandte sich mit ausgestreckten Armen in einer geübten Geste an seine Gäste.

„Willkommen! Herzlich willkommen! Kommt und setzt euch, ihr müsst nach eurer Reise müde sein."

Gehorsam gingen Samuel und Adam zu den beiden Stühlen mit den hohen Lehnen, die isoliert in der Mitte des Raumes standen.

„Also, Samuel, wie ist das Leben in der Wildnis?" wollte der Pastor wissen und kehrte an seinen Platz am Feuer zurück.

„Hart", erwiderte Samuel. „Aber wir kommen gut zurecht. Es gibt gutes Holz und Wasser, und der Boden ist fruchtbar."

„Und der liebe Gott hat Sie vor den heidnischen Wilden bewahrt, nicht wahr?" Die Antwort des Geistlichen war mehr die Feststellung einer Tatsache und keine Frage.

„Ja, wir sind in Gottes Hand sicher", sagte Samuel und ärgerte sich ein wenig über die scheinheilige Bemerkung des Geistlichen. Er hatte mehr Vertrauen in eine geladene Muskete als in Gottes Wohlwollen, wenn es um die Sicherheit seiner Familie ging.

Pastor Rathbone schenkte Samuel ein wohlwollendes Lächeln und richtete dann seinen Blick auf Adam.

„So junger Adam, du willst dich also verheiraten. Ich hoffe..."

„Papa baut uns eine Hütte", platzte er aufgeregt heraus. „Nur für Esther und mich, damit wir darin wohnen können."

Von dem Ausbruch des jungen Mannes überrascht, verzog sich das fahle, von violetten Adern durchzogene Gesicht des Pastors zu einem Stirnrunzeln.

Samuel, der sich bewusst war, dass er die Zustimmung des Pastors brauchte, stand auf und flüsterte Adam eindringlich ins Ohr. Er stupste ihn mit dem Ellbogen an und setzte sich wieder auf seinen Stuhl.

„Ich werde ein guter und pflichtbewusster Ehemann sein", sagte Adam, nachdem er an seine Rolle erinnert worden war. Sein Gesicht war eine Maske der Konzentration. „Ich... ich werde mich um meine neue Frau kümmern und dafür sorgen, dass ihr kein Leid widerfährt. Ich werde ... ich werde für sie sorgen und ihre Bedürfnisse nicht vernachlässigen."

„Ganz recht, mein Sohn. Ganz recht", antwortete Pastor Rathbone, den die Worte des jungen Mannes keineswegs beruhigten. Unsicher, wie er reagieren sollte, öffnete sich in dem Moment glücklicherweise die Tür, und das junge Mädchen betrat mit einem schwer beladenen Tablett in den Armen den Raum, bevor sie dazu aufgefordert wurde.

„Ah, Abendbrot", verkündete der Pastor, sichtlich erleichtert über die Ablenkung im richtigen Moment.

Das junge Mädchen stellte das Tablett auf den Tisch, während der lüsterne Blick des Geistlichen sie nicht aus den Augen ließ. Sie begann, die Speisen aufzutragen: ein Holzbrett mit einem halb aufgegessenen Stück Käse, eine Platte mit gekochtem Fleisch, eine Schale mit eingelegten Eiern und einen Korb mit Brot frisch aus dem Ofen. Sie vervollständigte das Gedeck, indem sie jedem der Männer einen Zinnteller vorsetzte. Als sie den Tisch gedeckt hatte, drehte sie sich um und verließ schnell den Raum, da sie sich des gierigen Blickes ihres Arbeitgebers bewusst war. Wenige Augenblicke später kehrte sie mit zwei, mit Apfelwein gefüllten Lederbechern zurück und stellte sie neben die beiden Gäste. Sie balancierte vorsichtig ein Glas mit dünnem Stiel, dass bis zum Rand mit Malvasier gefüllt war auf ihrem Tablett und ging zum Tischende. Sie achtete darauf, keinen Tropfen des starken, lieblichen Weines zu verschütten, und stellte das Glas vor ihrem Herrn ab. Es war sein viertes seit dem Mittagessen, und sie hoffte, dass er heute Nacht tief schlafen würde und sie von seinen unerwünschten Avancen verschont bliebe.

„Danke, mein Kind, das wäre dann alles", sagte der Pastor und betrachtete das Glas mit der bernsteinfarbenen Flüssigkeit. „Geh jetzt in dein Bett. Du kannst den Tisch morgen früh abräumen." Mit einem Knicks drehte sich das junge Mädchen um, und eilte durch den Raum. Die hölzernen Absätze ihrer Schuhe klackten auf dem harten Boden, als sie an den Rändern des dicken Teppichs entlanglief. Dann verschwand sie durch die Tür.

Eine Stunde später, nachdem das Essen beendet und Adam zu Bett geschickt worden war, starrten sich Samuel und Pastor Rathbone im hellen Schein der brennenden Kerzen über den Tisch hinweg an. Eine halbleere Karaffe mit rubinrotem Portwein nahm den Platz zwischen ihnen ein.

„Und Sie sind sich ganz sicher, dass Mistress Colwill ebenfalls dazu bereit ist. . . zu dieser Vereinbarung meine ich?"

„Gewiss", sagte Samuel, setzte sein Glas an die Lippen und leerte den Inhalt in einem einzigen Schluck. „Warum sollte sie das nicht sein?"

„Kommen Sie schon Samuel, Freiheit von Knechtschaft ist ein schlechter Ersatz für geistige Liebe", erwiderte der Pfarrer und griff nach der Karaffe.

Samuel erkannte den Spott in der Antwort des Geistlichen und knallte das Glas hart auf den Tisch. Sein Gesicht war gerötet von der reichlichen Menge Portwein, die er getrunken hatte.

„Sie findet, dass es das wert ist. Außerdem liebt Adam sie sehr, und sie hat den Jungen trotz seines Leidens gern." Frustriert schlug er mit der geballten Faust auf den Tisch. „Sie hat zuge-stimmt. Sie ist für die Heirat."

Der Unterhaltung überdrüssig und mit leuchtenden Augen lehnte sich Pastor Rathbone in seinem Stuhl zurück.

„Sehr gut. Wie Sie sagen, scheint diese Vereinbarung ja für beide Parteien von Vorteil zu sein. Haben Sie ihren Vertrag bei sich, um den ich gebeten habe?", fragte der Geistliche, der die Angelegen-heit rasch klären und sich in sein Bett zurückziehen wollte. Sa-muel tauchte eine Hand in die Tasche seines Wamses und zog ein gefaltetes Papier heraus. Er entfaltete es und legte es in die darge-botene Hand des Geistlichen.

„Und mein Honorar?"

Samuel holte einen Lederbeutel aus seiner anderen Tasche und ließ ihn auf den Tisch fallen. Das unverwechselbare Klirren der Münzen klang wie Musik in den Ohren des Geistlichen. Pastor Rathbone ließ seinen Blick über das Dokument schweifen und machte sich rasch mit seinem Inhalt vertraut. Nachdem er sich von der Gültigkeit des Dokuments überzeugt hatte, hielt er eine Ecke des Papiers über eine brennende Kerze und wartete, bis sie das Papier entzündet hatte, dann ging er zum Kamin und warf es in die Feuerstelle. Er sah zu, wie die Flammen es schnell verzehr-ten. Das Wissen, dass er ein Kind Gottes aus einem Leben in

Knechtschaft gerettet hatte, übertraf bei weitem das stattliche Lösegeld, das er für die Freigabe ihrer Freiheit erhalten hatte.

Bei Tagesanbruch, als die Kälte der Nacht noch in der Luft lag, traten Shingas und die vier Seneca-Krieger, deren wilde Gesichter mit frischer Kriegsbemalung bemalt waren, aus der dunklen Wand der Bäume. Im Gänsemarsch machten sie sich auf den Weg zur Wiese, deren feuchtes Gras in den vom Bach aufsteigenden Nebel gehüllt war. Shingas hob den Arm und wies auf die kleinere der beiden Hütten, die sich wie ein umgedrehter Schiffskiel gegen den sich aufhellenden Himmel abzeichnete. Da sie wussten, was von ihnen erwartet wurde, schlichen sich Tusonderongue und zwei weitere Krieger entlang der Zaunlinie davon. Shingas und Cattawa warteten, bis die drei Krieger aus dem Blickfeld verschwunden waren, und kletterten, ihre Musketen über die Schulter gelegt, über den Spaltzaun in das Maisfeld. Sie bewegten sich heimlich zwischen den Maisreihen auf die entfernt stehende Hütte zu.

Um nicht den Zorn ihres Vaters auf sich zu ziehen, stürmten Saul und Joshua, gestärkt durch ein ausgiebiges Frühstück, durch die Tür der Hütte auf den Hof hinaus. Kit und sein Hund Pharao folgten ihnen dicht auf den Fersen. Während Kit die Anweisungen seiner Mutter befolgte und den Hund an die Kette band, die an der Holzwand befestigt war, begann der Hund plötzlich zu bellen. Er zerrte hartnäckig am Halsband des Jungen und versuchte, sich zu befreien. Unfähig, das kräftige Tier zu bändigen, ließ Kit widerwillig seinen Griff am Halsband los und sah neidisch zu, wie der Hund in Richtung des Maisfeldes davonhüpfte.

Durch das Bellen aufgeschreckt, blieben Shingas und Cattawa auf der Stelle stehen. Shingas war sich der Gefahr bewusst und befreite sein Messer aus der Scheide und ließ sich auf ein Knie fallen. Kaum war Cattawa seinem Beispiel gefolgt, sahen sie den knurrenden Hund mit zurückgezogenen Lefzen auf sie zuspringen. Mit gefletschten Zähnen stürzte sich Pharao auf Shingas Kehle, und Speichel spritzte aus seinem offenen Maul. Instinktiv drehte Shingas seinen Körper zur Seite und stieß dabei mit seinem Messer nach oben. Er hieb die Klinge tief in die freiliegende Brust des Hundes. Mit einem klagenden Aufjaulen stürzte der verletzte Hund zu Boden und sein Knurren wurde zu einem Wimmern. Sein Blut sickerte in den frisch gepflügten Boden. Zufrieden, dass das Tier tot war, schob Shingas das Messer in seine Scheide und stand auf.

Verwundert über das Verhalten von Pharao fragte sich Kit, warum der Hund plötzlich aufgehört hatte zu bellen. Er machte sich auf den Weg zum Maisfeld, kletterte auf den Holzzaun und rief laut.

„Pharao! Hierher, Junge!" Enttäuscht rief er erneut. „Hier Pharao! Hier, Junge."

„Dein Jagdhund hat bestimmt ein Kaninchen gefangen, kleiner Bruder", rief Saul. „Er wird erst herauskommen, wenn er sein Frühstück aufgegessen hat." Von den Worten seines älteren Bruders verärgert, blickte Kit ihn wütend an.

„Das würde er nicht tun. Nicht mein Pharao."

Kichernd über Kits Wutanfall und mit ihren Musketen auf die Schultern gehängt schlenderten Saul und Joshua in Richtung Sägewerk davon. Entschlossen, Saul das Gegenteil zu beweisen, rief Kit erneut. Diesmal lauter.

„Hier Pharao! Hier, Junge!" Schließlich, als seine Geduld erschöpft war, sprang Kit über den Zaun und machte sich auf den Weg in die reif werdenden Maisreihen.

Esther stand barfuß auf einem niedrigen Schemel, eine Girlande aus frisch gepflückten Wildblumen in ihrem kastanienbraunen Haar. Sie blickte auf Mrs. Endicote hinunter, die mit Nadel und Faden beschäftigt war. Sorgfältig heftete sie den Saum des langen Kleids aus Batist fest. Das Geschirr des Frühstücks stand noch auf dem Tisch, das Bett in der Ecke war ungemacht, und ein Paar ihrer frisch gewaschenen Unterhosen trockneten vor dem Kamin. Esther hatte den Raum noch nie in einem solchen Durcheinander gesehen.

„Wir haben Zeit uns später um diese Dinge zu kümmern", hatte Frau Endicote gesagt. Viel wichtiger war es, dass die zukünftige Braut für ihre bevorstehende Hochzeit bereit war. Die

Entscheidung, dieses besondere Kleid, anstatt ihre eigene schäbige Kutte zu tragen, war die Idee von Mrs. Endicote gewesen. Sie hatte darauf bestanden, dass Esther ansprechend aussehen sollte. Es war ein schönes Kleid, eher schlicht als pompös, mit langen, schmalen Ärmeln, die an den Handgelenken breiter wurden und eine Reihe passender Knöpfe unterhalb des runden Ausschnitts hatte. Es war ein Kleid, das sie selbst bei vielen Gelegenheiten getragen hatte, nicht zuletzt beim Kirchgang. Doch leider war es bei ihrer jetzigen Größe eindeutig ein Kleidungsstück, für das sie keine Verwendung mehr haben würde.

Als sie ihre Näharbeit beendet hatte, stützte sich Frau Endicote an der Tischkante ab und richtete sich auf. Zufrieden mit ihrer Arbeit legte sie gerade Nadel und Faden in ihren Nähkorb zurück, als die Stille durch Musketen Schüsse unterbrochen wurde.

Erschrocken über das Krachen von Gewehrschüssen, gefolgt von dem noch schlimmeren Klang von Kriegsgeschrei, blieb Kit wie angewurzelt auf der Stelle stehen. Seine Beine waren vor Angst wie gelähmt. Seine Unsicherheit verschwand durch das plötzliche Auftauchen von zwei Indianern, die sich entlang der Maisreihen auf ihn zubewegten. Der Anblick ihrer bemalten Gesichter erfüllte ihn mit Schrecken. Er dachte nicht mehr an seinen Hund, sondern drehte sich auf den Fersen um und rannte zurück zur Hütte. Als er den fliehenden Jungen erblickte, setzte Cattawa dem Jungen mit der Anmut eines Panters nach. Dabei hielt er seinen Tomahawk in der Hand.

Die Frau riss die Türe ihres Hauses auf. Esther war nur einen Schritt hinter ihr und hatte das Kleid bis zu den Knien hochgezogen. Mrs. Endicote stürzte aus dem Haus. Unsicher blickten sich die beiden um. Als sie sahen, wie Kit aus der Maisreihe herausgerannt kam, beobachteten sie schweigend, wie er über den Zaun kletterte. Doch bevor der Junge sich über das obere Brett ziehen konnte, war Cattawa schon über ihm. Die Wucht des Tomahawk-Hiebes spaltete Kits Schädel beinahe komplett in zwei Teile. Frau Endicote heulte vor Schmerz auf, schnappte sich die schwere Holzaxt auf dem Hackklotz und rannte mit einem Schrei des Wahnsinns auf den Mörder ihres Sohnes zu. Cattawa, der durch ihren gequälten Schrei alarmiert wurde, löste seinen Griff um den

Tomahawk, der noch immer in Kits Schädel steckte, und ließ den Gurt der Muskete von seiner Schulter gleiten. Er stützte den langen Lauf auf den Zaunpfosten, spannte den Hahn und drückte ab. Mit Genugtuung beobachtete er, wie Mrs. Endicote wie ein angeschlagenes Tier leblos zu Boden sank, die Axt noch immer in den Händen haltend.

Mit dem Lärm der Musketen in den Ohren sah Esther entsetzt, wie Shingas plötzlich am Rande des Maisfeldes auftauchte. Voller Panik rannte sie, den Saum ihres Kleides noch in den Händen, zurück Richtung Hütte. Als er die flüchtende Frau erblickte, die den Zaun mit der Leichtigkeit eines Athleten übersprang, jagte Shingas hinter ihr her. Mit klopfendem Herzen erreichte Esther die Hütte und stürzte durch die offene Tür und schlug sie hinter sich zu. Ihre Hand griff verzweifelt nach dem Eisenriegel. Doch gerade als sich ihre Finger um den Riegel schlossen, sprang die Tür plötzlich auf und schleuderte sie rückwärts in den Raum auf den Tisch. Auf dem Möbelstück liegend und mit einem erstickten Schrei in der Kehle starrte Esther entsetzt auf die Gestalt von Shingas in der Tür. Verängstigt wie ein gefangenes Tier wich sie vor ihm zurück. Mit den Handflächen stützte sie sich auf dem Tisch ab. Als er eintrat, blickte sich Shingas schnell in dem Raum um. Um ihr Leben fürchtend, streifte Esthers Hand das neben ihr liegende Brotmesser, und ihre Finger schlossen sich instinktiv um dessen Griff. Wenigstens konnte sie sich jetzt verteidigen. Shingas wurde es leid, dass die Frau versuchte, sich ihm zu entziehen, und streckte seine Hand aus. Er packte Esther am Arm und zog sie zu sich heran. Mit dem Messer in der Faust hob Esther ihren Arm nach oben und stürzte sich auf ihn. Sie versuchte nach unten auf seine nackte Brust einzustechen. Mit verächtlicher Leichtigkeit streckte Shingas seinen freien Arm aus und packte sie am Handgelenk. Langsam verstärkte er seinen Griff, bis Esther dem Schmerz nicht mehr standhalten konnte und ihre Finger streckte. Das Messer entglitt ihrem Griff und klapperte auf den Holzboden. Shingas trat es beiseite, behielt aber ihr Handgelenk fest im Griff. Er zerrte seine verängstigte Gefangene aus der Hütte. Voller Angst, jeden Moment umgebracht zu werden, sank Esther mit einem verzweifelten Schrei auf die Knie.

Gegenüber der Hütte rannten Tusonderongue und die beiden anderen Krieger jeweils mit einer brennenden Fackel in der Hand aus der Scheune, dicht gefolgt von einem Dutzend Hühner, die krächzend und flatternd durch die offenen Türen entkamen. Im Inneren des Gebäudes leckten die Flammen vom umgeworfenen Teerölfass hungrig an den Heuballen. Gegenüber brannte die unfertige Hütte bereits lichterloh und die leuchtend orangefarbenen Flammen, die durch den Wind aus dem Tal angefacht wurden, verzehrten begierig das Bauholz. Schwarze Rauchwolken stiegen in den wolkenlosen Himmel auf. Shingas rief ihnen zu und zeigte auf die Hütte. Eifrig rannten die drei Krieger auf die offene Tür zu und verschwanden darin. Als sie wenige Augenblicke später wieder auftauchten, hatten sie ihre Brandstiftung vollendet und warfen mit ihrem Kriegsgeschrei ihre brennenden Fackeln auf das harzreiche Schindeldach. Mit unbändigem Vergnügen sahen sie zu, wie das Feuer sich schnell ausbreitete.

Shingas zog Esther auf die Beine, während die Flammen bereits an den Fenstern leckten. Er sammelte seine Krieger um sich und sie machten sich auf den Weg. Als sie an dem brennenden Gebäude, das einmal eine Scheune gewesen war, vorbeikamen und sie auf die brennenden Reste von dem, was ihr zukünftiges Zuhause hätte werden sollen, starrte, hielt sich Esther plötzlich eine Hand vor den Mund. Sie unterdrückte den Schrei, der ihr beim Anblick der beiden verstümmelten Körper im Hals stecken blieb.

Die Männer lagen leblos neben der Säge. Shingas zog sie am Arm weiter Richtung Maisfeld und auf die Wiese dahinter. Als er den Bach erreichte, löste er seinen Griff um Esthers Arm und trat ins knietiefe Wasser. Dort begann sich Shingas das Blut des Hundes von seiner Hand und seinem Arm zu waschen. Wie angewurzelt beobachtete Esther wachsam, wie sich die vier jungen Krieger um sie scharten und sie mit kindlichem Interesse musterten. Mutiger als die anderen, griff Cattawa nach einer Handvoll Stoff und versuchte, ihren Rock hochzuziehen. Instinktiv schlug Esther seine Hand weg. Von ihrer Reaktion pikiert, riss der junge Krieger ihr die Blumengirlande vom Kopf und warf sie auf den Boden. Shingas kletterte an das Ufer und starrte die jungen Krieger an.

„Genug!" Das Wort allein reichte aus, um den jungen Krieger für seine Launenhaftigkeit zu strafen. Nach dieser Ermahnung sprang Cattawa in den Bach und watete zum anderen Ufer, während die anderen Krieger ihm folgten. Da sie keine andere Wahl hatte, als ihnen zu folgen, zog Esther den Saum ihres Kleides hoch und trat in den Fluss. Das Gefühl des Kiesbettes an ihren nackten Füßen erinnerte sie plötzlich daran, dass sie keine Schuhe trug. Als sie den Bach überquert hatte, blickte Esther mit einem überwältigenden Gefühl der Verzweiflung zurück zur Farm. Sie starrte ohne Hoffnung auf die Rauchschwaden, die von den brennenden Gebäuden aufstiegen. Einen Moment später wandte sie sich voller Traurigkeit ab. Unter Schock über die schrecklichen Szenen, die sie erlebt hatte, ging Esther weiter über die Wiese, dieselbe Wiese, auf der sie erst gestern die Blumen für ihren Kranz gepflückt hatte. Ihr einziger Trost war, dass sie, was auch immer vor ihr liegen mochte, am Leben war, und das war im Moment alles, was zählte.

Der Wagen war mit den Möbeln aus dem Lagerhaus von Zebadiah Clemens beladen. Samuel trieb die Ochsen mit einem Peitschenknall in den Fluss. Neben ihm saß Pastor Rathbone auf dem Holzbrett, das als Sitz diente. Dem Geistlichen gefiel der holprige Ausflug offensichtlich nicht. Vor ihnen watete Adam durch das kniehohe Wasser. Er war begierig darauf, zum Hof zurückzukehren und die vor ihnen liegende Zeremonie zu erleben, aber plötzlich blieb Adam mitten im Fluss stehen. Laut rufend deutete er auf die ferne, schwarze Rauchsäule, die über den Baumwipfeln aufstieg. Samuel warf die Peitsche weg, schnappte sich seine Muskete und rief seinem Sohn zu, er solle warten. Samuel sprang vom Wagen herunter, doch Adam war bereits aus dem Fluss heraus und rannte, so schnell ihn seine Beine trugen, den Weg entlang in Richtung des tiefschwarzen Flecks am blauen Himmel.

Während Pastor Rathbone kurz danach unsicher an den Zügeln zog, rumpelte der Ochsenkarren in den Hof. Er kam unwillkürlich zum Stehen, als der Geistliche angesichts der schrecklichen Szene vor ihm die dicken Lederriemen aus seinen Händen gleiten ließ. Die Ansammlung von Gebäuden war nun kaum mehr als ein verkohltes Skelett. Gelbe und orangefarbene Flammenzungen leckten noch immer an den schwelenden Resten der Holzwände. Das Dach der Haupthütte war eingestürzt und hatte die darunter liegenden Räume in die schwelenden Reste von Schindeln und Balken gehüllt. Nur der beeindruckende Schornstein stand noch, ein hoher steinerner Obelisk zwischen den verkohlten und geschwärzten Balken.

Obwohl der größte Teil der Scheune vom Feuer verzehrt worden war, hatte die Kuh wie durch ein Wunder irgendwie überlebt. Ihre Rufe, gemolken zu werden, waren der einzige Anschein von Normalität inmitten des Gemetzels. Als der Geistliche den Blick senkte, sah er Samuel auf dem Boden knien, den Körper seiner toten Frau wie einen Säugling in den Armen haltend. Hinter ihm hing der leblose Körper des jüngsten Sohnes der Endicotes wie ein ausrangierter Mantel über den Zaun drapiert. Als er auf das Bild der Verwüstung blickte, sah der Geistliche Adam, der mit tränennassen Wangen vom Feld herbeieilte. In seiner Hand hielt er eine kleine Blumengirlande. An der Seite seines Vaters angekommen, fiel der Junge auf die Knie.

„Esther ist weg, Pa. Die Wilden haben meine Esther mitgenommen." Als er Adams klagende Worte hörte, schirmte Pastor Rathbone seine Augen gegen das grelle Morgenlicht ab und blickte auf den umliegenden Wald. Er war dunkel und bedrohlich in seiner majestätischen Urwüchsigkeit. Unbewusst schlossen sich seine Finger um das goldene Kreuz, das um seinen Hals hing, und seine Lippen bewegten sich in einem stillen Gebet. Ein Gebet für die Lebenden. Eine demütige Bitte für die Sicherheit der jungen Frau, die genau an dem Tag entführt worden war, an dem sie hätte heiraten sollen. Die Toten würden an die Reihe kommen, wenn er über ihnen stand, während sie in die Erde herabgelassen wurden.

KAPITEL 7

Einem schmalen, wenig genutzten Pfad, der ihnen den Weg wies, folgend, drangen die Krieger und ihre Gefangene immer tiefer in die scheinbar unendliche Wildnis der Berge und Wälder vor. Eine undurchdringliche Wand aus Stämmen und Ästen, bedeckt von einem dichten Blätterdach. Sie kletterten auf und über die bewaldeten Hügel. Sie schlängelten sich durch verworrenes Dickicht. Die Luft war schwer vom harzigen Geruch der Kiefern. Das gelegentliche Kreischen eines Rotschwanzbussards war das einzige Geräusch. Mit jedem Schritt entfernten sie sich weiter von den Grenzsiedlungen.

Ohne eine Pause einzulegen, sank Esther schließlich am Vormittag mit ihren nackten, blutigen Füßen zu Boden. Ihre Füße wollten keinen Schritt mehr machen. Sofort war Shingas an ihrer Seite und blickte bedrohlich auf sie herab. Nach Atem ringend starrte Esther flehend zu ihm auf. Ungerührt nahm Shingas ein Stück Rohhautseil aus seiner Tasche, schlang ein Ende um Esthers Handgelenk, zog sie auf die Beine und führte sie wie ein angebundenes Tier. Allerdings ging er jetzt etwas langsamer.

Glücklicherweise hielt Shingas an einem schnell fließenden Bach an, bevor sie noch sehr viel weiter gehen musste. Befreit von ihren Fesseln stolperte Esther zum Ufer, warf sich auf den Boden und begann, eine Handvoll des klaren, reinen Wassers zu schlucken. Nachdem sie ihren Durst gestillt hatte, beugte sie sich vor und tauchte ihren Kopf in den Bach, wobei die schnell fließende Strömung ihr zerzaustes Haar durchspülte. Doch ihre Verschnaufpause war nur von kurzer Dauer. Eifrig machte sich Shingas wieder auf den Weg und nahm ihre Leine in die Hand. Erfrischt, mit Wasser im Nacken und entschlossen, das Seil zwischen ihnen nicht zu spannen, eilte Esther ihm mit hoch gezogenem Kleid hinterher. Wenige Augenblicke später war die kleine Gruppe unter Tusonderongue an der Spitze von den düsteren Wäldern verschluckt.

Als die Dunkelheit hereinbrach, machte Shingas schließlich Halt. Ein Feuer brauchten sie keins. Die vier Krieger suchten sich einen Schlafplatz auf dem Teppich aus Tannennadeln, der den

Waldboden bedeckte. Sie schliefen bald ein. Esther folgte ihrem Beispiel und ließ sich auf den Boden sinken, nachdem sie das Seil um ihr Handgelenk gelöst hatte. Sie freute sich über die Gelegenheit, sich ausruhen zu können, und legte ihren Kopf auf die Arme. Sie fiel schnell in einen tiefen Schlaf. Shingas, der als Letzter seinen Schlafplatz fand, ging zu ihr hinüber und betrachtete die zierliche Gestalt, die sich zu seinen Füßen zusammengerollt hatte. Die Strapazen des Tages waren aus ihrem Gesicht verschwunden. Er bemerkte auch die Scheuerstellen an ihren Handgelenken, verursacht durch das Seil. Er nahm sich vor, dass er morgen zur Belohnung für ihren Gleichmut das Seil in seinem Lederbeutel lassen würde.

Noch bevor die ersten Sonnenstrahlen das Blätterdach durchdrangen, war die Kriegstruppe bereits auf dem schmalen Pfad unterwegs. Er schlängelte sich durch die umliegenden Wälder. Befreit von ihren Fesseln, folgte Esther Shingas mit Cattawa und den anderen drei Kriegern im Gänsemarsch hinter sich. Obwohl ihre Fußsohlen wund waren und ihr Bauch vor Hunger schmerzte, fühlte sie sich ausgeruht. Besser noch, sie hatte ihren ersten Tag in Gefangenschaft überstanden, und obwohl sie keine Ahnung hatte, welche Torturen ihr noch bevorstanden, stärkte dieser kleine Erfolg ihre Entschlossenheit zu überleben.

Es war noch früh, als sie auf die Ansammlung von Wigwams stießen. Weiße Rauchschwaden stiegen aus den Rauchlöchern ihrer Dächer auf. Es war ein Wyandot-Dorf. Ein feindliches Dorf. Ein Ort, den sie meiden mussten, wenn sie überleben wollten. Als sie die Gefahr erkannten und begannen, das Dorf zu umrunden, wurde die Stille durch das schrille Schreien eines Babys jäh unterbrochen. Aus Angst, dass der Lärm die Lagerhunde wecken könnte, ließen sich die Krieger mit ihren Musketen auf die Knie fallen. Sie hielten ihre Augen auf jedes Anzeichen von Bewegung gerichtet. Zu ihrer großen Erleichterung verstummte das laute Schreien des Säuglings, kaum dass es begonnen hatte. Als sie ihren Weg fortsetzten, waren sie innerhalb weniger Minuten aus den Bäumen heraus, und vor ihnen erstreckte sich der Grund, warum die Wyandots diesen Ort für ihr Dorf gewählt hatten. Vor ihnen war ein riesiger See, dessen sanft plätscherndes Wasser sich bis zum fernen Horizont erstreckte. Sein fernes Ufer verlor sich vor dem grenzenlosen Panorama der waldbedeckten Berge, die sich gegen den Himmel auftürmten.

In diesem Moment entdeckten Cattawas scharfe Augen die Gruppe von Kanus aus Birkenrinde, die wie eine Kolonie von Seehunden umgedreht auf einer sandigen Landzunge lagen. Die vier jungen Krieger wollten ihr Glück ausnutzen und stürmten zu den Booten. Cattawa und ein anderer Krieger zogen zwei von den Kanus ans Ufer, während Tusonderongue und der andere junge Krieger sich daran machten, bei den übrigen Booten mit ihren Tomahawks die Seitenwände aus Birkenrinde einzuschlagen und sie damit unbrauchbar zu machen.

Esther setzte sich zwischen die beiden Ruderer und sah zu, wie Shingas in das zweite Kanu kletterte. Der Gedanke, ein so riesiges Gewässer in einem so zerbrechlichen Boot zu überqueren, erfüllte sie mit Angst und Schrecken. Die vier Seneca-Krieger tauchten die Paddel ins Wasser und ruderten in perfektem Takt, während sich die beiden Kanus langsam vom Ufer entfernten. Sie gewannen schnell an Fahrt, ihre gebogenen Buge schnitten mühelos durch das schimmernde Wasser, dessen Oberfläche die Sonnenstrahlen wie ein umgedrehter Spiegel reflektierte. Hoch über ihnen kreisten ein Paar Fischhabichte mit gespreizten Flügeln in immer weiteren Spiralen am wolkenlosen blauen Himmel. Ihre schrillen Rufe hallten in dem natürlichen Amphitheater wider.

Aufrecht zwischen den beiden Ruderern kniend, dankbar für die kühlende Brise, warf Esther dennoch einen verzweifelten Blick auf die zurückweichende Uferlinie. Ihre Hoffnung auf Rettung schwand mit jedem Paddelschlag.

Als sie tieferes Wasser erreichten, öffnete Shingas seine Tasche und holte ein Stück Angelschnur mit einem Widerhaken und einem silbernen Köder heraus. Er nahm das Ende der Schnur in eine Hand und ließ sie langsam durch seine Finger gleiten, bis sie ins Wasser fiel. Der löffelförmige Köder drehte sich und blitzte wie Quecksilber, als er unter die Wasseroberfläche sank. Kaum war er verschwunden, spürte Shingas ein Ziehen an der Leine und begann, sie Hand um Hand einzuholen. Ein Aufschrei erklang von den anderen Kriegern, als er eine große Seeforelle aus dem Wasser zog. Er ließ seinen zappelnden Fang auf den Boden des Kanus fallen und löste den Haken aus dem Maul. Noch einmal warf Shingas die Leine über die Seitenwand. Esther beobachtete ihn vom anderen Kanu aus und sah fasziniert zu, wie Shingas einen weiteren Fisch ins Kanu zog. Das Wasser perlte wie Quecksilber von dessen Schuppen.

Als die Uferlinie hinter ihnen in der Ferne verschwand, verlangsamten die vier Krieger den Rhythmus ihres Paddelns und ließen die Kanus mühelos über die spiegelglatte Wasseroberfläche gleiten. Kein Kräuseln war zu sehen. Als sie über den riesigen See blickte, schien es für Esther, als würden sie über einen Ozean fahren. Das ferne Ufer verlor sich irgendwo jenseits des Horizonts, und trotz ihrer misslichen Lage versank sie in Bewunderung für die Erhabenheit und Schönheit dieser unendlichen Wildnis.

Doch je weiter der Tag voranschritt, je höher die Sonne in den wolkenlosen Himmel stieg, ohne dass ein Schatten sie vor den Strahlen schützen konnte, desto mehr ließ ihre Zuversicht nach. Ihre einzige Erleichterung bestand darin, eine Handvoll Wasser zu schöpfen und es auf ihre entblößte Haut zu spritzen. Gelegentlich machte ein Krieger eine Pause, um eine Hand in den See zu tauchen und seinen Durst zu stillen. Sie hatte keine andere Wahl, als ihrem Beispiel zu folgen, und Esther war erstaunt, wie rein und angenehm das Wasser schmeckte.

Als die goldene Sonnenkugel langsam hinter den Gipfeln der fernen Berge versank, erreichte die Seneca-Kriegergruppe endlich einen Sandstrand am Südufer des Sees. Nachdem sie die Kanus auf die schmale Landzunge geschleppt hatten, machten sich die Krieger mit ihren Messern an die Arbeit. Sie zerlegten und putzten die vier Forellen, die Shingas gefangen hatte. Esther schaute neugierig zu und bewunderte die Geschicklichkeit, mit der sie zu Werke gingen. Minuten später wurden die filetierten Forellen ohne Kopf auf einen Stock aufgespießt und mit der Haut nach unten über die Glut des Feuers gelegt. Die vier jungen Krieger drängten sich wie ungeduldige Kinder um sie herum und warteten darauf, dass das verkohlte Holz seine Wirkung entfaltete. Der Duft von gebratenem Fisch wehte durch die Nachtluft.

In der Hoffnung, dass sich einer von ihnen erbarmen und ihr einen Bissen zuwerfen würde, sah Esther zu, wie sich die Gruppe der Krieger an dem gegrillten Fisch labte. Sie rissen das flockige, weiße Fleisch mit ihren Fingern von den stacheligen Gräten und stopften es in ihren Mund. Nachdem sie sich satt gegessen hatten und ihre öligen Finger an ihrem Lendenschurz abgewischt hatten, entfernten sich die Krieger vom Feuer und streckten sich auf dem weichen Boden aus, wo sie schnell einschliefen.

Das rhythmische Atmen überzeugte die Gefangene, dass alle schliefen. Esther kroch auf Händen und Knien zu dem sterbenden Feuer, während der Hunger in ihrem Bauch nagte. Die kläglichen Überreste der Mahlzeit der Krieger lagen verstreut auf dem Boden um das Feuer herum. Kaum hatte sie ihr Ziel erreicht, rollte sich Cattawa, der am nächsten am Feuer lag, plötzlich auf die Seite. Er war hellwach und seine Augen bohrten sich in ihre. Esther wagte kaum, sich zu bewegen, und starrte ihn an. Ihr Herz raste. Langsam verstrichen die Sekunden, und als sie das Schlimmste befürchtete, drehte sich der junge Krieger zu Esthers Erstaunen einfach auf die Seite und wandte ihr den Rücken zu. Voller Erleichterung begann Esther wie eine Wildkatze, die weggeworfenen Fischgräten nach Fleischresten zu untersuchen. Sie genoss jedes Stückchen Fleisch, das sie aus den Fischskeletten herausholte – sogar die verkohlten Hautstücke aß sie. Nachdem sie alles Essbare verschlungen hatte, kehrte Esther auf Händen und Knien zu ihrem Sandbett am Ufer des Sees zurück. Sie streckte sich auf dem Rücken aus, leckte einen fettigen Finger nach dem anderen ab und starrte in den Nachthimmel, dessen tintenschwarzer Baldachin von den Lichtern ferner Welten erfüllt war. Einige leuchteten hell und beständig wie Leuchtfeuer der Hoffnung. Andere, die weiter entfernt waren, flackerten wie himmlische Glühwürmchen. Einige Augenblicke später fiel sie mit schweren Augen in einen tiefen Schlaf.

Während die Sonne am nächsten Tag immer höher in den wolkenlosen, blauen Himmel aufstieg, verließen die Krieger ihr Nachtlager. Sie wurden noch immer von Tusonderongue angeführt. Die Kanus hatten sie vor den Blicken anderer versteckt. In der gewohnten Aufstellung zogen sie entlang der Uferlinie Richtung Süden.

Als Esther am Morgen nach dem Waschen ihrer Hände und ihres Gesichts im See zum Lager zurückgekehrt war, stellte sie überrascht fest, dass jeder der Krieger sein Gesicht mit frischer Kriegsbemalung bemalte. Obwohl sie durch dieses offensichtliche kampforientierte Verhalten beunruhigt war, war sie erstaunt, dass sie von diesem barbarischen Ritual fasziniert war. Aus Neugierde beobachtete sie, wie jeder Krieger die farbigen Pigmente mit einer Fingerspitze auf sein Gesicht auftrug. Gewissenhaft zeichneten sie die Umrisse ihrer früheren Kunstwerke nach. Sie lächelte über die kindliche Eitelkeit, mit der sie einen kleinen Spiegel herumreichten, damit jeder Krieger sein Kunstwerk bewundern konnte.

Als sie die südliche Grenze des Sees erreichten und sich vom Ufer entfernten, bahnte sich die Gruppe ihren Weg durch die umliegenden Bäume. Dabei wurden Tusonderonges Schritte mit jedem Meter länger. Esther hatte Mühe, Schritt zu halten. Sie wusste nicht, dass die Gruppe das Jagdgebiet der Seneca erreicht hatte. Der Weg, auf dem sie sich jetzt befanden, führte sie in das Dorf der Krieger. Als sie eine kleine Waldlichtung betraten, hob Shingas seine Muskete und feuerte sie in die Luft. Esthers Beine versagten vor Schwäche. Brüllend und schreiend folgten die anderen Krieger Shingas Beispiel, hoben ihre Musketen in die Höhe und feuerten sie in einer wilden Salve ab. Das Knallen hallte durch das dunkle Blätterdach.

Dankbar für die Unterbrechung ihrer Wanderung sank Esther auf ihre Knie, doch ihre Hoffnung auf eine Pause war nur von kurzer Dauer, und in ihrem Eifer, den Weg fortzusetzen, packten zwei der Krieger sie am Arm und zogen sie auf die Füße. Müde starrte Esther zu ihnen hinauf. Ihr Gesicht war von Verzweiflung gezeichnet. Sie hatte keine Ahnung, warum sie ihre Musketen abgefeuert hatten, sie ahnte nur, dass dies das Ende einer Tortur bedeutete, aber wahrscheinlich auch der Beginn einer noch viel Schrecklicheren sein konnte.

KAPITEL 8

Auf dem abschüssigen Hang neben dem Dorf, arbeiteten Meeataho und eine Gruppe von Frauen bewaffnet mit einer Hacke. Einige der Frauen trugen ein Baby auf dem Rücken. Sie gruben entlang der Maisreihen und bearbeiteten den fruchtbaren Boden. Trotz der Hitze des Tages plauderten sie fröhlich miteinander. Gelegentlich brachen sie in Gelächter aus, wenn ein intimes Geheimnis oder eine unerlaubte Liaison bekannt wurden. Dann hörten sie das unverwechselbare Krachen von Gewehrschüssen, das wie das Grollen eines fernen Donners heranrollte. Sofort warfen die Frauen ihre Hacken weg. Meeataho lief vor ihnen her. Sie rannten kreischend wie aufgeregte Kinder in Richtung des Dorfes.

Meeataho drängte sich durch die Menge, die sich bereits am Rande des Platzes versammelt hatte. Sie beobachtete, wie Shingas mit hoch erhobenem Haupt zielstrebig durch das Dorf schritt. Die vier Seneca-Krieger, von denen jeder eine blutige Trophäe an seinem Gürtel trug, folgten dicht dahinter. Die aufgeregte Menge, die sich um sie versammelt hatte, wollte unbedingt einen Blick auf ihre Gefangene werfen. Meeataho starrte ihn fassungslos an, und ihre Freude über das unerwartete Wiedersehen zerfiel zu Staub, als sie die weiße Frau an seiner Seite erblickte.

Als sich die Kriegergruppe dem Eingang zu Shingas' Langhaus näherte, legte sich eine erwartungsvolle Stille über die drängelnde Menge. Shingas spürte, dass sich die Stimmung änderte, und zog nach kurzem Zögern den Vorhang beiseite. Er ergriff Esthers Arm und schob sie hinein. Sofort erhob sich ein lautes Geschrei. Shingas hatte die weiße Frau zu seiner neuen Ehefrau genommen. Nachdem er seinen Entschluss gefasst hatte, schritt Shingas, unbeeindruckt von den Rufen der aufgeregten Menge, umringt von den Dorfbewohnern, zum Langhaus der Ältesten.

Esther stand ein Stück vom Eingang entfernt, zerzaust und schmutzig von ihrem beschwerlichen Marsch. Sie betrachtete das düstere Innere des Gebäudes. Sie hatte noch nie so ein Haus gesehen. In der Mitte befand sich eine breite Fläche mit Nischen, die den Boxen in einem Pferdestall ähnlich waren. In regelmäßigen

Abständen waren mehrere Feuerstellen angelegt. Deren Glut verbreitete ein sanftes Licht.

Bevor sie sich entscheiden konnte, was sie tun sollte, wurde der Vorhang an der Tür plötzlich zur Seite gezogen und Meeataho trat ein. Ihre tiefschwarzen Augen loderten vor Wut. Erschrocken über die Erscheinung der Frau und der offensichtlichen Feindseligkeit wich Esther zurück. Mit einem wilden Schrei, erhobenen Armen und zu Krallen gekrümmten Fingern stürzte sich Meeataho auf sie. Instinktiv packte Esther die Handgelenke der Frau und schob ihre krallenartigen Finger von ihrem Gesicht weg. Die Indianerin aber riss ihre Hände los und stürzte sich erneut auf sie. Dieses Mal aber war Esther vorbereitet und beide Frauen packten sich gegenseitig an den Haaren. In einer wilden Umarmung kämpften sie hin und her, wobei keine der beiden Frauen bereit war, ihren Griff zu lösen. Mit ihrem Fuß im Saum ihres langen Kleides verheddert, stolperte Esther rückwärts und zog die andere Frau mit sich. Mit ihren Fingern, die immer noch in den Haaren der anderen verknotet waren, begannen die beiden Frauen, sich auf dem Lehmboden zu wälzen. Jede versuchte, die andere rittlings zu bezwingen. Meeataho drückte die Finger ihrer freien Hand gegen Esthers Augen und zwang ihre Gegnerin auf den Rücken. Doch bevor sie ihre Rivalin mit gebeugten Knien auf den Boden drücken konnte, zog Esther beide Füße an sich, trat nach Meeataho und schleuderte die junge Frau nach hinten.

Keuchend vor Anstrengung, die Haare der anderen unter den Fingernägeln, erhoben sich die beiden Frauen auf die Beine und umkreisten sich vorsichtig. Meeataho spürte, dass ihre Gegnerin müde wurde, und wollte ihre Krallen in Esthers Gesicht versenken. Sie stürzte sich auf sie. Instinktiv holte Esther mit ihrem linken Arm aus und ihre fest geballte Faust traf Meeataho mitten im Gesicht. Betäubt von dem unerwarteten Schlag taumelte Meeataho nach hinten. Blut sickerte aus der Wunde an ihrer Lippe. Unbeirrt wischte sich Meeataho mit dem Handrücken über den Mund und stürmte weiter vorwärts. Erneut holte Esther mit ihrem linken Arm aus, wobei ihre Fingerknöchel Meeatahos Kiefer trafen und sie rückwärts auf den Boden schleuderten. Die Arme hingen reglos herab und Esther starrte auf die junge Indianerin auf dem Boden. Sie hoffte, dass sie ihr die Lust auf Kampf verdorben hatte. Von der Wucht des Schlags benommen, sah Meeataho zu ihr auf und fragte sich, warum die Frau ihren Angriff nicht fortsetzte. Ermutigt durch ihre offensichtliche Dummheit kam Meeataho langsam auf die Beine, warf ihre schwarze Haarmähne zurück und griff nach dem Messer, das an ihrem Gürtel hing. Erschrocken wich Esther zurück und sah sich hektisch nach einem Fluchtweg um. Da ihre Rivalin ihr nun ausgeliefert war, drängte Meeataho Esther mit dem Messer in der Hand zurück an die Wand des Langhauses. Hilflos erwartete Esther ihr Schicksal, denn ihre Fäuste waren wenig hilfreich gegen die Klinge des Messers. Da sie wusste, dass ihre Gegnerin in der Falle saß, hob Meeataho mit einem wilden Schrei das Messer in die Luft. Doch bevor sie zustechen konnte, durchzuckte ein plötzlicher Schmerz ihre Schulter. Instinktiv drehte sich Meeataho um und starrte ungläubig auf die alte Frau, die erneut mit der Hacke ausholte und sie auf ihren erhobenen Arm schlug. Die Wucht des Schlags löste das Messer aus Meeatahos Griff. Die alte Frau begnügte sich nicht damit, die junge Frau zu entwaffnen, sondern hob die Hacke über ihren Kopf. Lachend beobachtete sie, wie Meeataho zur Tür flüchtete.

Als die Angreiferin verschwunden war, legte die alte Frau die Hacke nieder und wandte sich Esther zu, wobei ihr breites Lächeln einen ganzen Mund voller verfaulter Zähne zum Vorschein brachte. Offensichtlich beeindruckt von Esthers Kampffähigkeiten hob die alte Frau ihre knochigen Arme mit geballten Fäusten hoch und begann, mit ihrem linken Arm zuzuschlagen und Esthers Kampfhandlungen nachzuahmen. Dabei verschwand das Lächeln nie aus ihrem Gesicht.

Während sie das Treiben der alten Frau beobachtete, sah sich Esther in Gedanken plötzlich in das Innere einer großen Scheune in Suffolk zurückversetzt. Sie hatte hoch oben auf einem der massiven Querbalken gesessen, die das riesige Satteldach stützten. Von dort konnte sie den Boden unter sich aus der Vogelperspektive betrachten. In der Mitte der Scheune befand sich ein kleiner abgesperrter Ring, nicht größer als ein kleines Zimmer. Um ihn herum war eine dichte Menschenmenge gewesen. Sie hatten gejubelt und geschrien wie eine Meute bellender Bluthunde. Eingesperrt zwischen den Seilen und bis zur Hüfte entkleidet, standen zwei Kämpfer mit bloßen Knöcheln Kopf an Kopf. Sie hatten einen üblen Schlag nach dem anderen ausgeteilt. Keiner der beiden Männer war bereit gewesen, auch nur einen Zentimeter nachzugeben. Ihre muskulösen Körper hatten vor Schweiß geglänzt und ihre offenen Münder hatten die Luft tief in die Lunge gezogen. Ihre Gesichter und Fäuste hatten Verletzungen des Kampfes. Einer von ihnen, der Ältere der beiden Kämpfer, war ihr Vater gewesen. Ein breitschultriger Mann mit schmalen Hüften und Händen von der Größe eines Vorschlaghammers. Sein Gegner war viel jünger gewesen, und trotz der blutigen Schwellung um seine Augen hatten die salzgetränkten Fäuste ihres Vaters weiter auf ihn eingeschlagen, bis die Augen des jungen Mannes beinahe komplett zugeschwollen waren. Dennoch hatte Esther ihn als gutaussehend empfunden.

Vom Anblick fasziniert und angewidert zugleich, gelang es ihr nicht, wegzulaufen. Sie wollte nicht einmal wegschauen, trotz des Ekels, den sie empfand. Sie blieb, bis es endlich zu Ende gewesen war. Ebenso klar erinnerte sie sich daran, wie der junge Kämpfer sie später in derselben Nacht, als das Blut von den Kampfspuren um seine Augen abgewaschen war und ein sauberes blaues Leinenhemd seinen muskulösen Oberkörper bedeckt hatte, zurück in dieselbe Scheune getragen hatte. Sie erinnerte sich daran, wie er sie in seinen starken Armen gehalten hatte, und an die Zärtlichkeit seiner Berührung, als er mit seinen schwieligen Händen sanft ihr Gesicht, ihren Hals und ihre Brüste streichelte. Obwohl sie damals noch keine sechzehn Jahre gewesen war, hatte sie in dieser warmen Sommernacht zum ersten Mal einen Mann gespürt.

Esther wurde durch die Stimme der alten Frau in die Gegenwart zurückgeholt und starrte sie an. Offensichtlich versuchte sie ihr etwas zu sagen, aber Esther hatte keine Ahnung, was es war. Aus Frustration darüber, dass Esther nicht verstand, was sie sagte, packte die alte Frau sie am Handgelenk und zog sie zu einem großen Kochtopf, der über einem niedrigen Feuer stand. Sein Inhalt, eine Art Brei aus gekochtem Mais, gewürzt mit Beeren und

Kürbiskernen, köchelte leise vor sich hin. Die alte Frau nahm die schmale Schöpfkelle in Form eines Schwanenhalses in die Hand. Es war das wertvolle Stück aus der Küche einer Siedlung der Weißen. Die Alte begann in der gefräßigen Masse zu rühren. Sie rührte den erstarrten Brei, bis sie mit dessen Konsistenz zufrieden war. Als diese erreicht war, schöpfte sie eine großzügige Portion in eine Tonschüssel und reichte sie Esther. Sie beobachtete aufmerksam, wie die Yengeeserin die Schüssel an die Lippen hob und mit ihren beiden Fingern den Brei in den Mund schaufelte. Die Schöpfkelle hatte sie falls nötig bereits mit einer zweiten Portion gefüllt.

Schließlich, als sie nicht mehr in der Lage war, noch mehr Brei in den Mund zu stopfen, lächelte Esther und stellte die leere Schüssel auf den Boden. Nachdem ihr Mündel ausreichend genährt war, stellte die alte Frau die Schöpfkelle zurück in den Topf und bedeutete Esther mit einer Geste, ihr zu folgen. Sie machte sich auf den Weg durch den schmalen Gang des Langhauses. Auf halber Strecke blieb sie stehen und deutete mit einem spindeldürren Finger auf den Eingang zu einem der abgetrennten Räume und führte Esther hinein.

Zu Esthers Überraschung war der Raum, der von außen recht klein aussah, innen sehr geräumig. Hohe Holzwände trennten ihn von den Kammern auf beiden Seiten ab, so dass der Innenraum eine gewisse Privatsphäre bot. Der Lehmboden war mit Binsenmatten ausgelegt, und an der Wand waren einige Weidenkörbe und eine Sammlung von Tontöpfen aufgestapelt. Die einzigen Möbel im Raum waren zwei Feldbetten, gerade breit genug für zwei Personen. Die Betten waren unter einem Stapel von Tierfellen versteckt. Nachdem sie sich einen Moment Zeit genommen hatte, ihre neue Umgebung zu begutachten, drehte sich Esther um und stellte erstaunt fest, dass die alte Frau verschwunden war. Zum ersten Mal seit ihrer Entführung war sie allein, überwältigt von den Ereignissen und erschöpft von den Strapazen ihrer Reise. Sie sank auf eines der Feldbetten und legte ihren Kopf in die Armbeuge. Sie betete darum, dass sie Schlaf finden würde, um sie, wenn auch nur für ein paar kostbare Augenblicke, aus diesem Albtraum zu befreien.

Ihr Gebet wurde erhört und Esther wurde schließlich von Stimmen geweckt. Für einen kurzen Moment wurde sie von einem Gefühl der Hoffnung ergriffen. Doch ihr Optimismus wurde schnell wieder ausgelöscht, als sie die unbekannte Sprache erkannte, in der sich die Stimmen unterhielten.

Die Realität ihrer Situation wurde ihr wieder bewusst. Sie konnte ihre Neugier nicht zügeln und kletterte von der Liege. Esther zog den Vorhang, der die schmale Türöffnung verdeckte, zurück, und spähte nach draußen. Sie beobachtete, wie Gruppen von Menschen, hauptsächlich Frauen und kleine Kinder, sich auf den Weg zu ihren jeweiligen Kammern machten. Viele von ihnen, vor allem die Kinder, warfen im Vorbeigehen einen verstohlenen Blick in ihre Richtung, wandten sich dann aber schnell wieder ab. Zwei der mutigeren, ein Junge und ein Mädchen, starrten sie mit schelmischer Neugierde an. Beim Klang der Stimme ihrer Mutter huschten sie rasch davon. Wieder allein ließ sie sich zurück auf das Bett sinken. Die melodiöse Harmonie der gedämpften Stimmen wirkte wie ein Schlaflied und Esther schloss die Augen. Sie hegte die verzweifelte Hoffnung, dass derjenige, der sie für sich beansprucht hatte, nicht zurückkehren würde.

Diesmal schüttelte sie jemand, bis sie wach wurde und als Esther aufblickte, sah sie die Gestalt der alten Frau über sich stehen. In einer ihrer knochigen Hände hielt sie ein Paar perlenbesetzte Mokassins, in der anderen etwas, das wie ein Stock aussah. Ohne ein Wort zu sagen, warf die alte Frau die Mokassins auf die Pritsche und drückte Esther die Stange in die Hand. Schnell erkannte sie, dass es sich dabei um eine Hacke handelte. Sie legte sie beiseite und fing an die Mokassins anzuziehen. Esther war erstaunt, wie gut sie passten. Zufrieden mit ihrem neuen Schuhwerk, nahm sie die Hacke und eilte der alten Frau nach. Während sich die Alte ihren Weg durch das erwachende Dorf bahnte, holte Esther sie ein und ging neben ihr.

Als die beiden die Felder am Rande des Dorfes erreichten, waren ein gutes Dutzend Frauen bereits bei der Arbeit. Sie plauderten fröhlich miteinander, während sie ihre Hacken langsam durch die Reihen des reifenden Getreides zogen. Einige hatten ein Baby auf den Rücken gebunden. Ihre pausbäckigen Gesichter waren mit Bären Öl eingecremt, und ihre riesigen kohlschwarzen Augen starrten alles um sie herum mit unschuldiger Neugierde an. Die idyllische Szene stimmte sie froh, doch ein strenger Blick der alten Frau erinnerte Esther schnell daran, dass sie hier war, um zu arbeiten. Mit der Hacke in der Hand wählte sie eine unbearbeitete Reihe aus und begann, den fruchtbaren Boden zu lockern, während sie sich auf die Arbeit konzentrierte. Sie genoss die Ablenkung, die diese Tätigkeit bot. Gelegentlich richtete sie sich auf, um ihren Rücken durchzustrecken. Dabei erhaschte sie den ein oder anderen neugierigen Blick in ihre Richtung. Die Schuldigen wandten dann schnell den Blick ab, wenn sie realisierten, dass Esther sie bemerkt hatte. Im Laufe des Vormittags, als sie die Frauen an ihre Anwesenheit gewöhnt hatten, wurden diese Blicke seltener, und wenn sie doch einmal den Blick einer anderen Frau traf, tauschten sie meistens ein Lächeln aus.

Nachdem die Frauen ihre Arbeit im Maisfeld beendet hatten, begannen sie, den Hang hinunter zu einer mit Kürbissen bepflanzten Freifläche zu gehen. Bevor sie ihnen folgte, blieb Esther zurück, denn sie musste sich dringend erleichtern. Sie entleerte ihre Blase schnell, denn sie trug keine Unterwäsche. Als sie sich wieder der Gruppe von Frauen anschloss, knöpfte sie den Kragen ihres Kleides auf und begann wieder mit ihrer Hacke zu arbeiten. Die alte Frau war immer in der Nähe und ließ sie nicht aus den Augen.

Es war der Klang einer Kinderstimme, der Esther dazu veranlasste, sich aufzurichten. Als sie ihr Haar zurückstrich, sah sie zu ihrem Erstaunen ein junges Mädchen, das über das Feld auf sie zulief. Auf den ersten Blick schien sie etwa sieben oder acht Jahre alt zu sein, und der Blässe ihrer Haut und dem bodenlangen Leinenkleid nach zu urteilen war sie kein Indianerkind. Das Nächste, was geschah, war, dass das Mädchen die dünnen Arme fest um ihre Beine schlang und ihre klägliche Stimme sie anflehte. Obwohl sie nicht verstand, was das Mädchen sagte, erkannte Esther die Sprache als Französisch. Sie ließ sich auf ein Knie fallen und nahm das junge Mädchen in ihre Arme.

„Na, na, na", sagte sie und drückte das Kind an sich. „Hab keine Angst." Um sie herum herrschte plötzlich eine erwartungsvolle Stille, und als Esther über die Schulter des jungen Mädchens schaute, sah sie, warum.

Eine stämmige Frau mit muskulösen Armen schritt zielstrebig auf sie zu, das Gesicht zu einem finsteren Blick verzogen. Esther spürte, dass eine Konfrontation bevorstand, richtete sich auf und ballte instinktiv ihre Hände zu Fäusten. Das junge Mädchen befreite sich aus Esthers Umarmung. Sie war sichtlich erschrocken über den Anblick der sich nähernden Frau und klammerte sich an Esthers Kleid fest, um hinter ihren Beinen Zuflucht zu suchen. Mit weniger als einem Meter Abstand starrte die Frau in Esthers Gesicht und schrie sie mit kehliger Stimme an. Obwohl sie nicht verstehen konnte, was sie sagte, war Esther klar, dass sie die Rückgabe des Kindes verlangte. Esther zögerte und kam ihrer Forderung nicht nach. Stattdessen starrte sie die Frau mit zusammengekniffenen Lippen an. Nachdem sie keine Antwort erhielt, griff die stämmige Frau mit einem wütenden Schrei nach dem Kind. Instinktiv wich Esther einen Schritt zurück und bückte sich, um ihre Hacke aufzuheben. Erneut stellte die stämmige Frau ihre Forderung. Mit dem Finger deutete sie auf das junge Mädchen, das hinter Esthers Röcken hervorlugte. Langsam schüttelte Esther den Kopf. „Nein!"

Verärgert über Esthers Reaktion stürzte sich die Frau mit ausgestreckten Armen auf sie. Sofort hob Esther ihre Hacke in die Luft. Erschrocken über die Drohgebärde wich die Frau zurück. Sie war wütend, aber auch ein wenig verunsichert. Halb schockiert, halb erregt, in der Erwartung, dass die beiden Frauen jeden Moment einen Kampf um das Kind beginnen würden, bildeten die Zuschauer einen Kreis um die beiden.

In diesem Moment griff die alte Squaw ein. Sie drängte sich durch den Ring von Frauen und stellte sich zwischen die beiden Kontrahenten. Sie sah sich als Vermittlerin in dieser Angelegenheit und wandte sich an Esther, wobei sie mit dem Finger auf das Medaillon deutete, das an einer Silberkette um ihren Hals hing. Mit einer Geste forderte sie sie auf, es abzunehmen. Instinktiv legte Esther eine schützende Hand über das Medaillon. Dabei schüttelte sie den Kopf. Das Medaillon hatte einst ihrer Mutter gehört, einer Frau, an die sie sich kaum erinnern konnte, und schon deshalb wollte sie es nur ungern hergeben. Die alte Frau spürte, dass sie zögerte, und zeigte erneut auf das Medaillon. Diesmal noch eindringlicher. Dabei sprach sie zu Esther, und ihr Tonfall machte deutlich, dass sie für ihren Widerwillen, sich von dem Schmuckstück zu trennen, gescholten wurde. Von Unentschlossenheit geplagt, starrte Esther auf das erbärmliche Gesicht des jungen Mädchens herab. Dann ließ sie den Stil der Hacke los, um das Medaillon von ihrem Hals zu nehmen.

Die alte Frau nahm die Silberkette zwischen Daumen und Finger und ließ sie verlockend vor der stämmigen Frau baumeln. Ihre Worte die Esther nicht verstand priesen seine Kräfte als Amulett gegen Krankheit und Hexerei. Sie klang dabei so überzeugend wie ein Schlangenölverkäufer. Schließlich nahm die stämmige Frau, von der Rede der Alten überzeugt, das Medaillon an sich und steckte es in den kleinen Beutel, der an ihrem Gürtel hing. Sofort erhob sich ein Seufzen aus der zuschauenden Menge. Die Spannung löste sich wie ein Morgennebel auf, und die stämmige Frau, die scheinbar froh war, ein Kind gegen ein Schmuckstück eingetauscht zu haben, machte sich mit einem Schulterzucken auf den Rückweg über das Feld.

Als die Frau verschwunden war, kniete Esther vor dem jungen Mädchen und sah ihm ins Gesicht.

„Wie ist dein Name?", fragte sie und lächelte strahlend.

Das Mädchen verzog augenblicklich das Gesicht und starrte Esther sichtlich beunruhigt an. Esther spürte ihr Unbehagen und ergriff eine der Hände des Kindes. „Hab keine Angst", sagte sie, und ihre Stimme klang beruhigend.

Sofort versteifte sich der Körper des jungen Mädchens. Ihr Gesicht wurde traurig und sie drohte jeden Moment in Tränen auszubrechen.

„*Elle est Française!*" Sie ist Französin", sagte die alte Frau und zeigte auf das junge Mädchen. Die Alte hatte die Sprache einst von einem Jesuitenpater gelernt. Der Geistliche hatte in ihrem Dorf gewohnt, als sie selbst noch ein junges Mädchen gewesen war.

Obwohl sie die Worte selbst nicht verstand, war Esther klar, dass sie ihr damit sagen wollte, dass das junge Mädchen Französin war. Ein Kind aus einem Land, mit dem England Krieg geführt hatte, solange Esther denken konnte. Aber hier spielte das alles keine Rolle. Wie sie selbst war sie eine Gefangene dieses wilden Volkes, und deshalb gab es bereits jetzt schon eine Art Verwandtschaft zwischen ihnen. Ein Band, das durch ihre Lebensumstände wie auch durch ihre gemeinsame Hautfarbe entstanden war. Mit einem strahlenden Lächeln nahm Esther das junge Mädchen in ihre Arme und drückte es an sich. Als ob das Mädchen eine jüngere Schwester oder ihr Adoptivkind wäre, war Esther nun auf Gedeih und Verderb für sie verantwortlich. Es war jemand, um den sie sich kümmern musste, als wäre es ihr eigenes Kind.

Mit einem eher seltenen Lächeln auf dem Gesicht nickte die alte Frau langsam mit dem Kopf. Nachdem sie so lange ohne eigene Familie gewesen war, hatte sie nun nicht nur eine neue Schwiegertochter, sondern anscheinend auch eine Enkelin bekommen.

Am nächsten Morgen waren sie wieder auf den Feldern. Esther war mit ihrer Hacke beschäftigt. Das französische Mädchen wie ein Schatten an ihrer Seite. Am Abend zuvor hatten sie beide versucht, ihr Aussehen zu verbessern. Mit einem Stachelschweinkamm bewaffnet, hatte Esther sich daran gemacht, ihr schulterlanges Haar von Verfilzungen zu befreien. Dabei hatte sie nicht auf das Protestgeheul des Kindes geachtet. Eigentlich wollte sie ihr Haar zu einem Zopf flechten, aber dann beschloss sie, dass ihr neuer Schützling für einen Abend genug ertragen hatte, und rieb stattdessen eine kleine Menge Bärenfett in das Haar. Mit ihren Fingern arbeitete sie es in die Haarmähne des Kindes ein, bis es wie Kupferdraht glänzte. Zum Schluss schrubbte sie das Kind mit einem nassen Tuch ab. Zum Vorschein kam ein rundes, sonnenverbranntes Gesicht mit einem kecken Näschen und Schmetterlingslippen, die so rosa waren wie die Blütenblätter einer Wildrose. Esther hatte den Kamm auch für ihr verfilztes Haar benutzt und ihr Bestes versucht, die Risse in ihrem Kleid zu flicken. Alles wurde von der alten Squaw überwacht. Sie schwebte wie eine Lehrerin über ihnen. Hin und wieder wies sie auf einen übersehenen Haarknoten oder einen Riss im Kleid hin, der nicht nach ihrem Geschmack repariert war.

Es war später Vormittag als eine Gruppe Kinder zu dem Streifen kahlen Bodens am Rande des Maisfelds rannte. Sie teilten sich in zwei Gruppen auf und spielten mit einem babykopfgroßen Ball aus Tierhäuten *Fangen und Behalten*. Die Spieler der einen Mannschaft spielten sich den Ball gegenseitig zu, während die gegnerische Mannschaft alles tat, um ihnen die Lederkugel zu entreißen. Plötzlich wurde ein Pass fallen gelassen, und im Nu warfen sich die Spieler beider Mannschaften vor Aufregung kreischend auf den Boden und versuchten, den Ball zurückzuerobern. Ein junges Mädchen, das abseits des Getümmels stand, entdeckte die kleine Französin, die das Spiel beobachtete, und winkte ihr zu. Unsicher ging das Mädchen näher an Esther heran und ihre Hand klammerte sich an ihr Kleid. Offenbar traute sie sich noch nicht, die Schürzenbänder ihrer neuen Mutter loszulassen. Das Seneca-Mädchen spürte ihr Zögern und wandte sich mit einem Achselzucken ab. Esther, die den Vorfall beobachtet hatte, legte ihre Hand auf den Kopf des jungen Mädchens und strich ihr beruhigend über das Haar. Sie wusste, dass die Schüchternheit mit der Zeit vergehen würde.

Als Esther sich von dem wilden Spiel abwandte, sah sie eine junge Mutter mit einem Baby auf dem Rücken, das auf einem Wiegenbrett lag und zu ihr hinüberschaute. Instinktiv lächelte Esther sie an und sah erfreut zu, wie die junge Frau zurücklächelte. Sie war angenommen.

Noch bevor ihre Füße den Boden der Binsenmatte berührten, wusste Esther, dass ihre Periode eingesetzt hatte. Obwohl sie sich normalerweise über den Zeitpunkt ihrer Periode im Klaren war, hatte sie bei all dem, was passiert war, kaum an solche Dinge gedacht. Widerstrebend und mit zusammengebissenen Zähnen richtete sie sich auf und zog eine Grimasse angesichts des Schmerzes in ihrer Leiste. Die Französin stand da und beobachtete sie, ungeduldig darauf bedacht, loszulaufen. Sie ergriff Esthers Hand, um sie in Richtung des Ganges zu ziehen. Unsicher, was sie tun sollte, zögerte Esther und hielt sich am Eckpfosten fest, als ein weiterer scharfer Schmerz ihren Unterleib durchbohrte. Sie wollte dem Mädchen sagen, es solle warten, aber sie wusste, dass sie es nicht verstehen würde.

Plötzlich tauchte die alte Frau wie ein Gespenst vor ihr auf. Sie spürte, dass etwas nicht stimmte, und starrte Esther mit schweren Lidern an. Sie sah wissend zu, wie Esther vor Schmerz zusammenzuckte. Auf der Suche nach Bestätigung zog die alte Frau den Saum von Esthers Kleid hoch und spähte zwischen Esthers Beine. Voller Verlegenheit starrte Esther mit geröteten Wangen auf sie herab. Die alte Frau löste ihren Griff um das Kleid und war schnell wie eine Katze verschwunden. Wenige Augenblicke später kehrte sie mit einer Handelsdecke in der Hand zurück, packte Esther am Handgelenk und zog sie in den Gang. Vor dem Langhaus angekommen, eilte die alte Frau mit einer Gewandtheit, die ihr Alter Lügen strafte, durch das Dorf und hielt dabei Esters Handgelenk fest umklammert. Dabei ignorierte sie die Blicke der Frauen, die sich auf den Weg zu den Feldern machten. Die Französin huschte hinter ihnen her wie ein aufgeregtes Hündchen, ohne zu wissen, was vor sich ging.

Ein Gebäude lag weit entfernt von den anderen Langhäusern und war etwas kleiner als die Nachbarhäuser. Die eher isolierte Lage deutete deutlicher auf den Zweck des Gebäudes hin als auf sein Aussehen. Als sie sich der Tür näherte, löste die alte Frau ihren Griff um Esthers Handgelenk, drückte ihr die Decke in die Hand, zog den Vorhang beiseite und schob Esther hinein. Die alte Frau, die ihr wie ihre Wächterin ins Haus folgte, packte rasch das junge Mädchen am Arm und zog sie vom Eingang weg.

„Pour Femme! Pour Femme! Für Frauen! Für Frauen! *Pas d'enfants!* Keine Kinder!" Sie wiederholte die Worte mehrere Male, bis das Kind schließlich verstand, was sie sagte.

Noch bevor sich ihre Augen an das düstere Innere des Gebäudes gewöhnt hatten, stach der überwältigende Gestank ungewaschener Körper in Esthers Nase. Ein wahrer Cocktail aus ranzigen Gerüchen, der die Luft wie ein unsichtbarer Nebel durchdrang. Zuerst war Esther verwundert und fragte sich, warum die alte Frau sie hierhergebracht hatte, doch als sie sich im Gebäude umsah, wurde es ihr bald klar. Ihr eigener Zustand bestätigte den wahren

Zweck des Gebäudes, und obwohl es ihr schwerfiel, zu verstehen, warum Frauen auf diese Weise behandelt wurden, war sie zu ihrer Verwunderung nicht entsetzt darüber.

Im Gegensatz zu ihrer Unterkunft bestand das Gebäude aus einem einzigen großen Raum ohne Abgrenzungen oder Kammern. Das spärliche, natürliche Licht fiel durch ein einziges Rauchloch im Dach, das sich direkt über einer zentralen Feuerstelle befand. An drei Wänden waren niedrige Feldbetten aufgestellt, auf denen Frauen in verschiedenen Stadien der Nacktheit lagen. Jede hatte eine Decke zwischen die Schenkel gepresst. Das Seltsamste von allem war, dass trotz der fehlenden Privatsphäre ein ausgeprägtes Gefühl der Intimität zwischen den Bewohnern herrschte.

In diesem Moment fiel ihr Blick auf die Gruppe von Frauen, die auf Binsenmatten um das Feuer hockten. Die Wolken aus süßlich duftendem Rauch, die aus ihren kurzstieligen Pfeifen aufstiegen, halfen, dabei den Geruch der Unreinheiten zu überdecken, die aus ihren Poren sickerten. Jede von ihnen hörte aufmerksam zu, als eine dralle Frau, die das Oberteil ihres Wildlederkleides heruntergezogen hatte, die intimen Details einer kürzlich stattgefundenen sexuellen Liaison zu erzählen begann. Als sie Esthers Anwesenheit bemerkte, hielt sie in ihrer Erzählung inne, drehte sich um und starrte den Neuankömmling an. Die anderen Frauen folgten ihrem Beispiel voller Neugier und nahmen jedes Detail wahr. Als sie schließlich das Interesse an dem Neuankömmling verlor, kehrte die dralle Frau zu ihrer Geschichte zurück. Sie beendete die zügellose Erzählung, indem sie den kleinen Finger hochhielt und gleichzeitig die Lippen schürzte, um ihre Enttäuschung zu zeigen. Während ihr Publikum vor Lachen kreischte, nutzte Esther die Ablenkung und ging zu einem der Feldbetten hinüber. Sie fand einen freien Platz neben zwei jungen Mädchen, die sich wie siamesische Zwillinge aneinander gekuschelt hatten. Dann schob sie sich die Decke zwischen ihre Schenkel.

Am dritten Tag hatte Esther das Gebäude und seinen Zweck trotz der erbärmlichen Einrichtung voll und ganz zu schätzen gelernt. Auch wenn es nicht besonders angenehm war, bot es den Bewohnerinnen zumindest die Möglichkeit, den alltäglichen Aufgaben, die das Los einer Frau waren zu entkommen. Täglich wurde ihnen Essen und Trinken gebracht, und man erwartete von ihnen nichts anderes, als dass sie sich die Zeit vertrieben, bis ihre Menstruation vorbei war. Nachdem sie sich mit einer älteren Frau angefreundet hatten, schienen sogar die beiden Teenager glücklicher zu sein. Sie verbrachten einen Großteil ihrer Zeit damit, einen Lederbeutel, den ihnen die ältere Frau geschenkt hatte mit bunten Perlen und Stachelschweinstacheln zu verzieren.

Die obere Hälfte ihres Kleides um die Taille gezogen, das Gesicht, die Arme und die kleinen runden Brüste schweißglänzend, ging Esther, fasziniert von dem Spiel, das die Frauen miteinander spielten, zur Feuerstelle. Sie setzte sich im Schneidersitz auf eine der Binsenmatten, stützte die Ellbogen auf die Knie und legte das Kinn zwischen die ausgestreckten Finger, um die beiden Frauen zu beobachten, die gegeneinander antraten. In aller Ruhe studierte sie die Grundzüge des Spiels. Sie beobachtete die Taktik und die Taschenspielertricks, mit denen jede Spielerin versuchte, ihre Gegnerin zu überlisten.

Das Spiel begann damit, dass beide Spieler drei scheibenförmige Markierungen aus gehärtetem Ton in der Größe eines Taubeneis in der Hand hielten. Auf ein Zeichen der drallen Frau klatschten beide Spieler ihre Hände zusammen, ballten sie dann zu Fäusten und versteckten sie hinter ihrem Rücken. Nach der Aufforderung der drallen Frau begannen sie, die Tonscheiben in der ausgedachten Reihenfolge von einer Hand in die andere zu schieben: eine Tonscheibe in der einen und zwei in der anderen Hand oder alle drei Spielsteine in einer Hand und die andere blieb leer. Wenn sie mit ihrer Wahl zufrieden waren, ballten sie die Fäuste und hielten sie wieder vor sich. Schweigend begann die andere Frau, die geballten Fäuste der dicken Frau zu mustern und suchte dabei nach einem Hinweis darauf, was sie in den Händen versteckt hielt. Als sie ihre Entscheidung getroffen hatte, brachte sie ihre eigenen Scheiben in Position und streckte ihre Hände hinter ihrem Rücken aus. Mit einem Pokergesicht starrten sich die beiden Frauen an, dann öffneten beide Frauen mit einem Schrei ihre Hände. Ein Aufschrei ging durch die Zuschauer. Die dralle Frau hatte ihre Gegnerin wieder überlistet und das Spiel gewonnen.

110

Verärgert erhob sich die Verliererin, warf ihre Tonscheiben weg und ging davon. Die Gewinnerin hob die kleine Menge Perlen auf. Sie waren ihr Gewinn des Spiels. Dann begann sie damit, die Gesichter der um das Feuer sitzenden Zuschauer auf der Suche nach einem anderen Gegner anzuschauen. Sie richtete ihren Blick auf Esther und deutete mit dem Finger auf die weggeworfenen Tonstücke und forderte sie auf, sie aufzuheben. Fasziniert von dieser Aufforderung drängten sich die anderen Frauen um das Feuer. Sie beobachteten mit wachsendem Interesse, wie Esther die drei weggeworfenen Tonscheiben aufhob. Die Herausforderung war angenommen worden. Voller Zuversicht streckte die Gewinnerin einen Finger aus und deutete auf die Knöpfe an Esthers Kleid. Sie machte damit klar, dass die Knöpfe ein akzeptabler Wetteinsatz für Esther waren. Da sie nichts anderes anzubieten hatte, nickte Esther zustimmend und betastete dabei die vier Perlenknöpfe. Als die Wette angenommen war, legte die dralle Frau den Haufen Perlen, den sie gerade gewonnen hatte, auf die Matte neben sich und nickte langsam mit dem Kopf. Möge das Spiel beginnen.

Mit ihren drei Tonstücken in der Hand ballte Esther ihre Hände zu Fäusten, nachdem man ihr das Signal gegeben hatte. Sie verbarg ihre Hände hinter ihrem Rücken. Die beiden Kontrahentinnen starrten sich über die Glut des Feuers hinweg an. Die zuschauenden Frauen sahen mit angehaltenem Atem zu. Dann streckte die andere Frau mit einer fließenden Bewegung und einem verächtlichen Lächeln ihre Hände vor sich aus. Esther ignorierte ihren verächtlichen Blick und richtete ihre Aufmerksamkeit auf die geballten Fäuste der Frau. Obwohl die Größe der Hände der Frau ihr einen Vorteil verschaffte, war sich Esther bewusst, dass auch List und Tücke eine Rolle in diesem Spiel spielten. In diesem Moment bemerkte sie, dass sich die rechte Hand der Frau leicht entspannte. Es war die gleiche Masche, die sie bei ihrer letzten Gegnerin angewendet hatte. Da sie vermutete, dass die Frau sie mit demselben Trick in Verlegenheit bringen wollte, beschloss Esther, es darauf ankommen zu lassen. Sie zog ihre Hände nach vorne und öffnete ihre Finger. Sofort ging ein Aufschrei durch die Reihen der Zuschauer, denn Esther hatte die Herausforderung der Frau mit Bravour bestanden. Ihre Gegnerin nickte anerkennend und warf eine bunte Perle auf die Matte. Jetzt war Esther an der Reihe.

Am nächsten Abend, als ihre Periode vorbei war, schlüpften Esther und zwei weitere Frauen aus der Menstruationshütte und nutzten die einbrechende Dunkelheit aus. Die drei Frauen gingen am Ufer des sich dahinschlängelnden Baches entlang und vermieden dabei die Langhäuser in der Nähe. Als sie eine Stelle erreichten, an der das plätschernde Wasser ein tiefes Becken in der Nähe des Ufers gebildet hatte, sanken die drei Frauen auf die Knie und tauchten ihre blutbefleckten Tücher in das Wasser. Sie schrubbten sie am Kiesbett des Baches, und die dunkler werdenden Wellen waren Beweis für den Grund ihres Arrestes.

Nachdem die Decke von allen Spuren ihres Blutes befreit war, machte sich Esther auf den Weg zu dem Langhaus, das nun ihr Zuhause geworden war. Als sie eintrat, wurde sie sofort von der Wärme der Feuer umhüllt, die in Abständen in der Mitte des Langhauses brannten. Die Bündel reifen Getreides, die in langen Reihen von den Dachsparren hingen, leuchteten wie Gold im flackernden Feuerschein. Das einladende Stimmengemurmel aus den einzelnen Kammern zeigte, dass die Familien ihr Abendessen genossen. Die leisen Töne einer Mutter, die ihrem müden Kind ein Schlaflied vorsang, trugen zur Harmonie bei. Plötzlich ertönte ein Freudenschrei, und mit einem Lächeln von einem Ohr zum anderen kam das französische Mädchen den Gang entlang auf sie zugelaufen. Sie schlang ihre Arme um Esthers Beine und klammerte sich an sie wie eine Klette. Esther beugte sich hinunter, nahm das junge Mädchen in die Arme und drückte es fest an ihre Brust. Sie war erstaunt, wie sehr sie sich freute, wieder mit dem Kind vereint zu sein. Als sie sich aus dem Griff des Kindes befreite, blickte Esther auf und sah, wie die alte Frau über ihnen stand. Sie starrte sie mit ihren stechenden, kohlschwarzen Augen an. Esther bemerkte, dass sie noch immer die feuchte Decke in der Hand hielt, und murmelte ein Danke. Dabei hielt sie die Decke vor sich hin. Sofort entriss ihr die alte Frau die Decke und ließ ihren Blick über Esther gleiten. Mit dunklen Zähnen beklagte sie sich über ihr zerzaustes Aussehen und den schmutzigen Zustand ihres Kleides. Esther errötete vor Verlegenheit und zupfte instinktiv mit den

Fingern an dem knopflosen Oberteil ihres Kleides, denn ihr verheißungsvoller Start beim Spiel hatte nicht lange angedauert.

Die alte Frau murmelte etwas Unverständliches vor sich hin und eilte davon. Sie verschwand in einem der abgetrennten Zimmer und kam kurz darauf mit einem Kleid aus Hirschleder zurück, das sie über den Arm gelegt hatte. Es war am Ausschnitt und den Ärmeln mit bunten Perlen verziert. Mit ausdruckslosem Gesicht ging sie auf Esther zu und hielt es ihr vor die Nase. Esther verstand schnell, dass das Kleid für sie bestimmt war, und lächelte dankbar, als sie es der Frau abnahm. Sie war erstaunt, wie weich und leicht es sich in ihrer Hand anfühlte.

Kaum hatte sie ihr neues Kleid in Besitz genommen, wurde der Vorhang beiseitegezogen, und in der Tür stand die hochgewachsene Gestalt von Shingas. Erschrocken über sein plötzliches Auftauchen drückte Esther das Kleid an ihre Brust und wich vor ihm zurück. Es war das erste Mal, dass sie ihn sah, seit er sie ins Dorf gebracht hatte. Ausdruckslos starrte Shingas sie einen Moment lang an, dann richtete er seinen Blick auf das französische Mädchen und sagte etwas zu der alten Frau. Seine Stimme hatte einen harten Klang. Mit hochmütig geneigtem Kinn starrte die alte Frau ihn trotzig an. Sie antwortete mit fester Stimme. Ihre Worte waren von matriarchalischer Autorität durchdrungen. Obwohl sie nicht wusste, was zwischen ihnen gesprochen wurde, fragte sich Esther, ob die beiden vielleicht verwandt waren, angesichts der Art und Weise, wie die alte Frau ihre Autorität demonstrierte. Waren sie vielleicht Mutter und Sohn? Kaum war ihr der Gedanke gekommen, ergriff die alte Frau Esthers Arm mit so festem Griff, dass Esther zusammenzuckte. Die alte Frau führte sie weg.

Er beobachtete, wie sich die beiden Frauen entfernten, zögerte einen Moment und ging dann in die Hocke, um der jungen Französin ins Gesicht zu sehen. Ein wohlwollender Ausdruck lag auf seinen selbstbewussten Gesichtszügen. Als er mit einem kleinen Lächeln belohnt wurde, wandte er sich ab und machte sich auf den Weg zur leeren Kammer. Das junge Mädchen folgte einen Schritt hinter ihm. Als er seinen Bereich betrat, setzte er sich auf eine der niedrigen Pritschen und bedeutete dem jungen Mädchen, ihm zu folgen. Kaum hatten sich die beiden niedergelassen, kam

Esther zurück und trug eine grobe Schale mit Lebensmitteln bei sich. Gebratene Fleischstreifen, die noch heiß vom Feuer waren, gekochte Maiskolben und einen flachen Laib ungesäuertes Brot. Sie stellte die hölzerne Schale zu Shingas' Füßen ab und beobachtete nervös, wie er das Essen begutachtete. Als er mit ihrem angebotenen Essen zufrieden war, nahm er ein Stück des frisch gekochten Fleisches und deutete auf das andere Feldbett. Gehorsam nahm Esther ihren Platz neben dem jungen Mädchen ein. Dabei waren ihre Augen auf den wilden Krieger gerichtet, der ihr gegenübersaß. Shingas, der sich ihrer Aufmerksamkeit bewusst war, wischte sich mit dem Handrücken über den Mund und nickte in Richtung der Schüssel. Erleichtert, dass sie mitessen durften, wählte sie ein paar Fleischstücke aus und reichte sie der kleinen Französin zusammen mit einem Maiskolben. Lächelnd begann das Mädchen das Essen zu verschlingen. Nachdem sie sich um ihre Schützlinge gekümmert hatte, riss Esther mit knurrendem Magen eine Ecke des Brotes ab und bediente sich an den Resten des Fleisches. Draußen, unbemerkt von ihnen im Halbdunkel des Ganges, beobachtete die alte Frau die familiäre Szene. Ein zufriedenes Lächeln breitete sich auf ihrem faltigen Gesicht aus.

Spät in der Nacht, als sie sich vergewissert hatte, dass Shingas in einen tiefen Schlaf versunken war, löste Esther vorsichtig den Arm des Kindes von ihrem Hals und verließ mit dem Kleid aus Rehleder unter dem Arm das Feldbett. Sie ging aus dem kleinen Raum und tastete sich mehr von Erinnerung als vom Licht geleitet den Gang entlang. Sie ging zur Tür, zog den Vorhang beiseite und trat hinaus in die mondhelle Nacht. Sie nahm den Weg, der ihr inzwischen vertraut geworden war, und eilte durch die Ansammlung von Langhäusern. Als sie das Dorf hinter sich gelassen hatte und den Rand des Maisfeldes erreichte, ging sie den sanft abfallenden Hang hinunter zum Bach. Das sich ständig verändernde Geräusch des plätschernden Wassers wurde von einer warmen, sanften Brise zu ihr hinaufgetragen.

Esther beschleunigte ihre Schritte und erreichte in Sekundenschnelle das grasbewachsene Ufer. Die wirbelnde Strömung schlängelte sich tief und schnell um den Fuß des Hügels. Seine kräuselnde Oberfläche floss wie Quecksilber. Sie legte das Kleid aus Rehleder an das Ufer und griff mit beiden Händen nach dem Saum ihres Kleides und zog es sich über den Kopf. Im Mondlicht betrachtete Esther ihren nackten Körper und war erstaunt wie weiß ihre Haut im Gegensatz zu ihren sonnenverbrannten Armen leuchtete. Dann schritt sie mit dem Kleid fest in der Hand in den Bach hinein und watete vorsichtig durch das aufgewühlte Wasser. Sie tastete mit den Füßen nach einem Halt auf den glatten Kieseln. Als sie die Mitte des Baches erreicht hatte und ihr das Wasser bis an die Hüften reichte holte Esther tief Luft und ließ sich langsam unter Wasser sinken. Tiefer und tiefer, bis nur noch die langen bernsteinfarbenen Strähnen ihres Haares zu sehen waren, die sich wie seidene Fäden aus Seegras durch die Strömung schlängelten. Als sie an die Oberfläche kam, sog sie gierig frische Luft ein, bevor sie erneut unter Wasser tauchte. Wenige Augenblicke später stieß sie mit offenem Mund wieder an die Oberfläche und schnappte nach Luft. Beschwingt schob sie die nassen Haarsträhnen aus ihrem Gesicht zurück.

In diesem Moment sah sie ihn am Ufer stehen, den Blick unablässig auf ihren nackten Körper gerichtet. Instinktiv umklammerte Esther das Kleid und drückte es an ihre Brüste, um ihre Blöße zu verbergen. Aber es war eine vergebliche Geste. Shingas trat in den Bachlauf und watete auf sie zu. Seine gemeißelten Züge wirkten unerschütterlich. Das Verlangen in seinen halbgeschlossenen Augen war unübersehbar. Erschrocken wich Esther zurück, das Kleid immer noch an ihre Brust gepresst, den anderen Arm vor sich ausgestreckt. Sie hielt ihre Handfläche wie einen Schutzschild nach oben. Während das Wasser um sie herumwirbelte, sah sie entsetzt zu, wie Shingas den Abstand zwischen ihnen verkürzte. Verzweifelt blickte sie in Richtung des verlockenden Ufers. So nah und doch so weit weg. Aber es war zu spät. Shingas packte sie am Arm und begann, sie durch den Bach zu ziehen. Esther wollte aufschreien. Einen vergeblichen Hilferuf, aber die Worte erstarben in ihrer Kehle, von ihrer Angst erstickt. Als sie sich dem Ufer näherte, spürte Esther plötzlich, wie ihr der Boden unter den Füßen entglitt. Sie verlor das Gleichgewicht und stürzte mit ausgestreckten Armen kopfüber ins Wasser. Verzweifelt sah sie zu, wie die kapriziöse Strömung ihr das Kleid aus den Fingern riss, es in die Tiefe trug und in die Dunkelheit herabtanzen ließ. Esther riss die Augen auf, rollte sich auf den Rücken und starrte zu der Gestalt Shingas hinauf, die groß und bedrohlich über ihr thronte. Instinktiv schlug sie mit den Beinen nach ihm, ihr Gesicht vor Wut verzerrt. Shingas schob ihre um sich schlagenden Gliedmaßen mit seinem Arm beiseite, ließ sich auf die Knie fallen, zwang sie auf den Bauch und drückte mit beiden Händen auf ihren Rücken, sodass sie mit dem Gesicht nach unten zurück ins Wasser fiel. Als seine Beute besiegt war, packte Shingas beide Beine von Esther, riss sie auseinander und drückte sich gleichzeitig nach vorne, um sie auf die Knie zu zwingen. Sie hob den Kopf aus dem Wasser und wusste, was er vorhatte. Mit ihren freien Armen stürzte sich nach vorne und ihre Finger krallten sich am grasbewachsenen Ufer fest. Sofort flammte ein stechender Schmerz an ihrer Kopfhaut aus, als Shingas eine Handvoll ihrer Haare packte. Er riss ihren Kopf so weit zurück, bis sie dachte, ihr Genick würde brechen.

Unterdrückt und hilflos wie ein gefesseltes Tier ertrug Esther schweigend seine drängenden, immer schneller werdenden Stöße. Sie betäubte ihren Verstand, während er sein Vergnügen hatte. Sie war dankbar, dass ihr wenigstens der Anblick seines schrecklichen Gesichts erspart blieb, aber im Stillen wünschte sie sich, dass die Schändung ihres Körpers endlich ein Ende haben möge. Zum Glück war ihre Tortur bald vorbei, und Shingas ließ sich mit offenem Mund auf seine Fersen fallen. Seine Brust erhob sich von ihrem Rücken und er löste seinen Griff um ihr Haar.

Auf allen Vieren, kaum wagend, sich zu bewegen, nicht einmal den Kopf zu drehen, lauschte Esther, wie Shingas sich seinen Weg zum gegenüberliegenden Ufer bahnte. Sie wartete, bis sie nur noch das leise Plätschern des Baches hörte, und als sie sich vergewissert hatte, dass er weg war, blieb sie auf den Knien. Ihre Hand griff zwischen ihre Oberschenkel. Ihre Finger strichen über den weichen Schamhaarbusch, der von seinem Samen klebrig war. Voller Ekel erhob sich Esther unsicher auf ihre Füße und watete langsam aus dem seichten in das tiefere Wasser, wo die Strömung um ihre Beine wirbelte. Dort ließ sie sich vorsichtig in das Wasser gleiten. Ihr Rücken ruhte auf dem Kiesbett, Arme und Beine waren ausgebreitet wie die Spitzen eines Sterns. Esther hielt ihr

Gesicht über die plätschernde Oberfläche und starrte in den mondbeschienenen Himmel. Im Stillen betete sie, dass das kristallklare Wasser, das zwischen ihren offenen Beinen floss, sie reinigen und läutern würde.

Am nächsten Morgen machte sich Esther in ihrem neuen Kleid aus Hirschleder und mit grimmiger Miene auf den Weg zu den Feldern. Sie starrte geradeaus, ignorierte die bewundernden Blicke der anderen Frauen und verlängerte ihre Schritte. Die kleine Französin, die neben ihr herging und spürte, dass etwas nicht stimmte, blickte ab und zu auf, um zu sehen, ob sich Esthers Gesichtsausdruck entspannt hatte. Doch sie wurde enttäuscht. Als sie schließlich das Maisfeld erreichten und eine Gruppe von Kindern entdeckten, die mit Holzreifen spielten, wollte das junge Ding seine mürrische Begleiterin verlassen und huschte davon. Esther sah zu, wie ihr Schützling mitspielte. Sie war froh, in Ruhe gelassen zu werden, und machte sich an die Arbeit. Esther trieb ihre Hacke in den harten Boden, als ob sie einer Schlange den Kopf abhacken wollte. Das Geschnatter der Frauen, die neben ihr arbeiteten, nahm sie nicht wahr.

Kaum hatte Esther das Ende der Reihe erreicht, als ein plötzlicher Tumult am anderen Ende des Maisfeldes ihre Aufmerksamkeit erregte. Als sie sich umdrehte, um zu sehen, was die Ursache war, sah sie zu ihrer Überraschung mehrere Frauen zwischen den Maisreihen hervorkommen, als wären sie vom Teufel persönlich gejagt worden. Verwundert über ihr Verhalten, galoppierte als Nächstes ein Pferd heran und kam am Rande des Maisfeldes zum Stehen. Sein Körper zitterte, seine Augen waren vor Angst geweitet. Verblüfft über das plötzliche Auftauchen des Tieres, legte Esther, nachdem sie ihre Überraschung überwunden hatte, ihre Hacke auf den Boden und ging langsam auf das verängstigte Tier zu.

Währenddessen rannten Pahotan und eine Handvoll Krieger von den Schreien der Frauen aufgeregt aus dem Dorf. Als sie das Pferd des Händlers erblickten, erkannten sie es sofort als das Tier, das den toten Krieger zurück ins Dorf getragen hatte. Da sie selbst keine Verwendung für das Tier hatten, es aber auch nicht töten wollten, hatten sie das Pferd einfach in den Wald getrieben, mit der Vermutung, dass es eine leichte Beute für ein Rudel Wölfe oder einen Bären sein würde. Doch erstaunlicherweise war es da, halb verhungert, aber lebendig. Nachdem er seine Entscheidung getroffen hatte, schob er seine Bedenken beiseite und wandte sich an einen der Krieger, der ihm mit einer Geste seine Muskete reichte. Als er ihm die Waffe abnahm, rief er Esther eine Warnung zu.

Durch den Klang der Stimme des Kriegers abgelenkt, drehte Esther ihren Kopf und sah entsetzt, wie Pahotan seine Muskete hob. Schnell stellte sie sich zwischen Pahotan und das Pferd und rief flehentlich.

„Nein! Nicht schießen! Bitte schieß nicht." Sie streckte die Arme abwehrend vor sich.

Erschrocken über die Reaktion der Frau senkte Pahotan den Lauf der Muskete. Obwohl er nicht verstehen konnte, was die weiße Frau sagte, war aus ihrem Verhalten klar zu erkennen, dass sie das Tier beschützte. Ermutigt durch den Aufschub der Hinrichtung ging sie zu dem frisch geernteten Haufen reifen Mais, hob eine Ähre auf und ging auf das Pferd zu. Unsicher scheute das Pferd zurück. Nervös scharrte es mit einem Vorderhuf auf dem Boden. Sofort blieb Esther stehen, ihre Finger waren damit beschäftigt, die trockene Schale abzustreifen. Sie wartete, bis das Pferd sich beruhigt hatte, und ging dann wieder vorwärts. Als sie näherkam, sprach sie leise, mit leiser, beruhigender Stimme. Den Maiskolben hielt sie einladend vor sich hin. Hungrig streckte das Tier seinen Kopf und nahm das Futter aus ihrer Hand an. Es zermahlte den Mais zwischen seinen geschwärzten Zähnen. Während das Tier abgelenkt war, ließ Esther ihre Augen über den ausgemergelten Körper des Pferdes gleiten. Sie war traurig über den Anblick der Rippen, die wie das Skelett eines Schiffes aus dem räudigen Fell ragten. Nachdem sie das Vertrauen des Tieres gewonnen hatte und darüber nachdachte, was sie als Nächstes tun sollte, erblickte Esther plötzlich die junge Französin, die auf das Pferd zuging und in ihrer Muttersprache plapperte, während ihre kleinen ausgestreckten Hände mit Getreide gefüllt waren. Ein Lächeln erhellte ihr sonnenverbranntes Gesicht, als das Tier begann, die angebotenen goldenen Körner zu fressen.

Pahotan schaute zu, war verärgert darüber, dass er zum Narren gehalten wurde, und rief etwas Verächtliches, woraufhin die zuschauenden Frauen zurück ins Maisfeld huschten. Nachdem sie alles getan hatte, um zu beweisen, wie harmlos die Kreatur war wandte sich Esther dem Krieger zu, in der Hoffnung, dass er die Botschaft verstanden hatte. Pahotan starrte sie an, voller Bewunderung für die Kühnheit des Kindes. Er nickte langsam, reichte die Muskete dem Krieger, dem er sie abgenommen hatte, und wandte sich ab, um sich auf den Weg zurück ins Dorf zu machen.

Es dauerte nicht lange, bis sich die Nachricht von der Ankunft des Pferdes und der Tapferkeit des kleinen Mädchens wie ein Lauffeuer im Dorf verbreitete. Ihre Tat zerstreute schnell alle Ängste, die die Menschen wegen der Anwesenheit des Tieres im Dorf hätten haben können. In dem Moment, in dem das Pferd ihr das Korn aus der ausgestreckten Hand gefressen hatte, wusste Esther, dass das Tier der Schlüssel zu ihrer Rettung sein könnte. Es wäre eine Chance, der Gefangenschaft zu entkommen, nicht nur für sie selbst, sondern auch für das Mädchen. Sie würde sie ebenso wenig zurücklassen können, wie eine eigene Tochter oder Schwester. Mit diesem Gedanken fest im Kopf und dem Wissen, dass angesichts des schlechten Zustands des Pferdes jeder Fluchtversuch im Moment Wahnsinn wäre, wahr Esther klar, dass ihre erste Aufgabe darin bestehen würde, den Gesundheitszustand des Tieres zu verbessern.

Doch zunächst wusste sie nicht, wo sie es unterbringen sollte. Obwohl die meisten das Tier akzeptiert hatten, wusste Esther, dass sie es nicht einfach im Dorf herumlaufen lassen konnte. Also machte sie sich mit Hilfe des jungen Mädchens und der alten Frau daran, am Rande des Dorfes einen Pferch zu errichten. Eine hölzerne Umzäunung aus in den Boden gerammten Pfosten und verflochtenen Ästen, die genug Platz boten, um das Pferd zu beherbergen. Obwohl das Tier schmächtig war, sicherte Esther seine Vorderbeine zusätzlich mit einem Fesselband aus Rohleder, damit es nicht ausbrechen konnte. Nachdem diese Aufgabe erledigt war, wurde ein Futterplan erstellt. Das Pferd sollte reichlich getrocknetes Gras und jeden Tag eine Portion Maisbrei bekommen, den Esther kochen würde. Esther entdeckte, dass eine großzügige

Menge Bärenfett als Salbe auf dem Haarkleid des Pferdes nicht nur kosmetische Eigenschaften hatte, sondern auch ein wirksames Mittel gegen Räude war.

Da sich der Zustand des Tieres von Tag zu Tag verbesserte, wusste Esther, dass sie allen seine Nützlichkeit beweisen musste, vor allem gegenüber den Frauen des Dorfes. Nur so konnte sie das Überleben der jungen Stute und damit ihre Hoffnung auf eine Flucht sichern. Sie wusste, dass viele von den Indianern im Dorf nicht zögern würden, zu ihren Messern zu greifen, um ihre Familien zu ernähren, wenn die Jagd im Winter schlecht wäre. Esther brauchte nicht lange auf Lösung zu warten. Ihr Heureka-Moment kam gleich am nächsten Nachmittag, als sie eine Gruppe von Frauen beobachtete, die mit Holz für ihre Feuer schwer beladen aus dem Wald zurückkehrten.

Am nächsten Morgen wollte sie ihren Plan in die Tat umsetzen. Während die meisten Bewohner noch in ihren Lagern schliefen, schlichen Esther und das junge Mädchen aus dem Langhaus und machten sich auf den Weg zum Korral. Nachdem sie das hungrige Tier mit einer Handvoll Mais gefüttert hatten, legten sie ihm das Halfter, das die alte Frau aus Rohhautstreifen gefertigt hatte, über den Kopf und führten das Pferd in die umliegenden Wälder. Einige Stunden später kehrten sie und das Pferd, beladen mit Brennholz, ins Dorf zurück. Die freudigen Gesichter der zuschauenden Frauen zeigten ihre Erleichterung, dass diese zeitraubende Arbeit schon gemacht war. Nun würden die Frauen mit Sicherheit nicht wollen, dass das Tier geschlachtet wurde. So wagte sich Esther jeden Morgen in Begleitung der kleinen Französin in den Wald, und ihr Kommen und Gehen wurde als Teil des täglichen Lebens des Dorfes akzeptiert.

Als die beiden eines Nachmittags aus dem Wald zurückkehrten und damit anfingen, das gesammelte Holz abzuladen und am Rand des Platzes auf einen Haufen zu stapeln, bemerkte Esther, dass sie ein Publikum angezogen hatten. Als sie den letzten Holzscheit auf den Stapel geworfen hatte, drehte sie sich zu der kleinen Gruppe Kinder um und winkte ihnen zu. Sofort stürmten die Kinder, Jungen und Mädchen, zu ihr hinüber und kreischten vor Aufregung, als sie jedes von ihnen auf den Rücken des Pferdes hob.

Esther nahm den Führstrick auf, und die Reiter klammerten sich aneinander wie eine Affenschar. Sie begann, das Pferd zwischen den Reihen der Langhäuser hindurchzuführen. Die Mütter der Kinder schauten ihr mit lächelnden Gesichtern zu. Als Esther sich dem Rand des Dorfes näherte, fiel ihr Blick auf eine Gruppe älterer Jungen und Mädchen, die sich auf einer freien Lichtung in zwei Reihen gegenüberstanden. Sie waren nur durch einen schmalen Streifen voneinander getrennt. Ihr fiel auf, dass die meisten von ihnen, auch die Mädchen, einen Stock in der Hand hielten. Fasziniert beobachtete sie, wie ein Junge, der etwas abseitsstand, plötzlich auf sie zu sprintete. Kaum hatte er die Gasse betreten, die von den beiden Reihen von Kindern gebildet wurde, schlugen sie mit geballten Fäusten und Stöcken auf ihn ein. Sie kreischten dabei laut, während sie ihre Schläge austeilten. Esther hielt sich entsetzt die Hand vor den Mund und sah zu, wie er unter dem Trommelfeuer der Schläge, die von allen Seiten auf ihn einprasselten, zu taumeln anfing. Ein Seufzer der Erleichterung kam über ihre Lippen, als er sich wieder fing und weiterstolperte. Er ging blutig, aber triumphierend aus dem Spießrutenlauf hervor. Sofort drängte sich die Kinderschar jubelnd um ihn und hob den triumphierenden Jungen hoch in die Luft. Erfüllt von einem Gefühl des Unbehagens zog Esther an der Leine und setzte ihren Weg zum Bach fort. Der Klang der jubelnden Kinderstimmen verstummte allmählich.

Esther stand knietief im Wasser, während das Pferd seinen Durst löschte, und da sie plötzlich Lust auf Unfug hatte, schöpfte sie eine Handvoll Wasser und bespritzte die Kinder, die Rittlings auf dem Rücken des Pferdes saßen. Sie lachte laut, als diese aus Protest aufheulten. Am gegenüberliegenden Ufer stand Shingas ungesehen zwischen den überhängenden Bäumen und schaute zu. Die unbeugsame Maske der Unergründlichkeit entglitt seinem Gesicht beim Anblick solch unschuldigen Vergnügens. Er freute sich über das offensichtliche Vergnügen der Kinder und über das Lachen von Esther. Er sonnte sich in ihrem strahlenden Lächeln.

Und so verbesserte sich im Laufe der Wochen der Zustand des jungen Pferdes. Seine Muskeln und Sehnen wurden durch die schwere Arbeit gestärkt. Sein glänzendes Fell zeugte von der gesunden Ernährung mit Mais und Heu und von Esthers Heilkunde. Doch als das Pferd stärker wurde, wuchs auch Esthers Wunsch zum Entkommen. Die Ungeduld kochte in ihr hoch wie eine Eiterbeule, die zu platzen drohte. Zum Glück war sie vernünftig genug, um zu wissen, dass der richtige Zeitpunkt noch nicht gekommen war. Sie betete, dass die Chance, auf die sie hoffte, dann nicht vertan sein würde, wenn es endlich so weit sein würde. Im Vertrauen auf Gottes Gnade wartete sie also geduldig auf die richtige Gelegenheit.

Völlig unerwartet kam es genauso, wie sie es sich gewünscht hatte. Fast schien es, als hätte ein Zauberer seinen Zauberstab geschwungen und "Abrakadabra" gerufen. Wie immer hatte Shingas sein Lager kurz nach Sonnenaufgang verlassen, und Esther beobachtete heimlich, wie er ohne ein Wort aus dem Raum schlich. Seit der verhängnisvollen Nacht im Fluss hatte es glücklicherweise zwischen ihnen keinen körperlichen Kontakt mehr gegeben. Er hatte ihr und dem jungen Mädchen erlaubt, in ihrem eigenen Bett zu schlafen. Warum das so war, wusste sie nicht. Aber es war etwas, für das sie sehr dankbar war.

Nach einem einfachen Frühstück machte sich Esther mit dem kleinen Mädchen an ihrer Seite auf den Weg zu dem Pferch, um sich einen weiteren Tag auf die Suche nach Holz zu machen. Als sie das Pferd wegführten, bemerkte Esther mehrere Frauen mit geflochtenen Körben, die in einer Gruppe neben einem der Langhäuser standen. Ihr Blick verweilte auf ihnen, während die Frauen sich in Richtung umliegenden Wald entfernten. Vermutlich waren sie auf der Suche nach Früchten oder Beeren.

Als sie mit ihrer ersten Ladung Feuerholz zurückkehrten, stand das Pferd geduldig still und Esther begann mit Hilfe des Mädchens, die gesammelten Stöcke und Äste auf den niedrigen Holzstapel zu stapeln. Das Dorf wirkte durch die Abwesenheit der Frauen seltsam leer, wenn man von ein paar Kriegern absah, die im Schatten herumlungerten, tratschten und ihre Pfeifen rauchten. In diesem Augenblick wusste Esther, dass dies der Moment war, auf den sie gewartet hatte, und mit klopfendem Herzen ging sie zum Langhaus hinüber und duckte sich unter dem Vorhang ins Innere. Wenige Augenblicke später tauchte sie mit einer beladenen Tasche über der Schulter wieder auf und machte sich mit einem verstohlenen Blick auf die Gruppe von Kriegern auf den Weg zurück zum Holzstapel. Sie hob die Französin auf den Rücken des Tieres, ergriff das Führungsseil und begann loszulaufen, wobei sie sich zwang, langsam zu gehen. Sie fürchtete, dass einer der Krieger jeden Moment nach ihr rufen würde.

Mit der Geschicklichkeit eines erfahrenen Jägers bewegte sich der junge Krieger durch die dicht gedrängten Bäume und beschattete die Gruppe von Frauen. Unter ihnen befanden sich mehrere junge Mädchen, von denen ihm vor allem eines ins Auge fiel. Er ging näher heran, darauf bedacht, nicht gesehen zu werden, und betrachtete das Objekt seiner Begierde sehnsüchtig. Seine Sehnsucht nach ihr wuchs, als sie nach einer Handvoll Beeren griff. Die Konturen ihres wohlgeformten Körpers wurden durch ihr enganliegendes Kleid noch hervorgehoben. Sie war sich seiner Anwesenheit bereits bewusst und wandte sich ihm zu, um seine Aufmerksamkeit mit einem koketten Lächeln zu erregen.

Nachdem die Beerenpflücker die Sträucher geplündert hatten, ging die Gruppe tiefer in den Wald hinein. Das junge Mädchen entfernte sich heimlich von den anderen und warf einen verstohlenen Blick über die Schulter, um zu sehen, ob der junge Kerl ihr noch folgte. Aber sie hätte sich keine Sorgen machen müssen. Ihr aufforderndes Lächeln allein hatte genügt, um sein Schicksal zu besiegeln. Mit einer Leidenschaft, die wie ein Feuer in seinem Bauch brannte, verfolgte der Krieger sie weiter, während sie sich zwischen den Bäumen bewegte, als ob sie auf der Suche nach weiteren Beeren wäre. Als die Gruppe der Frauen außer Sichtweite war, blickte sie zurück und sah ihn mit ihren dunklen, schimmernden Augen an. Diesmal lächelte sie ein wenig frecher. Ausreichend ermutigt und mit Verlangen, das durch seine Adern floss, schritt der junge Krieger auf sie zu. Die Falle war zugeschnappt. Sie ließ ihren Korb zu Boden fallen, ohne sich darum zu kümmern, dass die Hälfte des Inhalts auf die Erde fiel, und schlüpfte zwischen die Bäume. Entschlossen, sie nicht entkommen zu lassen, rannte er ihr nach wie ein Wolf, der seine Beute jagte. Wie ein in die Enge getriebenes Tier ließ sie den Abstand zwischen ihnen

immer kleiner werden und drehte sich schließlich keuchend zu
ihm um. Ihre festen, jungen Brüste drückten gegen ihr Hirschlederkleid. Ihre geschwollenen Brustwarzen ragten wie kleine Jun-
gennasen hervor.

Mit einer vor Leidenschaft trockenen Kehle stürzte sich der
junge Krieger auf sie. Mit einem hohen Lachen drehte sie sich auf
den Fersen und wich ihm mit der Geschicklichkeit eines Stier-
kämpfers aus. Zielstrebig und mit ausgestreckten Armen kam er
auf sie zu. Erneut entkam sie ihm, indem sie sich geschickt seinen
greifenden Händen entzog. Von Frustration und Verzweiflung
getrieben, griff er erneut nach ihr. Sie wich zurück und verhöhnte
ihn mit ihren Augen. Jetzt hatte sie ihn unter Kontrolle und mit
aufwallendem Verlangen warf sie sich auf den Boden, zog ihr
Kleid hoch und entblößte sich vor ihm. Verzehrt von Lust starrte
der junge Mann auf seine Beute und auf die Belohnung, die ihn in
dem seidigen Dreieck aus schwarzem Haar erwartete. Doch gerade als er sein Lendenschurz zur Seite schieben wollte, wurde
der Krieger durch eine plötzliche Bewegung im Wald vor ihm abgelenkt. Etwas bewegte sich mit hoher Geschwindigkeit durch die
dicht stehenden Bäume. Zuerst war es nicht zu erkennen, doch
als es hinter der Baumgruppe hervorkam, konnte er deutlich erkennen, was ihn abgelenkt hatte. Ein Blick der Besorgnis trübte
sein junges Gesicht, als er das Pferd mit der Yengeese-Frau, die
Shingas zur Frau genommen hatte, und dem Kind auf dem Rücken sah. Ohne zu zögern und mit dem Trommeln der Hufe des
Tieres in den Ohren und den Gedanken an die junge Squaw im
Kopf, rannte er zurück in Richtung Dorf. Hinter ihm lag das Mädchen völlig verwirrt von seiner Reaktion auf dem Boden ausgestreckt. Sie starrte ihm hinterher und ihre Augen loderten vor
Zorn.

Als er das Dorf erreichte und sich seinen Weg durch die Ansammlung von Langhäusern bahnte, entdeckte der junge Krieger
Tusonderongue mitten in einer Gruppe von Kriegern. Sie saßen
auf Binsenmatten vor einem der Gebäude. Er eilte zu ihnen hinüber und redete aufgeregt gestikulierend auf die Männer ein und
erzählte, was er gesehen hatte. Beunruhigt sprang Tusonderongue
auf, packte den jungen Kerl am Arm und zog ihn zur Seite.

"Bist du dir sicher, dass du sie gesehen hast? Bist du dir ganz sicher?" Der Jüngling nickte.

"Ja, es ist die Wahrheit." Überzeugt wandte sich Tusonderongue ab. ging zu einem der Langhäuser und schlüpfte hinein. Voller Sorge wartete der junge Krieger, und Zweifel schlichen sich in sein Bewusstsein wie ein unsichtbarer Feind. War er sich wirklich sicher, dass er sie gesehen hatte? Hatte er zu voreilig gehandelt? Dann sah er, wie Tusonderongue aus dem Langhaus trat und die hochgewachsene Gestalt Shingas einen Schritt hinter ihm auftauchte. Shingas Gesicht wirkte bedrohlich wie ein Gewitter. Als er sich dem jungen Krieger näherte, wurden Shingas' Gesichtszüge etwas weicher.

"Du hast sie gesehen? Die Yengeese Frau und das Kind?" Ein Hauch von Wut lag in seiner Stimme.

"Ja, auf dem Rücken des Pferdes. Es lief schnell", antwortete der junge Krieger selbstbewusst. Jegliche Zweifel, die er gehabt hatte, waren nun verflogen.

"Welche Richtung haben sie eingeschlagen?" fragte Shingas. Er war davon überzeugt, dass der Junge die Wahrheit sagte.

Der junge Kerl drehte sich halb um und streckte seinen Arm aus. Er deutete in die Richtung, in die die Ausreißer geritten waren. Shingas legte eine Hand auf die Schulter des jungen Kriegers und drückte sie fest mit seinen Fingern. Ein Ausdruck der Dankbarkeit. Dann, nachdem er alles erfahren hatte, was er wissen musste, wandte sich Shingas ab und ging hinüber zu seinem Langhaus. Er schlüpfte hinein und tauchte wenige Augenblicke später mit der Muskete in der Hand und dem Pulverhorn über der Schulter wieder auf. Tusonderongue trat vor und schaute ihn fragend an. Als er den Blick des Kriegers erwiderte, schüttelte Shingas den Kopf. Nein, er würde allein gehen. Er musste derjenige sein, der sie zurückbrachte.

Esther griff mit einer Hand in die Mähne des Pferdes und hob den Arm, um sich vor den umherschwirrenden Ästen zu schützen. Sie stieß ihre Fersen in die Flanken des Pferdes, um es voranzutreiben. Das Trommeln seiner Hufe war wie ein wilder Herzschlag, während sie durch den stillen Wald galoppierten. Hinter ihr, die dünnen Arme fest um ihre Taille geschlungen, vergrub das junge Mädchen ihr Gesicht an Esthers Rücken. Eine halbe Stunde später zog Esther die handgefertigten Zügel zurück und brachte das müde Tier zum Stehen. Das Pferd hatte einen schweißnassen Hals und bebende Flanken. Dankbar für die vorübergehende Erholung von dem anstrengenden Ritt lockerte das junge Mädchen ihren schraubstockartigen Griff. Sie spürte, wie die Spannung aus den Armen des Mädchens wich, und als sie ihren Kopf drehte, lächelte Esther sie beruhigend an.

"Sei tapfer, alles wird gut werden."

Er rannte in einem Tempo, das er leicht einen halben Tag lang beibehalten könnte. Shingas folgte den Hufspuren des Pferdes und schlich mit der schweren Muskete über der Schulter durch die dicht gewachsenen Bäume. Obwohl er schon seit zwei Stunden lief, zeigte er keine Anzeichen von Müdigkeit. Dann plötzlich erblickte er seine Beute, die sich vor ihm durch die Bäume bewegte. Wie ein Läufer, der die Ziellinie vor Augen hat, verlängerte Shingas seinen Schritt und nahm die Verfolgung auf. Mit jedem Schritt kam er ihnen näher.

Ohne zu wissen, warum, drehte sich das Mädchen um und entdeckte Shingas, als sie über die Schulter blickte. Er rannte durch die Bäume auf sie zu. Erschrocken über das plötzliche Auftauchen des Kriegers schrie sie auf. Der verzweifelte Ruf wurde durch die sie einhüllende Stille des Waldes noch verstärkt. Esther drehte sich um, um zu sehen, was das Kind so erschreckt hatte. Ungläubig starrte sie auf Shingas, der auf sie zuraste. Verblüfft darüber, wie schnell er von ihrer Abwesenheit erfahren hatte, verdrängte sie die Angst und stieß ihre Fersen in die Seite des Pferdes, um das Tier zum Galoppieren zu bringen. Aber Shingas war jetzt nahe herangerückt und zog beinahe mit dem Pferd gleich. Er streckte einen Arm aus und griff nach dem Bein des jungen Mädchens. Schreiend vor Angst zog sie das Bein weg von seinen nach ihr greifenden Fingern. Erneut trat Esther gegen die Rippen des Pferdes. Sie lehnte sich nach vorne über dessen Hals und trieb es weiter an. Sofort reagierte das Pferd, indem es noch mehr mit seinen Beinen ausholte. Seine kräftigen Muskeln trieben das Tier vorwärts und die Hufe gruben sich in den weichen Boden. Während das Pferd in vollem Galopp rannte, warf Esther einen Blick über ihre Schulter und sah, dass Shingas zurückfiel. Augenblicke später war er ganz aus dem Blickfeld verschwunden.

Als Tag und Nacht aufeinanderprallten und die Bäume lichter wurden, zog Esther an den Zügeln und brachte das Pferd auf einer sandigen Landzunge am Rande eines Sees zum Stehen. Seine ruhige Oberfläche schimmerte wie poliertes Gold in den Strahlen der untergehenden Sonne. Angesichts der riesigen Wasserfläche und des Wissens, dass Shingas nicht weit hinter ihnen war, wusste Esther, dass sie in der Falle saßen. Der Gedanke, ihm noch einmal in die Hände zu fallen, ängstigte sie. Nachdem sie einen Moment lang den See mit seiner Palisade aus hoch aufragenden Bäumen betrachtet hatte, fasste sie einen Entschluss: Sie konnten nicht mehr zurück. Als sie sich entschieden hatte, trieb Esther das Pferd vorwärts in das tiefere Wasser, wo die junge Stute zu ihrer Erleichterung instinktiv mit den Vorderbeinen zu paddeln begann. Esther wusste, dass sie das Tier entlasten musste. Sie befreite sich von den Armen des jungen Mädchens, das sich noch immer an sie klammerte. Sie ließ sich vorsichtig in das Wasser gleiten, nachdem sie das Mädchen mit ihrem ausgestreckten Arm nach vorne geschoben hatte. Ein beruhigtes Lächeln erhellte das Gesicht des Mädchens, während sie sich mit beiden Händen an der Mähne des Pferdes festhielt. Als das Kind sicher auf dem Rücken des Pferdes saß, stieß Esther ihre Beine nach hinten und schwamm neben dem Pferd her. Sie streckte die Arme nach vorne und zog sie wieder zurück. Vor und zurück. Vor und zurück. Sie schwamm durch das Wasser und jeder Zug brachte sie weiter hinaus auf den See. Die eine Uferlinie verschwand hinter ihr und die gegenüberliegende winkte ihr zu wie eine Sirene.

Als die goldene Kugel der untergehenden Sonne hinter dem westlichen Horizont zu versinken begann, wurde Esther müde. Die Ausdauer, die sie benötigte, um ihre Arme durch das eiskalte Wasser zu ziehen, schwand. Das durchweichte Hirschlederkleid klebte an ihrem Körper und war schwer wie ein Kettenhemd. Es war eine große Anstrengung ihren Kopf über den plätschernden Wellen zu halten und langsam schien sie gegen das Wasser zu verlieren. In ihrer Verzweiflung zog Esther den Gurt der Tragetasche über den Kopf und löste ihren Griff. Sie sah zu, wie die Tasche ihr aus den Fingern glitt und in den trüben Fluten des Sees verschwand. Mit ihr verschwanden auch die Vorräte, die sie heimlich für den Kampf um die Freiheit gebunkert hatte. Von der schweren Last befreit und mit neuer Energie verdoppelte Esther ihre Anstrengungen. Doch so sehr sie sich auch anstrengte, die Müdigkeit forderte unaufhaltsam ihren Tribut, und langsam, aber sicher setzte sich das Pferd vor ihr ab.

Die Hände in der Mähne des Tieres verknotet, starrte das junge Mädchen mit großen Augen auf Esther herab. Ihr Gesicht war ein Bild der Verzweiflung, als sie bemerkte, dass Esther immer weiter zurückfiel. Mit offenem Mund und nach Luft schnappend verstärkte Esther ihre Anstrengungen und pflügte weiter mit ihren müden Armen durch das Wasser und stieß dabei kräftig mit den Beinen ab. Doch als ihre Kraft noch mehr nachließ, begann sie bald zu zögern und ihr Kinn sank unter die Oberfläche. Erschrocken schrie das Mädchen ihr zu. Worte, die Esther nicht verstand, deren Bedeutung aber klar war. Ermutigt durch den Klang der Kinderstimme und gerade als das Pferd in einem letzten verzweifelten Versuch begann von ihr weg zu schwimmen, griff Esther nach dessen Schweif. Erleichterung und Hochgefühl durchfluteten sie, als sie spürte, wie sie in seinem Kielwasser mitgezogen wurde.

Auf dem schmalen Sandstrand stehend, blickte Shingas auf die weite Wasserfläche hinaus und wurde Zeuge von Esthers Kühnheit. Nachdem er sie im schwindenden Licht aus den Augen verloren hatte, wandte er sich voller Bewunderung vom See ab und verschwand in den umliegenden Bäumen. Die Tapferkeit der Yengeeserin hatte sie vorerst gerettet, aber Shingas wollte nicht aufgeben. Sein Stolz würde es nicht zulassen. Die Demütigung wäre zu groß für ihn, falls sie entkommen würde.

Die Hufe in den weichen Kies stemmend, taumelte das erschöpfte Pferd mit einer letzten Anstrengung aus dem See und zog Esther dabei hinter sich her, wie einen geangelten Fisch. Als es sicher an Land war, rutschte das junge Mädchen vom Rücken des Tieres und rannte hinüber zu Esther, die ausgestreckt am Strand lag, während das Wasser gegen ihre Füße plätscherte. Sie fiel auf die Knie und warf ihre Arme um Esthers Hals, wobei ihr Tränen des Glücks über die Wangen liefen. Sie richtete sich auf und war froh, dass die Tortur vorbei war. Esther drückte das Mädchen an ihre Brust. Die Erleichterung darüber, dass ihr Wagnis geglückt war und sie in Sicherheit waren, überwältigte sie. Zumindest für den Moment waren sie sicher. Sie machte sich keine Illusionen darüber, dass das, was vor ihnen lag, ohne Gefahren sein würde, aber die Tatsache, dass sie frei waren, reichte für den Moment.

Esther befreite sich aus der Umarmung des Kindes, schob sich die Haarsträhnen aus dem Gesicht und kletterte unsicher auf die Füße. Kaum war Kraft in ihre Beine zurückgekehrt, ging sie hinüber zu dem Pferd. Das Tier war völlig fertig. Sie schlang ihre Arme um den breiten Hals der Stute, flüsterte ihr Worte des Dankes zu und vergrub ihr Gesicht in ihrer verfilzten Mähne. Nachdem sie sich bedankt hatte, strich sie mit ihrer Hand liebevoll über den Rücken des Pferdes und nahm die Zügel in die Hand, um das erschöpfte Tier zu den umliegenden Bäumen zu führen.

Nachdem das Pferd sicher an einem Baum angebunden war, begannen Esther und das junge Mädchen, ihre nassen Kleider auszuziehen. Sie waren dankbar für die Wärme in der Abendbrise auf ihren nackten Körpern. Nachdem sie so viel Wasser wie möglich aus den Kleidern gewrungen und diese an einen Ast gehängt hatten, machten sie sich daran, aus den vielen Blättern auf dem Boden eine Art Lager zu bauen. Zufrieden mit ihren Bemühungen und bemüht, nicht an ein Abendessen zu denken, kauerten sie sich aneinander, um sich zu wärmen. Ihr Essen lag auf dem Grund des Sees. Beide fielen trotz Hunger schnell in einen tiefen Schlaf.

Als die Morgensonne am Himmel höher kletterte, begannen dünne Sonnenstrahlen das Blätterdach zu durchdringen. Ihr Licht fiel leuchtend auf Esther und das junge Mädchen, die zusammengekuschelt auf einem Lager aus Blättern schliefen. Als Esther durch die Berührung des Sonnenlichts auf ihrer Haut erwachte, spürte sie instinktiv, dass etwas nicht stimmte. Sie blickte zu den umliegenden Bäumen hinüber. Das Pferd war verschwunden. Sie achtete darauf, das Mädchen nicht zu wecken, stand auf, zog ihr Kleid an und lief zum See, in der Hoffnung, dass das Pferd auf der Suche nach Wasser dorthin gelaufen war.

Als Esther aus den Bäumen trat, sah sie das Pferd auf einem schmalen Grasstreifen grasen. Mit einem Seufzer der Erleichterung und in dem Bewusstsein, dass ihr plötzliches Auftauchen das Tier erschrecken könnte, bewegte sie sich vorsichtig auf das Pferd zu. Doch kaum war sie die ersten vorsichtigen Schritte auf die Stute zugegangen. Legte diese die Ohren zurück und wich vor ihr zurück. Sofort blieb Esther stehen und ihr Herz fing an zu rasen. Sie hatte schreckliche Angst, dass das Tier weglaufen würde. Sie wartete ab, bis sich die Stute beruhigt hatte, und ging wieder vorwärts. Sie streckte die Hand vor sich aus, als ob sie der Stute etwas zu Fressen anbieten wollte. Wieder hob das Pferd den Kopf, ein Vorderhuf scharrte nervös über den Boden. Regungslos, kaum zu atmen wagend, beobachtete Esther, wie das Pferd den Kopf senkte und anfing, an den vergilbten Grasbüscheln zu rupfen. Ratlos, was sie als Nächstes tun sollte, wurde Esther plötzlich durch das Erscheinen des jungen Mädchens abgelenkt. Entsetzt beobachtete sie, wie dieses selbstbewusst auf das Pferd zuging und es mit fester Stimme zu sich rief. Dabei klang sie wie eine Mutter, die ein unartiges Kind züchtigt.

„Mauvais cheval! Mauvais cheval! Toujours vous avez faim. Vous etes un mauvais cheval. Böses Pferd! Böses Pferd! Immer bist du hungrig. Du bist ein böses Pferd.“

Beim Klang ihrer Stimme spitzte das Pferd die Ohren, doch anstatt davon zu galoppieren, wie Esther befürchtet hatte, blieb das Tier ganz ruhig stehen und ließ das Mädchen auf sich zukommen. Als Belohnung strich sie dem Pferd mit den Fingern über die Nase und nahm den provisorischen Zügel in die Hand, um das Reittier zu Esther zu führen. Esthers Gesicht wirkte erleichtert.

Nach einem kargen, aber sättigenden Frühstück aus Waldbeeren stieg Esther auf ihr Pferd. Mit der kleinen Französin, die sich hinter ihr festhielt, machten sie sich wieder auf den Weg und ließen sich dabei von der Sonne führen. Anfangs kamen sie wegen des dichten Waldes nur mühsam voran. Nur die gelegentlichen Lichtungen ermöglichten es dem jungen Pferd, seinen Schritt zu verlängern. Zum Glück wurden die Bäume im Laufe des Vormittags lichter, und die Reihen der hoch aufragenden Tannen wichen den uralten Hemlocktannen, deren massive Stämme und robuste Äste für jeden Schiffsbauer Gold wert gewesen wären. Der Laubwald bot die Chance, besser voranzukommen, und als Esther einen Weg entdeckte, stieß sie ihre Fersen in die Flanken des Pferdes und galoppierte darauf zu.

Im Schatten des dichten Blätterdachs spähte Shingas durch das Laub und beobachtete mit Genugtuung, wie sich das Pferd näherte. Am Abend zuvor hatte er den See umrundet. Er wusste, dass die Yengeese-Frau nach Osten reiten würde. So hatte er das verbleibende Tageslicht ausgenutzt. Da er wenig Hoffnung hatte, sie in der Dunkelheit zu finden, beschloss er stattdessen, sich in der Nähe eines schmalen, von Osten nach Westen verlaufenden Jagdpfads, der in eine steil abfallende Schlucht mündete, auf die Lauer zu legen. Es war ein natürlicher Weg durch die Wand aus Bäumen, besonders für einen Reiter.

Das Trommeln der Pferdehufe wurde lauter, und Shingas entschied sich mit einem wilden Schrei für den richtigen Moment und sprang auf den Pfad. Durch das plötzliche Auftauchen des Mannes aufgeschreckt, wieherte das Pferd vor Angst und bäumte sich auf die Hinterbeine auf, wobei es seine Reiter abwarf. Shingas hob seine Muskete und eröffnete das Feuer. Der Schuss donnerte durch den Wald. Die Kugel der Muskete drang in den Kopf des Pferdes und es fiel tödlich verwundet zu Boden. Sein Leben war durch eine Unze Blei ausgelöscht worden.

Entsetzt über seine Grausamkeit, das wimmernde Mädchen an sich drückend, sah Esther zu, wie Shingas mit emotionslosen Zügen auf sie zukam. Die beiden Flüchtigen lagen ihm zu Füßen und Shingas starrte bedrohlich auf sie herab. Esther, die sich nicht wehren konnte und das Mädchen mit ihrem Körper abschirmte, starrte ihn trotzig an. Wenn sie sterben sollte, dann würde sie es tun, indem sie sich ihrem Mörder stellte. Langsam verstrichen die Sekunden, und dann, als er zu Esthers Erstaunen einen Entschluss gefasst hatte, warf Shingas seine Muskete über die Schulter, wandte sich ab und ging auf die umstehenden Bäume zu. Verblüfft starrte Esther ihm hinterher. Warum ließ er sie, nachdem er sie gefunden hatte, jetzt zurück?

Es dauerte nicht lange, bis sie es herausfand, und mit einem letzten flüchtigen Blick auf das erschossene Tier ergriff sie die Hand des jungen Mädchens und eilte hinter ihm her. Mit dem Pferd hatten sie jede Chance gehabt, zu entkommen. Ohne es, verloren und allein im Wald, ohne Nahrung, abgesehen von ein paar gepflückten Beeren, waren ihre Überlebenschancen in der Tat gering. So fügten sie sich in ihr Schicksal und folgten den Spuren von Shingas. Esther und das junge Mädchen machten sich auf den Weg zurück in ein Leben in Gefangenschaft.

Es war schon spät am Abend, als Shingas die abgelegenen Langhäuser des Dorfes erreichte, und mit Esther und dem französischen Mädchen, die ihm mit ein paar Schritten Abstand folgten, machte er sich auf den Weg zum Dorfplatz. Kaum hatten sie den offenen Platz im Herzen des Lagers erreicht, tauchten Menschen auf: Männer, Frauen und Kinder. Alle drängten sich schweigend und erwartungsvoll an den Rändern des Platzes zusammen. Verzweifelt tastete Esther die Gesichter der feindseligen Menge ab, in der Hoffnung, einen Blick auf die alte Frau zu erhaschen. Was sie stattdessen sah, war die Gestalt der dicken Frau, die sich einen Weg durch die Schaulustigen bahnte. Das Medaillon, das Esther ihr im Austausch für das Kind gegeben hatte, hing um ihren Hals. Sie trat aus der Menge hervor, stolzierte auf Esther zu, schrie ihr Etwas Unverständliches zu und packte die Französin am Arm, um sie aus Esthers Griff zu reißen. Machtlos und beschämt sah Esther zu, wie sie das sich wehrende Mädchen wegzog. Die Beifallsbekundungen der Wilden klangen ihr in den Ohren.

Kaum waren die beiden in der Menge verschwunden, herrschte Stille unter den Zuschauern. Perplex schaute Esther sich um und fragte sich, warum alle so still waren. Die Antwort ließ nicht lange auf sich warten, denn eine nach der anderen tauchten mehrere Frauen aus der Menge auf. Jede von ihnen war mit einem kräftigen Stock oder einer Keule bewaffnet. Sie formierten sich schweigend in zwei Reihen in der Mitte des Platzes. Eine von ihnen erkannte sie sofort, ihr schönes Gesicht verzerrte sich zu einer Maske des puren Hasses. Es schien, dass Meeataho sich diese Gelegenheit nicht entgehen lassen wollte, um sich zu rächen.

Dies sollte also ihre Strafe für das Weglaufen sein; sie erinnerte sich an die Notlage des Jungen an dem Tag, an dem sie die Kinder zum Bach gebracht hatte. Nur würde sie nicht von Kindern, sondern von wütenden Frauen verprügelt werden. Verzweifelt suchte sie in dem Meer von Gesichtern nach einem Blick auf Shingas, in der Hoffnung, dass er ihr diese Tortur ersparen würde, aber er war nirgends zu sehen.

Da sie keine Hoffnung mehr auf Rettung hatte, nahm sie ihre letzten Kraftreserven zusammen und ergab sich ihrem Schicksal. Esther ging auf die Reihen der Frauen zu. Sofort ertönte ein wildes Geschrei und die Menschenmenge drängte nach vorne, denn jeder wollte einen besseren Blick haben.

Mit dem rechten Arm über den Kopf erhoben betrat Esther den Gang zwischen den beiden Frauenreihen. Jede von ihnen wartete ungeduldig auf die Gelegenheit, sie mit ihrem Stock oder ihrer Keule zu schlagen. Mit stählerner Entschlossenheit stürzte sie vorwärts. Von beiden Seiten prasselten Schläge auf sie nieder. Kurz vor der Mitte des Weges ging sie nach einem besonders heftigen Schlag in die Knie, doch bevor die Frau erneut zuschlagen konnte, rappelte sich Esther auf und taumelte weiter. Jeder Schritt brachte sie dem Ende ihres Fegefeuers näher. Immer näher kam sie zur wartenden Gestalt von Meeataho, die eine Keule fest in der Hand hielt.

Sie bemerkte die Anwesenheit des jungen Mädchens nicht, als sie an ihr vorbeistolperte. Meeataho streckte ihr Bein aus, so dass Esther zu Boden stürzte. Im Nu stand Meeataho über ihr, und als ihre Rivalin hilflos zu ihren Füßen lag, begann sie, diese gnadenlos zu verprügeln. Sie schlug auf die Yengeese Frau ein, als wäre sie eine Schlange. Ihr aufgestauter Hass manifestierte sich in jedem ausgeführten Schlag. Verzweifelt versuchte Esther, sich vor den Schlägen zu schützen, und rollte sich auf den Rücken und trat mit den Beinen nach der jungen Squaw. Sie versuchte alles, die

Flut von Schlägen abzuwehren, die auf sie niederprasselte. Und dann hörten die Schläge plötzlich auf.

Er trat aus der Menge hervor, verärgert über die unnötigen Schläge des jungen Mädchens. Shinghas packte Meeataho an den Haaren und riss ihr den Knüppel aus der Hand, dann warf er sie zu Boden. Wütend über sein Eingreifen rappelte sich Meeataho auf und starrte ihn trotzig an. Ihre Augen blitzten vor Wut. Shingas hob den Knüppel in die Luft und sagte etwas zu ihr, wobei seine Stimme äußerst bedrohlich klang. Erschrocken über seinen Zorn wich Meeataho zurück und mit einem letzten hasserfüllten Blick stürmte sie in die Menge davon.

Das Blut lief Esther aus einer tiefen Wunde an der Stirn über das Gesicht. Nachdem Meeataho in der Menge verschwunden war, zog sich Esther langsam auf die Knie. Benommen und geschwächt von ihrer Tortur war plötzlich die alte Frau über ihr wie aus dem Nichts. Mit ihren knochigen Fingern schob sie sanft das verfilzte Haar aus Esthers Augen. Ausdruckslos stand Shingas da und blickte auf sie herab. Die Yengeese, die er zu seiner Frau gemacht hatte, hatte ihre Strafe erhalten, und nun musste allein er entscheiden, was aus ihr werden sollte. Ob er sie als seine Frau zurücknehmen oder sie verstoßen sollte. Schließlich hatte sie ihn beschämt.

Obwohl sein Stolz es ihm niemals erlauben würde, dies zuzugeben, fiel ihm die Entscheidung dennoch leicht. Auch wenn sie weggelaufen war, wusste er tief in seinem Herzen, dass er sie nicht aufgeben konnte. Er konnte nicht zulassen, dass sie die Frau eines anderen Kriegers wurde. Als er seine Entscheidung getroffen hatte, wandte er sich der alten Frau zu und nickte unmerklich mit dem Kopf.

Die alte Frau lächelte mit ihren schwarzen Zähnen und half Esther auf die Beine. Sie legte ihr einen Arm um die Taille und führte sie in Richtung ihres Langhauses. Als sie die Tür erreichte, überkam sie einen plötzlichen Anfall von Übelkeit. Sie hielt sich am Türpfosten fest und presste die andere Hand gegen ihren Magen. Esther begann zu würgen. Die alte Frau schaute ihr wissend zu. Als die Yengeeserin weggelaufen war, war ihre Welt in

Dunkelheit getaucht. Aber jetzt war ihre Schwiegertochter wieder da, und wenn sie sich nicht irrte, war sie schwanger.

KAPITEL 9

Esther stand neben dem Kochfeuer und rührte langsam den Inhalt des darüber hängenden Kochtopfes um. Die andere Hand ruhte auf ihrem aufgeblähten Bauch. Die Erkenntnis, dass sie schwanger war, hatte sie anfangs schwer getroffen. Doch je mehr das Kind in ihrem Bauch wuchs, desto größer wurde ihre Sehnsucht, dass es geboren werden würde.

Noch bevor sie sich selbst sicher gewesen war, hatte sich die Nachricht von ihrem Zustand wie ein Lauffeuer unter den Frauen verbreitet. Die Nachricht ließ die Feindseligkeit ihr gegenüber wegschmelzen und überall, wo sie hinkam, wurde sie mit Lächeln und freundlichen Gesten begrüßt. Sogar das frostige Herz der stämmigen Frau war ein wenig aufgetaut und sie erlaubte dem französischen Mädchen, Esther von Zeit zu Zeit zu besuchen.

Mit ihrem sonnenverbrannten Gesicht, dem Kleid aus Wildleder und den Mokassins war das junge Mädchen nun kaum noch von den anderen Kindern zu unterscheiden. Die Verwandlung wurde noch größer, als sie Esther nach langem Zureden erlaubte, ihr Haar zu einem Zopf zu flechten.

Die langen Winterabende im verschneiten Wald, wo die Bäume in der bitteren Kälte wie das Knallen von Musketen krachten, waren für Esther und das Kind eine wunderbare Zeit. Gemütlich in der Wärme des Langhauses sitzend, versammelten sie sich mit anderen Familien um das Hüttenfeuer. Sie lachten und scherzten, und die Pfeife wurde von Hand zu Hand weitergereicht. Bei diesen geselligen Zusammenkünften erlebte Esther eine sanftere, liebenswürdigere Seite dieses wilden Volkes, und sie fand Gefallen daran. Bei besonderen Anlässen erzählte ein verhutzelter alter Krieger, der einer der Geschichtenerzähler des Dorfes war, im Schein des Feuers Geschichten über längst verstorbene Geister und Ungeheuer. Er zog die Versammelten in seinen Bann damit. Er jagte seinen abergläubischen Zuhörern mit Geschichten von Hexen und blutrünstigen Gestalten Angst ein. Obwohl sie nicht verstehen konnten, was er erzählte, waren Esther und das Mädchen genauso fasziniert wie die gläubigen Seelen, die um sie herumsaßen und seinen Worten lauschten.

Selbst bei solch freudigen Anlässen trat Shingas nur selten in Erscheinung, und wenn, dann saß er schweigend und grübelnd abseits. Er beteiligte sich nicht an dem fröhlichen Treiben. Einmal hatte Esther ihn dabei erwischt, wie er sie ansah, seinen Blick auf ihren geschwollenen Bauch gerichtet. Obwohl seine Gesichtszüge unverändert geblieben waren, hatte sie dennoch das Gefühl gehabt, dass er sich über ihren Zustand freute. Angesichts der langen Abwesenheit seit jener Nacht, in der er sie geschändet hatte, fragte sie sich, ob es vielleicht ein Gefühl der Reue war, das ihn davon abhielt, ihr Lager zu teilen. Schnell verdrängte sie den Gedanken aus ihrem Kopf. Wie sollte jemand wie sie die Abgründe eines so wilden Herzens ergründen können? Ein wahrscheinlicherer Grund war, dass er mit Meeataho schlief. Auch wenn dies der Fall wäre, hätte es an ihrer schlechten Beziehung wenig geändert, denn wann immer Esther ihr ein freundliches Lächeln schenkte, warf das junge Mädchen ihr nur einen finsteren Blick zu.

Trotz des mangelnden Engagements seinerseits genoss Esther die Abende und das Gefühl der Zusammengehörigkeit, das sie hervorriefen.

An einem dieser Abende hatte sich das junge Mädchen zu ihrer großen Freude zu ihr umgedreht und mit dem Finger auf sich selbst gezeigt und verkündet, dass ihr Name Chantal sei. Gerührt von der Enthüllung des Kindes, das ihren Namen langsam aussprach, antwortete Esther, indem sie dem jungen Mädchen auch ihren Namen verriet. Sie lächelte amüsiert, als das Kind versuchte, ihn zu wiederholen. Obwohl es scheinbar unbedeutend war, schien sich durch die Preisgabe ihrer Identitäten ein noch stärkeres Band zwischen den beiden zu bilden. Es war ein so starkes Gefühl der Zusammengehörigkeit, dass es beinahe so schien, als wären sie als Schwestern geboren worden. In dem Moment, als sie Chantal in ihren Armen hielt, schwor sich Esther, dass sie sich ungeachtet ihrer unterschiedlichen Nationalitäten um das verwaiste Mädchen kümmern würde, als wäre es ihr eigen Fleisch und Blut.

Esther hob den Löffel an die Lippen und probierte den Inhalt des Topfes, als plötzlich die Gestalt von Chantal in der Tür erschien.

"Venez vite! venez vite!" Komm schnell! Komm schnell," rief sie. Ihre Stimme war voller Aufregung. Esther legte den Löffel in den Kochtopf zurück und wandte sich ihr zu.

Während der langen Wintermonate hatten sie beide versucht, die Sprache ihrer Entführer zu lernen, aber sie hatten es schnell aufgegeben. Selbst für die rasche Auffassungsgabe des Kindes war sie zu schwierig. Stattdessen beschlossen sie, sich gegenseitig ein paar grundlegende Wörter in ihrer eigenen Sprache beizubringen. Und obwohl dies bis zu einem gewissen Grad erfolgreich war, gewöhnten sie sich schnell an, sich hauptsächlich mit Mimik und Gestik zu verständigen, um sich miteinander zu unterhalten.

Frustriert von Esthers mangelnder Eile rief Chantal erneut nach ihr. Diesmal erinnerte sie sich daran, die englischen Worte zu benutzen, die Esther ihr beigebracht hatte.

"Komm schnell! Komm schnell!" Esther lächelte über die Ungeduld des Mädchens, nahm den Kessel vom Feuer und ging zur Tür.

Chantal zog Esther am Arm, in der Hoffnung, dass sie ein wenig schneller gehen würde, und die beiden machten sich auf den Weg durch das Dorf. Als sie den Platz erreichten, hielten sie sich an der Hand und bahnten sich einen Weg durch die Menschenmenge, bis sie den inneren Ring der Zuschauer erreichten. Sie kannte den Grund für diese dringende Unterbrechung nicht und so war Esther schockiert, als sie Shingas in der Mitte des offenen Platzes stehen sah.

Er war umgeben von einem Dutzend bewaffneter Krieger, deren Gesichter für den Krieg geschminkt waren. Sie hatte ihn seit mehreren Tagen nicht mehr gesehen, und als sie sein bemaltes, kriegerisches Gesicht anstarrte, erinnerte sie sich sofort an den schicksalhaften Tag, an dem sie ihn zum ersten Mal gesehen hatte. Die schrecklichen Ereignisse, die sich damals zugetragen hatten, waren für immer in ihr Gedächtnis eingebrannt. Als das Bild von Sauls verstümmeltem Körper vor ihrem geistigen Auge aufblitzte, schloss sich eine eisige Faust um ihr Herz.

Shingas spürte, dass der richtige Moment gekommen war, und hob die Arme in die Luft. Ein Schweigen legte sich über die Menge. Auf der einen Seite saßen Wapontak und eine Handvoll Ältester zusammen, sahen mit halbgeschlossenen Augen zu und waren hilflose Zeugen der Ereignisse, die sich nun abspielen würden. Zufrieden, dass er die Aufmerksamkeit der Leute hatte, ging Shingas zu einem Krieger hinüber, der etwas abseits von den anderen stand, und griff nach einem Zipfel der Decke, die über seine Schultern drapiert war. Er zog die Decke mit einem wilden Schrei weg und legte das Gitterwerk aus blutigen Streifen frei, das eine Peitsche hinterlassen hatte. Sofort erfüllte ein erschrockenes Raunen die Luft. Entsetzt über den Anblick des zerfetzten Rückens des Kriegers erhob sich ein lauter Aufschrei aus der zuschauenden Menge. Shingas nutzte den Augenblick und drückte die Decke in die ausgestreckte Hand des Kriegers und wandte sich wieder seinem wilden Publikum zu.

"Seht, mein Volk, so behandeln die Engländer die Krieger der Haudenosaunee", rief er. Shingas Rede war laut und leidenschaftlich. Sein Finger deutete auf den Krieger, der ausgepeitscht worden war. Er hielt einen Moment inne, um seine Worte wirken zu lassen.

"Ihre Rotmantelsoldaten haben unsere französischen Brüder besiegt, und nun, während ihr Großer Vater schläft, schreiten sie mit breitem und schwerem Fuß über unser Land und behandeln uns wie Hunde."

Ein wütendes Gemurmel ging durch die Menge. Seine Worte trafen viele von ihnen mitten ins Herz.

"Diese Engländer sind nicht wie unsere französischen Brüder. Sie wollen nicht unsere Freunde sein. Ihr einziger Wunsch ist es, uns unser Land zu stehlen und uns in die Wildnis zu treiben." Mit lauter Stimme fuhr er fort. "Ich sage, es ist an der Zeit, das Kriegsbeil in die Hand zu nehmen und die Engländer von unserem Land zu vertreiben, bevor auch wir von ihnen verschluckt werden."

Der Blutdurst und der Wunsch nach Rache waren geweckt, und die Menge brüllte ihre Zustimmung. Wie in einem Rausch des Hasses stürmten die Krieger unter ihnen nach vorne und ihre Kriegsschreie hallten in den Wald hinein. Esther, die von allen Seiten von der Menge bedrängt wurde, fasste sich plötzlich an den Bauch, ihr Gesicht verzerrte sich vor Schmerz. Ihre Wehen hatten eingesetzt. Ein neues Leben war bereit, die Welt zu betreten.

Das ursprünglich von den Franzosen errichtete Fort Le Boeuf lag auf einer Anhöhe über dem Venango River, einem Nebenfluss des mächtigen Allegheny River. Es hatte die Aufgabe, das südliche Ende der Handelsroute zwischen French Creek und dem Lake Eire etwa fünfzehn Meilen flussaufwärts zu bewachen. Nach Kriegsende wurde das Fort von den Briten besetzt und war nun mit einem Fähnrich und einer Garnison von zwei Gefreiten und elf Freischärlern bemannt.

Die Festung war von einer Mauer aus senkrecht in den Boden gerammten Baumstämmen umgeben. In regelmäßigen Abständen waren Schießscharten für Handfeuerwaffen ausgesägt worden. Das Fort konnte durch ein einziges Tor betreten werden. Dieses wurde auf beiden Seiten von einem quadratischen Wachturm bewacht. Von hier aus hatte man einen guten Überblick über den Feldweg, der aus dem umliegenden Wald und über den breiten Venango-Fluss führt.

Im Inneren der Palisaden befanden sich ein kleines Wachhaus und eine Kaserne, deren Bretterwände von einem Schindeldach überdacht wurde. Das Gebäude erstreckte sich über die gesamte Länge einer Seite des Forts. Am nördlichen Ende des zentralen Platzes befand sich ein zweistöckiges Blockhaus, das mit zwei seiner Wände eine Ecke der Einzäunung bildete. Die sonst fensterlosen Wände waren mit zwei Reihen von Schießscharten ausgerüstet, sechs pro Reihe. Das Gebäude bot eine eindrucksvolle Verteidigung. An dem einzigen Fahnenmast flatterte stolz das blutrote Kreuz des Heiligen Georg.

Es war einer der Gefreiten, der sie zuerst sah. Um seine mageren Rationen an gekochtem Fleisch und Mais aufzubessern, hatte er seine dienstfreie Zeit unten am Fluss verbracht. Als er mit einem schönen Fang an Barschen und anderen Fischen zurückkehrte, starrte er ungläubig auf eine große Gruppe von Indianern, die aus den umliegenden Bäumen heraustraten. Ihre Gesichter waren mit Kriegsbemalung bemalt. Er verfluchte die Untätigkeit des diensthabenden Wächters, ließ seine Angelrute und seinen Fang fallen und sprintete auf die offenen Torflügel des Forts zu. Während er rannte, schrie er den anderen eine Warnung zu.

Als er den Schrei des Korporals hörte, hob der Wächter seinen Kopf über die Wehr und sah entsetzt auf die Horde von Indianern herab, die den Weg zum Fort entlang rannten. Instinktiv hob er seine Muskete und feuerte in die Meute. Mit Genugtuung sah er, wie einer der führenden Krieger zu Boden stürzte.

Unter ihm hatte der Korporal inzwischen die Tore erreicht und versuchte verzweifelt, diese zuzuschieben. Ohne nachzuladen, kletterte der Wächter die Leiter hinunter und schloss sich seinem Kameraden an. Im Inneren des Forts rannte eine Gruppe von Soldaten aufgeschreckt durch den Klang der Schüsse aus der Kaserne. Sie hatten Steinschlossflinten in der Hand und ihre Gesichter waren voller Sorge. Der Korporal versuchte verzweifelt, die Tore zu schließen, und rief ihnen zu.

"Hier drüben! Zu den Toren, wir ..." Die Worte erstarben in seiner Kehle, als ein Seneca-Krieger mit einem wilden Schrei mit seinem Beil auf ihn einschlug. Die gebogene Klinge schnitt durch den Hals des Soldaten und durchtrennte seine Luftröhre.

Mit Shingas an der Spitze strömten die Seneca-Krieger unter lautem Kriegsgeschrei durch das halb geschlossene Tor. Von den anstürmenden Indianern umzingelt, versuchte der Wächter verzweifelt, sich zu verteidigen. Er schlug mit dem Kolben seiner Muskete zu. Cattawa wich den wilden Schlägen des Soldaten aus, stieß ihm die Mündung seiner Muskete in die Brust und drückte ab. Die Bleikugel riss durch Stoff und Fleisch, bis sie sein Herz erreichte und ihn auf der Stelle tötete.

Als sie das Sterben ihrer Kameraden beobachteten und erkannten, dass der Versuch, die Tore zu schließen, aussichtslos war, feuerten die verbliebenen sieben Soldaten eine Salve auf die Indianer ab und zogen sich in Richtung des Blockhauses zurück. Die

Seneca erwiderten das Feuer, obwohl mehrere Krieger vom Kugelhagel getroffen worden waren. Sie schrien ihren Trotz heraus und Triumpf-Rufe erklangen, als drei der Soldaten auf dem Boden zusammenbrachen und das Blut aus ihren Wunden tropfte.

Mit wenig Hoffnung, ihre Musketen nachzuladen und ihre Bajonette aus den Gürteln befreien zu können, zogen sich die vier verbliebenen Soldaten langsam in Richtung des Blockhauses und dessen Sicherheit zurück. Vor ihnen aber raste eine Gruppe von Seneca-Kriegern mit gezückten Messern auf ihre drei gefallenen Kameraden zu. Da sie das gleiche Schicksal befürchteten, standen die vier Männer mit nun aufgepflanzten Bajonetten Schulter an Schulter bereit. Wenn sie sterben sollten, wollten sie zumindest einige dieser heidnischen Teufel mit in den Tod reißen. In diesem Moment zeigte sich die Rettung in Form des jungen Fähnrichs. Er tauchte in der offenen Tür des Blockhauses auf und rief ihnen zu.

"Hier rein! Hier rein!"

Ohne weitere Ermutigungen abzuwarten, drehten sich die Soldaten um und rannten auf die offene Tür zu, während ihre blutrünstige Feinde sich mit ihren Skapiermessern zu schaffen machten. Als Shingas die bedrängten Soldaten in Richtung des Blockhauses fliehen sah, rief er eine Warnung aus. Sofort hob ein Dutzend Krieger ihre Musketen und eröffnete das Feuer. Wie durch ein Wunder überlebten zwei der Soldaten den Kugelhagel. Als sie die offene Tür erreichten, taumelten sie hinein. Die schwere Tür knallte hinter ihnen zu. Draußen verstummten die Angstschreie der beiden weniger glücklichen Soldaten schnell. Kriegskeulen und Tomahawks verrichteten ihr blutiges Werk.

Als die letzten Soldaten im Blockhaus gefangen waren, rannten Pahotan und ein Dutzend Krieger zur Kaserne der Soldaten. Sie alle waren mit Musketen bewaffnet. Drinnen angekommen, begannen sie, mit ihren Gewehrkolben einige der Bretter zu zerbrechen, so dass sie einen freien Blick auf das Blockhaus und die beiden Reihen von Schießscharten hatten. Shingas hockte neben dem halb geöffneten Tor, die Leiche des toten Gefreiten zu seinen Füßen liegend, und blickte zum Blockhaus hinüber. Wütend über das nutzlose Einschlagen der Musketenkugeln gab er einer Gruppe von mit Bögen bewaffneten Kriegern ein Zeichen.

Nachdem er seine Anweisungen weitergegeben hatte, schickte Shingas einen von ihnen in Richtung der Kaserne.

Während der Krieger eilig davonlief, um Shingas Plan in die Tat umzusetzen, riss Shingas den vorderen Teil des Hemdes des toten Soldaten auf. Er zerschnitt den groben Stoff mit Hilfe seines Messers in dünne Streifen.

In der Kaserne angekommen, fand der Krieger schnell den kleinen Lagerraum am hinteren Ende. Er öffnete die Tür und begann, die überfüllten Regale zu durchstöbern. Als er fand, wonach er suchen sollte, nahm er das kleine Ölfass herunter und rannte aus dem Gebäude. Erfreut über den Fund des Kriegers, zerschlug Shingas den Deckel mit seiner Axt und sah zu, wie ein Krieger nach dem anderen einen Pfeil mit einem um den Schaft gewickelten Streifen Stoff in das Öl tauchte. Nachdem sie den getränkten Stoff angezündet hatten, hoben sie ihre Bögen und schossen ihre feurigen Geschosse in die Luft. Mit Genugtuung sahen sie zu, wie die brennenden Pfeile auf das Schindeldach des Blockhauses niederprasselten. Die Flammen griffen schnell um sich und ihr heller Schein erleuchtete die einbrechende Dunkelheit.

Das Innere des Blockhauses hatte eine quadratische Form und war nicht größer als ein großes Zimmer. Es bot wenig Komfort: einen eisernen Herd, auf dem die Mahlzeiten für die Offiziere zubereitet wurden, einen Tisch mit ein paar Stühlen zum Essen und ein paar Laternen, die an Ketten von einem der Balken hingen. In die Wände waren Reihen von Schießscharten eingelassen. Die unteren befanden sich auf Schulterhöhe eines Mannes, die oberen waren über eine Leiter erreichbar.

Eingeschlossen in dem engen Raum hielten die vier Soldaten, die an den unteren Schießscharten standen und in den Hof des Forts blickten, ein ständiges Gegenfeuer aufrecht. Das Krachen ihrer Musketen hallte von den Holzwänden wider. Wolken von beißendem Rauch hingen in der Luft. Der junge Fähnrich und einer der Soldaten standen Seite an Seite am Tisch und luden methodisch ihre Musketen nach. Sie drückten sie den Männern an den Schießscharten in die Hand und tauschten sie gegen die gerade abgefeuerte aus. Der Fähnrich warf einen besorgten Blick auf das brennende Dach, während er weiterarbeitete. Er beobachtete den

Korporal, wie dieser einen weiteren Eimer Wasser auf die schmale Galerie trug. Er versuchte vergeblich, die hungrigen Flammen zu löschen.

Als er bemerkte, dass der Beschuss von draußen nachließ, beugte sich einer der Soldaten vor und spähte durch seine Schießscharte hinaus. Augenblicklich prasselte ein Hagel von Geschossen wie Hagelkörner gegen die Blockhauswand. Er taumelte mit einem blutigen Loch dort, wo sein rechtes Auge gewesen war, zurück und sackte zu Boden. Einer der anderen starrte auf den toten Soldaten herab, bewaffnete sich mit einer Muskete und nahm seinen Platz an der Schießscharte ein. Hinter ihm hackte der Gefreite durch den schmalen Galerie Absatz vor der vom Dach herabfallenden Glut geschützt, mit der Axt weiter auf die Schießscharte an der Rückwand ein. Er hatte die Hoffnung die Flammen löschen zu können aufgegeben. Wenige Augenblicke später taumelte plötzlich ein anderer Soldat von der Schießscharte zurück und hielt sich das blutende Gesicht. Der junge Fähnrich wiegte den Soldaten in seinen Armen und ließ den sterbenden Mann schließlich auf den Boden gleiten. Da gaben die Dachbalken nach und das brennende Dach stürzte auf die Soldaten herab.

Schreiend und wie vom Teufel besessen sahen die Seneca-Krieger zu, wie das Dach von den unersättlichen Flammen verzehrt wurde und schließlich zusammenbrach. Einige von ihnen bewiesen ihre Tapferkeit, indem sie zum Blockhaus rannten und durch die unteren Schießscharten mit ihren Musketen in das brennende Gebäude schossen. Plötzlich und ohne Vorwarnung wurde die Tür des Blockhauses aufgerissen und die Gestalt des jungen Fähnrichs stand im Türrahmen. Sein Haar und seine Kleidung brannten lichterloh. Wie eine menschliche Fackel taumelte er auf die Palisaden zu und seine qualvollen Schreie durchbrachen die Nacht. Die Krieger drängten sich um die bemitleidenswerte Gestalt, jubelten ihm zu und beobachteten, wie seine Haut wie Butter dahinschmolz. Der junge Fähnrich konnte die Schmerzen nicht länger ertragen und fiel zu Boden. Er krümmte sich in der Fötus-Stellung zusammen und übergab seinen Körper den alles verzehrenden Flammen.

Außerhalb der Umzäunung im gleißenden Schein des brennenden Gebäudes trat der Korporal durch das vergrößerte Loch an der Rückwand. Wie ein Dachs, der nachts seinen Bau verlässt, zwang er sich durch die geschaffene Öffnung. Da niemand mehr am Leben war, der mit ihm hätte flüchten können, machte er sich allein und stolpernd auf den Weg in die einladende Dunkelheit des Waldes.

Im Licht des Feuers und mit festem Griff an den beiden Holzpfosten, die auf beiden Seiten von ihr in den Boden gerammt waren, schrie Esther auf, als eine weitere Wehe ihren Körper erfasste. Ihr ganzes Wesen drängte sie, nach unten zu drücken. Ihr Körper wollte sich von dem Ding befreien, das ihr so viele Schmerzen bereitete. Die alte Frau kniete neben ihr und schüttelte den Kopf. Noch nicht. Sie beugte sich vor und bot Esther einen kurzen Stock zum Draufbeißen an. Mit zusammengebissenen Zähnen wandte Esther ihren Kopf ab. Lächelnd erhob sich die alte Frau und ging zu dem großen Topf, der über dem Feuer hing. Sie nahm ein Stück Hirschleder heraus. Nachdem sie das überschüssige Wasser ausgewrungen hatte, kehrte sie zu Esther zurück, kniete sich neben sie und begann, die Schweißperlen vom Gesicht ihrer Schwiegertochter zu wischen.

Eine weitere Kontraktion. Diesmal noch stärker. Und wieder der überwältigende Drang, nach unten zu drücken. Mit zusammengebissenen Zähnen starrte Esther die alte Frau verzweifelt an. Sie war dankbar, dass diese dieses Mal kräftig mit dem Kopf nickte und sie zum Pressen ermutigte. Mit einem letzten Schrei, der von einem Gefühl exquisiten Schmerzes verzehrt wurde, spürte Esther, wie das Baby aus ihrem Körper glitt. Erschöpft lockerte sie ihren Griff um die beiden Stützpfeiler und sackte mit dem Rücken gegen die Wand. Sie beobachtete mit einer leichten Distanziertheit, wie die alte Frau den Säugling in ihre Arme schloss. Sein erster lustvoller Schrei verkündete seine Ankunft auf der Welt. Die alte Frau verzog ihr faltiges Gesicht zu einem zufriedenen Lächeln, aber erst nachdem sie sich überzeugt hatte, dass alles in Ordnung war.

Überwältigt von einem Gefühl der Freude, wiegte Esther das Baby in ihren Armen und schaute auf das Gesicht ihres Kindes. Von dem Moment an, als sie sich sicher war, schwanger zu sein, hatte sie darum gebetet, dass sie einen Jungen zur Welt bringen würde. Und nun war er da. Ganz weich und warm lag er an ihrer Haut. Die winzigen Augen fest verschlossen, der schwarze Haarschopf an der Kopfhaut noch immer verklebt. Sie wusste, dass sie ihm seinen Namen geben würden und dass er immer so genannt werden würde. Schließlich waren sie sein Volk, aber sie würde ihn heimlich Daniel nennen. Es war der Name ihres Bruders gewesen. Er hatte vier Tage länger gelebt als die Frau, die ihm das Leben geschenkt hatte, nachdem sie zwei Tage lang auf dem Gebärhocker gesessen hatte. Er hatte lange genug gelebt, dass er getauft werden konnte. Lange genug, um von dem Mann, der ihn gezeugt hatte, gleichermaßen geliebt und gehasst zu werden. Und obwohl die Tatsache, dass er in eine Löwengrube hineingeboren worden war, ihre Namensentscheidung nicht beeinflusste, fand sie den Namen sehr passend.

Halb rennend, halb stolpernd bewegte sich der Korporal durch die hoch aufragenden Bäume. Er war darauf bedacht, sich so schnell wie möglich vom Fort zu entfernen, ohne sich zu verirren. Nachdem er die Nacht am Rande eines Zedernsumpfes verbracht und sich kaum getraut hatte, die Augen zu schließen, hatte er sich im Morgengrauen wieder auf den Weg gemacht. Er umging den sumpfigen Boden und wusste, dass seine einzige Hoffnung auf Überleben darin bestand, den Fluss zu finden. Er lief weiter in die umliegenden Bäume. Als die Mittagssonne hoch am Himmel stand und er sich mühsam einen steilen bewaldeten Hang hinaufgearbeitet hatte, erblickte er zu seiner großen Freude ein silbernes Hufeisen aus Wasser unter sich. Es war der Alleghany River. Sein sanft dahinfließendes Wasser war sein Weg zur Erlösung. Zuversichtlicher mit dem Fluss im Blickfeld vergaß er die Qualen des Hungers und des Durstes und lief unbeirrt weiter.

Später am Nachmittag entdeckte er in nördlicher Richtung eine schwarze Rauchfahne. Sie stieg in der Nähe von Fort Venango über den Bäumen in den Himmel. Es war ein Beweis dafür, dass auch dieses Fort das gleiche Schicksal erlitten hatte wie Fort Le Boeuf. Voller Verzweiflung stürzte er zurück in den Wald. Der Wille zum Überleben trieb ihn weiter.

Sie schwitzten in der Hitze des Tages und verfluchten ihr Pech und den Unteroffizier, der den Dienstplan erstellt hatte. Die beiden Wachposten standen jeweils auf einer Seite des Tores an der Nordseite des Forts. Plötzlich erklang der alarmierende Ruf eines Kameraden, der auf dem Wall über ihnen stand. In seiner Stimme lag ein Hauch von Dringlichkeit.

"Schaut!" rief er. "Dort hinten auf der Straße." Er deutete dabei mit dem ausgestreckten Arm in die Richtung. Sofort richteten die beiden Wachen ihre Aufmerksamkeit auf die unbefestigte Straße, die zum Fort führte, und sahen die Gestalt eines Mannes, der auf sie zu taumelte. Sie erkannten ihn als einen Soldaten, legten ihre Musketen beiseite und rannten auf ihn zu. Der erschöpfte Korporal fiel vor Erleichterung über den Anblick der beiden Soldaten auf die Knie und murmelte mit ausgetrockneten Lippen ein Danke. Die beiden Wachen hoben ihn auf die Beine und versicherten ihm, dass alles in Ordnung sei. Mit dem erschöpften Unteroffizier zwischen ihnen machten sie sich auf den Weg zu den offenen Torflügeln und in die Sicherheit.

Gestärkt durch zwei Finger feinen französischen Branntweins und die Aussicht auf eine Mahlzeit mit gekochtem Fleisch und Kartoffeln wurde der Korporal in Begleitung eines der Wachposten eine Treppe hinauf in einen geräumigen Raum geführt. Der Raum wurde von einem großen Mahagonischreibtisch beherrscht. Der Kommandant des Forts, Hauptmann Simeon Ecuyer, saß an diesem Schreibtisch, auf dessen verblichener Lederoberfläche Briefe und Bücher verstreut lagen. Er war ein breitschultriger Mann mit strengen Gesichtszügen, die von einem kräftigen Kinn dominiert wurden, das wie der Bug eines Schiffes hervorragte.

Er war wie viele seiner Schweizer Landsleute während des Krieges gegen die Franzosen in den Dienst der britischen Armee gestellt worden und wurde von allen als pflichtbewusster Soldat geschätzt. In seinem Fall war er von keinem Geringeren als dem Herzog von Cumberland selbst eingestellt worden.

Als der Gefreite vor ihm auf unsicheren Beinen schwankte und sogar zu erschöpft war, um auch nur zu salutieren, schnauzte Hauptmann Ecuyer den Wachposten an.

"Holt einen Stuhl! Schnell! Seht ihr denn nicht, dass der arme Kerl am Ende ist?"

Aufgeschreckt durch die Worte des Offiziers schulterte der Wachtposten seine Muskete, durchquerte den Raum und nahm einen der schweren Holzstühle, die zu beiden Seiten des schmalen Fensters standen. Er stellte ihn vor den Schreibtisch des Offiziers. Mit einem dankbaren Nicken an den Soldaten sank der erschöpfte Unteroffizier in sich zusammen, froh darüber, endlich sitzen zu können.

Während der Gefreite vor ihm saß und sich über den Schreibtisch beugte, fixierte Hauptmann Ecuyer ihn mit festem Blick.

"Stimmt es, was man mir sagt, dass Fort Le Boeuf zerstört ist?"

"Aye, Sir. Venango auch. Beide zerstört", antwortete der Korporal mit fester Stimme. Als der Beamte seine schlimmsten Befürchtungen bestätigt sah, lehnte er sich in seinem Stuhl zurück.

"Gütiger Gott, Venango auch! Sind sie sicher?"

"So sicher wie das, was ich mit meinen eigenen Augen gesehen habe. Nichts Anderes hätte solche Rauchwolken verursachen können. Ich habe es selbst gesehen. Der Rauch kam aus der Richtung, wo das Fort ist."

„Und die Mingos haben das getan? Sie waren die Angreifer?"

"Ja, das stimmt. Es waren Seneca-Krieger, dessen bin ich mir sicher. Sie fielen ohne Vorwarnung über uns her. Hundert von diesen mordenden Teufeln. Vielleicht auch mehr."

"Und außer Ihnen hat niemand überlebt?"

"Keine weiteren Überlebenden, Sir", sagte der Korporal und begegnete dem starren Blick des Offiziers. "Die meisten starben, bevor sie das Blockhaus erreichten. Die Letzten, die ich lebend gesehen habe, waren Fähnrich Price und der junge Grey. Die armen Seelen sind im Feuer umgekommen. Ich habe versucht, sie zu retten, aber die Flammen waren zu heftig." Als Hauptmann Ecuyer den Schmerz des Mannes spürte, wurde seine Miene weicher.

"Machen Sie sich keine Vorwürfe. Niemand hier zweifelt an Ihrer Tapferkeit. Sie haben Ihren Mut bewiesen, indem Sie uns die schreckliche Nachricht überbracht haben." Dann wandte er den Kopf zur Tür und brüllte. "Sanitäter! Sanitäter!"

Sofort wurde die Tür aufgerissen, und ein jugendlicher, korrekt gekleideter Soldat betrat den Raum.

"Sieh zu, dass dieser tapfere Bursche eine herzhafte Mahlzeit bekommt und ein oder zwei Schluck Rum, um sie herunterzuspülen."

"Es gibt einige, die sagen, man sollte ihm das ganze Fass geben, Sir, wenn man bedenkt, was er durchgemacht hat", erwiderte der junge Soldat und ein Grinsen breitete sich auf seinem Gesicht aus.

"In der Tat, das würde er verdienen", erwiderte Ecuyer und lächelte nachsichtig über die Unverschämtheit des Soldaten. "Allerdings befürchte ich, dass ein betrunkener Korporal mit einem Kopf, der so schmerzt wie das Knie eines Quäkers, ein schlechter Handel für die Großzügigkeit der Männer wäre."

Nach der angemessenen Zurechtweisung durchquerte der Sanitäter schnell den Raum, half dem Gefreiten auf die Beine und begleitete ihn aus dem Zimmer.

Der Offizier nahm sich einen Moment Zeit, um seine Gedanken zu sammeln, und wandte sich dann an den Wachposten, der am Fenster stand.

"Finde den Sergeant für mich und sag ihm, er soll mir einen Expressreiter schicken. Oh, und sag ihm, er soll meinen braunen Wallach satteln."

Die Dringlichkeit erkennend, salutierte der Wächter eilig und verließ den Raum. Als der Raum leer war und ihn nichts mehr ablenkte, sammelte der Hauptmann seine Gedanken in Worte, tauchte seine Feder in das Tintenfass und begann mit dem Verfassen seiner Depesche.

Es waren noch keine dreißig Minuten vergangen, seit der Korporal in die Sicherheit der Festung gestolpert war, da wurden die Tore erneut aufgestoßen. Die Wachen traten zur Seite, als der große braune Wallach, dessen glänzendes Fell im hellen Sonnenlicht schimmerte, zwischen ihnen hindurchritt. Die Hufe des Pferdes wirbelten Staubwolken auf, als der Expressreiter es zum Galopp antrieb.

Die Straße, auf der er entlangritt, war 1758 während des Krieges mit den Franzosen fertiggestellt worden. Sie war von den Truppen unter dem Kommando von Brigadegeneral Forbes mit schweißtreibender Schinderei gebaut und nach ihm benannt worden. Seit ihrer Fertigstellung verlief sie nun über dreihundert Meilen von Fort Pitt im Westen bis zur Gemeinde Carlisle in den östlichen Siedlungen quer durch die Wildnis. Sie war gebaut worden, um Truppen und Vorräte leichter zu den isolierten Außenposten entlang der beschwerlichen Strecke zu transportieren. In Wirklichkeit war sie kaum mehr als ein durch den Wald gehackter Weg. Sie schlängelte sich über Hügel und Täler und war über weite Strecken von hohen Bäumen und engen Schluchten eingeengt. Aber für einen Expressreiter, der durch diesen Weg drei Tage weniger lang im Sattel sitzen musste, war die Straße so einladend wie ein Frauenkörper in einer kalten Winternacht.

Nachdem er etwas mehr als zwei Stunden geritten war, entdeckte der Expressreiter zu seiner großen Bestürzung eine schwarze Rauchsäule, die keine Viertelmeile von der Straße entfernt aus den Bäumen aufstieg. Hin- und hergerissen zwischen seiner Pflicht und dem Wunsch, Hilfe zu leisten, falls dies möglich wäre, bog er von der Straße ab und trieb sein Pferd mit geplagtem Gewissen zum Galopp an.

Als er das Ende des zerfurchten Weges erreichte, zog der Reiter beim Anblick des Lagerfeuers erleichtert an den Zügeln. Der Haufen brennender Baumstümpfe war ganz offensichtlich die Quelle des Rauches, den er zuvor bemerkt hatte. Dies war nicht das Werk von Wilden. Er drehte sich im Sattel und blickte hinüber zu einem Siedler, der sich an einen dicken Stamm lehnte, dessen Ende mit den Wurzeln eines freiliegenden Baumstumpfes verkeilt war. Ihm gegenüber stand ein älteres Zugpferd, das von einem sommersprossigen Jungen vorwärtsgetrieben wurde. Das Tier war mit Ketten und einem Seil an den Baumstumpf gebunden. An der Seite zeugte ein beeindruckender Haufen von Baumstümpfen von ihrer Arbeit.

Abgelenkt durch das plötzliche Auftauchen des Expressreiters, der dem Jungen etwas zurief, lockerte der Mann seinen Griff um den Stamm. Er war nicht erfreut darüber, dass ihre Arbeit unterbrochen wurde und drehte sich zu dem Reiter um.

"Die Indianer haben das Kriegsbeil ausgegraben, nimm am besten deine Familie und geh ins Fort", rief ihm der Expressreiter zu, ohne den mürrischen Gesichtsausdruck des Mannes zu beachten.

Kaum hatte er den Satz beendet, kam eine blonde Frau Anfang zwanzig in einem einfachen, am Hals und an den Ärmeln geknöpften Leinengewand aus der neu errichteten Hütte am anderen Ende der Lichtung gelaufen. An ihrer Hand hielt sie ein kleines Mädchen, das nicht älter als fünf Jahre war und ein langes, kariertes Kleid trug. Das Gesicht des Mädchens war von goldenen Locken umrahmt, die ihr bis zur Taille reichten.

"Sind wir hier nicht sicher? Wir haben ihnen nichts getan", rief sie mit besorgter Miene. Am Zügel ziehend, wendete der Expressreiter sein Pferd, bis er der besorgten Frau gegenüberstand.

"Das mag sein, aber ihr müsst in die Festung gehen. Dort seid ihr sicher. Beeilt euch, die Indianer werden bald hier sein", fügte er mit einem Ton der Dringlichkeit hinzu.

Hinter ihm und unbeeindruckt von der Warnung wandte sich der Mann mit einem Schulterzucken dem Baumstumpf zu.

Nachdem er lange genug gezögert hatte und den besorgten Gesichtsausdruck der Frau sah, rief der Expressreiter ihr erneut zu.

"Geht nach Fort Pitt. Beeilt euch, dann wird alles gut." Dann stieß er sein Pferd mit den Fersen an und galoppierte davon. Die Hufe des Pferdes trommelten auf dem sonnenverbrannten Boden, als es sein Tempo erhöhte.

Noch bevor der Expressreiter aus dem Blickfeld verschwunden war, eilte die Frau voller Bangen zu ihrem Mann hinüber.

"Sollten wir seine Warnung nicht beherzigen?" fragte sie und bemühte sich, die Angst in ihrer Stimme zu verbergen. Der Mann verkeilte einen dicken Ast unter dem halb vergrabenen Baumstumpf und wandte sich ihr zu.

"Mach dir keine Sorgen, Frau, wir sind hier genauso sicher wie in jeder anderen Festung." Der Ton in seiner Stimme war herablassend.

Unbeeindruckt von seiner lässigen Zuversicht ergriff sie erneut das Wort.

"Aber du hast doch seine Warnung gehört", sagte sie und wirkte trotz seiner Worte nicht gerade beruhigt. "Sollten wir nicht tun, was er gesagt hat?" Ihr Mann warf den Ast beiseite und wandte sich ihr zu.

"Was, wenn wir unser Haus verlassen und dreißig Meilen auf Geheiß irgendeines Expressreiters durch die Gegend stapfen müssen?", rief er wütend. "Nein, besser wir bleiben hier. Du wirst sehen, alles wird gut."

Nach einem zermürbenden zweitägigen Ritt, bei dem er nur ein paar Stunden in Fort Bedford angehalten hatte, um sein müdes Pferd ausruhen zu lassen, saß der Expressreiter im Morgengrauen wieder im Sattel. Die Dringlichkeit seiner Mission trieb ihn an. Captain Ourry, der Kommandant des Forts, hatte ihm ein neues Pferd angeboten, doch er hatte abgelehnt. Er war überzeugt, dass er kein besseres Tier als Kapitän Ecuyers Cleveland Bay unter sich haben konnte. Er wollte die Aufgabe, die ihnen beiden gegeben worden war, gemeinsam erfüllen.

Als der Wald einer offeneren Landschaft wich und es weniger Bäume gab, die sie vor der Hitze der Juli-Sonne schützten, spürte der Mann, dass sein Pferd müde wurde. Er verließ die Straße für eine wohlverdiente Rast für sie beide. Dann würden sie die letzte Etappe ihrer Reise antreten. Er fand ein schattiges Plätzchen mit einem Bach in der Nähe und löschte seinen Durst. Er sattelte das Pferd ab und band es an einen Baum. Am liebsten hätte er seine Stiefel ausgezogen, aber er wusste, dass er sie dann nicht wieder anziehen würde, also knöpfte er stattdessen nur seine Jacke auf. Nach einem mageren Abendessen aus kaltem Fleisch und trockenen Keksen schlief er auf seine Sattel gestützt unter dem Baum ein, während das kastanienbraune Pferd den letzten Hafer fraß.

Nachdem er länger als beabsichtigt geschlafen hatte, schwang sich der Expressreiter bei Einbruch der Dunkelheit wieder in den Sattel. Der helle Mond war sein Wegweiser. Er stieß seine Fersen in die Flanken des Pferdes und machte sich auf den Weg über die immer besser werdende Straße. Im gleichmäßigen Galopp vergingen die Meilen wie im Flug, und als die ersten goldenen Sonnenstrahlen den Morgenhimmel durchdrangen, näherte sich der Reiter einem Wachposten am Stadtrand von Philadelphia. Die Umrisse der markantesten Gebäude zeichneten sich gegen den heller werdenden Himmel ab. Ein einsamer Soldat mit müden Augen zügelte sein Pferd und rief dem Expressreiter zu.

Nach einer ermüdenden Nacht, in der er die guten Leute von Philadelphia bewacht hatte, war der Wächter nicht in bester Stimmung. Während alle sicher in ihren Federbetten lagen, kämpfte er gegen die morgendliche Kälte an, die ihm in die Knochen kroch. Selbst die Aussicht, in etwas mehr als einer Stunde ein herzhaftes Frühstück zu sich nehmen zu können, schien seine mürrische Laune nicht zu verbessern. Und zu allem Überfluss musste er sich jetzt auch noch mit den Forderungen dieses verdammten Reiters auseinandersetzen. Der Soldat trat aus dem improvisierten Unterstand, der ihm als Wachhäuschen diente, und stellte sich in die Mitte der schmalen Straße.

"Wer kommt des Wegs? Nennen Sie Ihr Anliegen", rief er, und sein Tonfall war ebenso unfreundlich wie sein Auftreten.

Der Reiter ließ die Zügel auf den Hals des Pferdes sinken, kämpfte gegen seine Ungeduld an und rief dem Wachmann erneut zu.

"Ich brauche eine Wegbeschreibung zum 60zigsten Infanterie Regiment."

Der Wachmann ärgerte sich über die Unverblümtheit des Reiters. Wie alle Infanteristen hatte auch der Wachmann eine innewohnende Abneigung gegen jeden Reiter, insbesondere wenn dieser auch nur ein einfacher Soldat war. Er war fest entschlossen, ihn für seine Überheblichkeit zu bestrafen."

„Und von wem soll dieser Befehl stammen?"

Unfähig, seine Wut zu zügeln, schrie der Expressreiter den Wachmann an.

"Welche Befehle ich bei mir trage und für wen sie bestimmt sind, geht Sie nichts an. Zeigen Sie mir jetzt, wo das 60^{zigste} Fußregiment ist, oder ich reite Sie über den Haufen und such es selbst."

Verärgert über die Worte des Reiters, aber entschlossen, die Konfrontation zu verlängern, schrie der Wächter zurück.

"Das mag ja sein, aber Sie werden nichts von dem Regiment sehen, bis Sie mir sagen…" Doch bevor er den Satz beenden konnte, spornte der Eilreiter sein Pferd an.

"Scheiß auf Ihre Fragen, Sie werden mir jetzt die Wegbeschreibung geben, oder ich reite Sie nieder und finde die Leute selbst." Seine Stimme war voller Zorn.

"Es gibt keinen Grund für Drohungen", antwortete der Wächter und trat einen Schritt zurück. "Ich habe meine Pflicht, verstehen Sie?"

"Scheiß auf Ihre Pflicht", rief der Reiter. Ich will diese Auskunft haben, oder der Oberst selbst wird davon erfahren, und ich bezweifle, dass er Sie dann freundlich behandeln wird, denn Sie verzögern seine Anweisungen." Drohend fügte er hinzu, "wahrscheinlich wird er Ihnen sogar ein paar Mal mit der Peitsche über den Rücken schlagen."

Als er merkte, dass er zu weit gegangen war, hob der Wächter einen Arm und wies in Richtung Stadt.

"Folgen Sie der Straße eine Meile lang und nehmen Sie an der Gabelung die linke Straße. Es ist nicht mehr als ein Weg, aber er führt Sie zu dem 60zigsten Regiment."

Ohne sich die Mühe zu machen, etwas zu erwidern, hieb der Eilreiter seine Fersen in die Flanken des Pferdes und trieb es vorwärts. Ein amüsiertes Lächeln erhellte dabei sein Gesicht, denn er sah, dass der Wachtposten auf sein Hinterteil fiel, als er erschrocken zur Seite wich, um den Hufen des Pferdes auszuweichen. Das Fluchen des Wächters verklang hinter ihm, während er sein Pferd weiter zur Eile antrieb. Die Dächer vor ihm waren so einladend wie die offenen Arme einer Geliebten.

Das Hauptquartier von Colonel Bouquet lag in einem fünf Hektar großen Park mit einer breiten, geschwungenen Auffahrt. Eine Allee hoch aufragender Buchen säumte diese. Das Haus war ein imposantes georgianisches Herrenhaus. Vor dem Gebäude befand sich eine große rechteckige Rasenfläche mit einem hohen Fahnenmast in der Mitte. Die St.-Georgs-Flagge flatterte stolz in der warmen Brise.

Nach Erfüllung ihrer zeremoniellen Pflicht marschierten die beiden Reihen der Rotröcke zurück auf die Straße. Ihre Bajonette glänzten im frühen Sonnenlicht und die blank polierten Stiefel knirschten auf dem Schotter der Straße.

Der Feldwebel schritt neben ihnen her, die Brust vorgestreckt, das Kinn eingezogen. Da entdeckte er den Expressreiter, der auf sie zu galoppierte. Sofort, ohne den Schritt zu unterbrechen, teilten sich die beiden Reihen wie das Rote Meer, so dass der Reiter zwischen ihnen hindurch galoppieren konnte. Die Soldaten waren nicht gerade erfreut über die Staubwolken, die sich auf ihren scharlachroten Mänteln niederließen, aber sie kehrten sofort zu ihrer vorherigen Formation zurück.

Als er vor dem Haus ankam, stoppte er das müde Tier und ließ sich aus dem Sattel gleiten. Sofort machte er sich auf den Weg zum imposanten Eingang des Hauses. Einer der beiden wachhabenden Soldaten griff, ohne sich die Mühe zu machen, eine Aufforderung auszusprechen, nach dem glänzenden Messinggriff und stieß die Tür auf. Offenbar genügte der Anblick des Postbeutels, den er über der Brust trug, um ihm Zugang zu verschaffen. Kaum hatte der Expressreiter die riesige Eingangshalle betreten, sah er sich einem furchterregend aussehenden Sergeant der Infanterie gegenüber. Seine Dienstschärpe trug er wie eine Gürteltasche über seiner scharlachroten Jacke. Der strenge Gesichtsausdruck des Unteroffiziers wurde ein wenig weicher, als er die Erschöpfung im Gesicht des Boten bemerkte.

"Nun, Junge, du hast also Neuigkeiten für uns?"

"Aye, Sergeant. Ich habe... Ich habe eine dringende Depesche aus Fort Pitt für Colonel Bouquet", sagte der Expressreiter und stotterte die Worte förmlich.

"Folge mir, Junge", sagte der Unteroffizier und schritt zielstrebig über die marmorierten Fliesen zu einer verzierten Doppeltüre. Er öffnete sie, winkte den Boten heran und schloss dann die Türflügel leise hinter ihm.

Obwohl der Raum nicht übermäßig groß war, wie sonst bei den meisten georgianischen Häusern, so schien er doch wohlproportioniert. Die hohe Decke war mit verschnörkelten Gesimsen und Stuckarbeiten in Form von Cherubinen und Schaumwolken verziert. Die farblosen Wände wurden durch eine Reihe von gerahmten Ölgemälden aufgelockert. Einige stellten Landschaften im Stil von Constable dar. Andere wiederum wirkten in ihrem Stil und ihrer Komposition eher militärisch. Unter einem großen, verschnörkelten Spiegel stand das einzige Möbelstück des Raumes, eine beeindruckende Mahagoni-Anrichte mit Bogenfront. Auf ihrer auf Hochglanz polierten Oberfläche standen feine Silberteller und geschliffene Glaskaraffen. Der größte Teil des Holzbodens wurde von einem bestickten Teppich bedeckt. Auf ihm stand eine Gruppe englischer Offiziere, die in ihren scharlachroten Uniformen glänzten. Die doppelten Reihen goldener Knöpfe, die ihre enganliegenden Jacken schmückten, schimmerten im frühmorgendlichen Sonnenlicht, das durch die hohen Fenster fiel. Einige von ihnen blickten ungeduldig in den angrenzenden Raum, in dem im Gegensatz zur relativen Ruhe des Salons ein reges Treiben herrschte.

Im Hauptspeisesaal waren uniformierte Diener bereits damit beschäftigt, den langen Tisch in der Mitte zu decken. Andere betraten den Raum mit gewölbten Schüsseln, die mit allen möglichen Frühstücksspeisen gefüllt waren. Der köstliche Duft von gebratenem Speck durchzog die Luft.

Durch das Öffnen und Schließen der Türen aufgeschreckt, wurden die Offiziere auf die Anwesenheit des Expressreiters aufmerksam und die Gespräche verstummten schließlich. Ein jugendlicher Leutnant mit blassem Gesicht stand am nächsten neben den Türen. Er wandte sich ihm zu.

"Nun, Mann, stehen Sie nicht einfach so da. Sagen Sie, was Sie wollen." Seine Stimme verriet seine Verärgerung über die Aussicht, dass sich sein Frühstück verzögern würde. Auf die Aufforderung des Beamten hin öffnete der Expressreiter seine Posttasche und nahm ein gefaltetes Dokument heraus.

"Bitte, mein Herr", sagte der Reiter. "Ich habe eine dringende Depeche für Oberst Bouquet." Während er sprach, hielt er das gefaltete Dokument hoch.

In diesem Augenblick ertönte von der anderen Seite des Raumes ein aufgeregter Ausruf, und vor ihm teilte sich die Gruppe für Oberst Bouquet, der aus dem Pulk der Offiziere hervortrat. Er war von mittlerer Größe und Statur. Sein rundlicher Bauch zerrte energisch an den Knöpfen seiner Weste. Es gab kaum etwas beeindruckendes an ihm. Gesegnet mit vollem, dunklem Haar, einer langen, schlanken Nase und einem wohlproportionierten Kinn hätte man ihn ohne die Uniform leicht für einen Gelehrten halten können. Das Funkeln in seinen dunklen Augen war ein Hinweis auf eine fröhlichere Seite seines Wesens. Wenn er sprach, verriet seine Stimme einen leichten europäischen Akzent. Ein Zeugnis seiner Schweizer Abstammung.

"Ah! Endlich Neuigkeiten", rief er, und ein strahlendes Lächeln erhellte sein Gesicht, während er dem Eilboten die Depesche aus der ausgestreckten Hand nahm.

"Woher kommen Sie, Junge?"

"Aus Fort Pitt, Sir."

"Ein ganz schön langer Ritt also. Dafür gebührt Ihnen unser Dank", sagte Bouquet, bevor er sich an einen seiner Offiziere wandte.

"Hauptmann Basset, bitte seien Sie so freundlich und weisen Sie den diensthabenden Feldwebel an, diesen tapferen Burschen in die Küche zu bringen. Sagen Sie ihm, dass er ein herzhaftes Frühstück bekommen soll, und obwohl es noch früh am Tag ist, vielleicht einen oder zwei Krug Palmwein, um es runterzuspülen. Aber nicht mehr als zwei Krug." Wehmütig blickte er in das müde Gesicht des Reiters und fügte hinzu, "leider fürchte ich, dass ich seine Dienste noch vor Ende des Tages benötigen werde."

Mit einem anerkennenden Kopfnicken wandte sich der Bote ab und verließ, dem Offizier folgend, den Raum. Hinter ihnen öffnete Colonel Bouquet mit einem Gefühl der Beklemmung das Wachssiegel und entfaltete die Depesche. Die Gruppe der Offiziere drängte sich erwartungsvoll um ihn.

Innerhalb einer Stunde, und nachdem er mehr fingerdicke Speckscheiben und Eier als die letzten vielen Monate gegessen hatte, schwang der Reiter sich wieder mit einem frischen Pferd ausgestattet in den Sattel. In seiner Posttasche befand sich eine Kopie des Briefes von Hauptmann Ecyer zusammen mit einer Depesche von Oberst Bouquet selbst. Ein eilig verfasstes Dokument, das aber die Bedenken von Hauptmann Ecyer voll und ganz bestätigte. Es war ein Schreiben, in dem der Oberbefehlshaber in aller Deutlichkeit auf die Notwendigkeit dringender und sofortiger Maßnahmen hinwies. Die Depeche war eine inbrünstige Bitte, Fort Pitt und die Umgebung vor den marodierenden Wilden zu schützen, und der Hinweis, dass diese Krieger gerade in diesem Moment die Westgrenze Pennsylvanias durchstreiften. Der Brief berichtete auch davon, dass die Indianer einzelne Siedlungen überfielen und dabei die Häuser und Felder ihrer Bewohner verwüsteten.

Im Bewusstsein seiner Bedeutung und des Vertrauens, das in ihn gesetzt wurde, spornte der Expressreiter sein Pferd an und machte sich auf den Weg nach New York, wo der Generalgouverneur selbst residierte, um die Depeche sicher an ihr Ziel zu bringen.

Der Gouverneur war allein in seiner Bibliothek voller schwer beladener Bücherregale, die beinahe alle Wände ausfüllten. Nur eine Wand war durch drei bodentiefe Fenster unterbrochen. Schwere, Brokat Vorhänge waren gegen das Sonnenlicht zugezogen.

Sir Jeffrey Amhurst hielt inne, um seine stahlumrandete Brille zurechtzurücken. Dann las er den Brief weiter. Er war ihm vor weniger als einer Stunde zugestellt worden. Seine aristokratischen Gesichtszüge, die etwas durch einen breiten, nach unten gezogenen Mund verunstaltet wurden, spiegelten das Gefühl der Empörung wider, das in ihm aufstieg, als er den Inhalt durchlas. Er war Ende vierzig. Der dunkle Anzug, in den er gekleidet war, wirkte zwar schlicht, war aber exquisit geschnitten. Das weiße Hemd, das am Hals und an den Handgelenken gekräuselt war, unterstrich zusammen mit dem Rest seiner Kleidung, dass er von gehobener Stellung war.

Die Depesche aus Fort Pitt mit der Nachricht vom Verlust von Fort Le Boeuf und Fort Venango löste Gewissensbisse in ihm aus, denn er hatte sich hartnäckig selbst beruhigt, dass der Aufstand nur eine kurze Störung war, die sich bald legen würde. Nun war er entschlossen diese Schande auszumerzen und die dafür verantwortlichen Schurken zu bestrafen. Mit frisch gefassten Gedanken ging er zu dem imposanten Nussbaumschreibtisch, der den Raum

beherrschte. Er setzte sich in den ledergebundenen Hauptmannssessel und begann mit der Feder seine Antwort auf die Depesche
von Oberst Bouquet zu verfassen.

*Sir, heute habe ich Ihre Depesche mit der Nachricht vom Verlust unserer Posten in Venango und Le Boeuf erhalten. Ich beabsichtige, alle in
meiner Macht stehenden Maßnahmen zu ergreifen, um diese schändlichen Schurken, die dieses abscheuliche Verbrechen gegen die Untertanen
Seiner Majestät begangen haben, streng zu bestrafen. Zu diesem Zweck
habe ich befohlen, dass Major Campbell sofort mit den leichten Infanteriekompanien des siebzehnten, zweiundvierzigsten und siebenundsiebzigsten Regiments zu Ihnen vorstoßen soll. So gestärkt sollen Sie mit
aller Eile nach Fort Pitt ziehen und die Garnison gegen die Wilden sichern. Sollten Indianerstämme gegen Sie zu den Waffen greifen, so ist
ihnen mit der nötigen Härte zu begegnen, um sie zur Vernunft zu bringen. Keine Strafe, die wir verhängen können, ist dem abscheulichen Verbrechen dieser unmenschlichen Schurken angemessen genug. Ich möchte
hinzufügen, dass ich keine Gefangennahme dieser Wilden wünsche.
Meine Befehle lauten klar, dass alle Indianer, die es wagen sollten, die
Waffen gegen Sie zu erheben, getötet werden sollen, wenn diese in Ihre
Gewalt geraten. Mit freundlichen Grüßen Sir Jeffery Amherst, Oberbefehlshaber*

KAPITEL 10

Ende Juli, nach einer Verzögerung von etwa achtzehn Tagen,
in denen Wagen, Zugtiere und Proviant für den Feldzug
zusammengezogen wurden, brachen Oberst Bouquet und
seine kleine Armee von fünfhundert Mann schließlich auf. Oberst
Bouquet, der mit seinen Offizieren an der Spitze der Kolonne ritt,
blickte über seine Schulter zurück und betrachtete seine kleine
Truppe, die sich hinter ihm auf der Straße bewegte. Der Anblick
von sechzig invaliden Soldaten, die allesamt zu schwach zum
Marschieren waren, trug wenig dazu bei, sein Vertrauen in ihr

Vorhaben zu stärken. Diese Männer wurden in mehreren Wagen transportiert.

Obwohl er keine Angst vor dem hatte, was vor ihm lag, war es doch eine ernüchternde Erinnerung an die Unzulänglichkeit der Truppe unter seinem Kommando. Es war eine ehrgeizige und gefährliche Aufgabe, mit der er betraut worden war und die es zu erfüllen galt. Er erinnerte sich an die Hunderte von Soldaten, die in den letzten sieben Jahren in der vor ihnen liegenden Wildnis ihr Leben verloren hatten. Es war ein Gedanke, der ihm immer wieder durch den Kopf ging.

In Dreierreihen marschierten die barfüßigen Highlander des 42zigsten Regiments, das sich später The Black Watch nennen sollte, in ihren Kilts und Plaids. Sie wurden gefolgt von den Grenadieren in ihren scharlachroten Mänteln. Alle marschierten aus der Stadt heraus und schlängelten sich durch das Cumberland Tal. Der Anblick der einsamen, verlassenen oder niedergebrannten Hütten, an denen sie vorbeikamen, war eine abschreckende Erinnerung an die Gefahren, die vor ihnen lagen.

Hinter den Soldaten, die über den holprigen Weg gingen, folgte ein Konvoi schwerer Wagen. Jeder von ihnen wurde von einem Ochsengespann gezogen und von einer Wache der leicht bewaffneten Infanterie flankiert. Das Schlusslicht bildeten etwa zweihundert Packpferde, die schwer mit Vorräten und Mehlsäcken beladen waren. Jedes Gespann und ein gutes Dutzend Pferde wurde von je zwei Treibern im Zaum gehalten. Oberst Bouquet hatte darauf gedrängt, diese Männer für diese Aufgabe einzustellen.

Am vierten Tag und nach einem zermürbenden Marsch über die stark vernachlässigte Pionierstraße marschierte Colonel Bouquets kleine Armee in die Grenzsiedlung Bedford. Die ermutigenden Klänge des Grenadiermarsches klangen in den Ohren der Einwohner wie fröhliche Musik. Eingebettet in die umliegenden Berge bestand das Dorf aus etwa einem Dutzend Blockhütten, die jeweils von einem Streifen kultivierten Bodens und den Anfängen einer Apfelplantage umgeben waren.

Die kleine Siedlung wurde von einem beeindruckenden Fort beherrscht. Es war zusammen mit den verstreuten Häusern nach keinem Geringeren als dem Herzog von Bedford selbst benannt worden. Das sternförmig angelegte Fort stand auf einer Anhöhe über dem Westufer des Juniata River. Es verfügte über einen Wachturm an jeder der fünf Spitzen. Um das Fort herum waren ein tiefer Graben und ein aufgeschütteter Erdwall. In Ermangelung eines Brunnens wurde zur Sicherung der Wasserversorgung ein hölzerner Damm mit einer Überdachung aus Bohlen errichtet. Dieser schützte die Wasserträger auf dem Weg zum Fluss im Falle eines Angriffs.

Von der Marschmusik aufgeschreckt, verließen die Familien ihre Hütten. Alle waren erstaunt und erfreut über den Anblick so vieler Soldaten, die auf der staubigen Straße auf sie zumarschierten. Keiner konnte die Erleichterung zurückhalten und das Südtor des Forts wurde aufgestoßen. Hunderte von Flüchtlingen, die aus ihren Häusern geflohen waren und im Fort Zuflucht gesucht hatten, strömten heraus. Ihre lauten Rufe übertönten die Musik. Von den Wällen darüber blickte die karge Garnison mit frohem Herzen auf die sich nähernde Kolonne herab. Ihr mitreißender Jubel verstärkte den Lärm noch.

Unter dem Jubelgeschrei seiner Männer schritt Captain Lewis Ourry, der Kommandant des Forts, durch das Tor auf die Gruppe der berittenen Offiziere zu. Seine korpulente Gestalt drohte die mindestens eine Nummer zu klein geratene Uniform zu sprengen. Er hob seine Hand in einer Art Salut. Oberst Bouquet erwiderte den Gruß des Offiziers, stieg von seinem Pferd ab und ergriff mit einem Lächeln auf dem Gesicht die ausgestreckte Hand des Offiziers.

Die beiden waren alte Freunde, seit sie zusammen im Jahr 1756 in das Royal American Regiment aufgenommen worden waren. Bouquet war der Kommandeur des Ersten Bataillons gewesen und Ourry sein ehemaliger Quartiermeister.

"Sie erscheinen wie immer zur rechten Zeit, Sir. Sie sind uns herzlich willkommen", sagte Ourry und bemühte sich, nicht zu viel Dankbarkeit in seine Stimme zu legen, wollte aber die

Herzlichkeit seiner Begrüßung trotz des förmlichen Tons nicht schmälern.

"Und ich, Sir", antwortete Bouquet mit einer gekünstelten Grimasse, "habe für heute genug vom Sattel."

Nachdem er Hauptmann Ourrys Quartier über der Südbastion bezogen hatte, trat Oberst Bouquet vom Becken mit heißem Wasser zurück und trocknete sich mit dem angebotenen Handtuch das Gesicht ab. Er legte das Handtuch zur Seite und ging zum langen Eichentisch rüber. Dort nahm Ourry eine Kristallkaraffe und füllte zwei passende Gläser mit reichlich Portwein. Oberst Bouquet nahm das Glas und nickte dankend. Er ging zum Fenster, das den Paradeplatz überblickte. Beim Blick nach draußen bemerkte er, dass jeder Zentimeter freie Fläche im Fort entweder mit einer behelfsmäßigen Unterkunft für eine vertriebene Familie oder mit seinen eigenen Ochsen und Wagen belegt war. Alle waren froh, sicher hinter den dicken Mauern zu sein.

Zufrieden wandte er sich ab, hob das Glas zum Mund und nahm einen großen Schluck, um die Wärme des dunkelroten Weins in seiner ausgedörrten Kehle zu genießen. Eine Frage lag ihm auf der Zunge.

"Also, Lewis, was gibt es Neues von Fort Pitt?"

Als Antwort auf diese Frage zog Ourry eine Schreibtischschublade auf und holte ein gefaltetes Blatt Papier heraus.

"Vor drei Wochen habe ich diesen Brief von Hauptmann Ecuyer erhalten. Seitdem habe ich nichts mehr gehört", sagte Ourry und legte den Brief in Bouquets ausgestreckte Hand. Bouquet stellte sein halbleeres Glas auf den Tisch zurück und nutzte das Licht des Fensters, um den Inhalt des Briefes zu lesen.

Fort Pitt 16. Juli

Sir, wir werden jeden Tag von den Indianern angegriffen. Es kommt zu Scharmützel mit ihnen, aber sie haben uns bisher nur wenig Schaden zugefügt. Gestern war ich mit einer Gruppe von Männern unterwegs. Wir wurden beschossen und einer der Unteroffiziere wurde getötet, aber wir schlugen die Indianer zurück und brachten den Mann mit seinem Skalp zurück ins Fort. Gestern Abend wurde auf die Wache des Viehs geschossen und eine der Kühe getötet. Wir sind gezwungen, Tag und

Nacht in Alarmbereitschaft zu sein. Die umliegenden Wälder sind voll von umherstreifenden Indianern. Es scheint, als ob deren Anzahl täglich zunimmt. Wir haben noch reichlich Proviant und das Fort ist in einer so guten Verteidigungsstellung, dass wir es mit Gottes Hilfe sogar gegen tausend Indianer verteidigen können.

Mit freundlichen Grüßen et cetera...

Simeon Ecuyer.

"Der kam vor drei Wochen, sagten Sie?" fragte Bouquet und faltete den Brief sorgfältig zusammen. Ourry nickte, sagte aber nichts.

"Ich bete, dass wir noch rechtzeitig kommen", sagte Bouquet und nahm sein Glas wieder auf. Die Worte waren mehr aus Hoffnung und weniger mit Gewissheit ausgesprochen. Bevor Ourry etwas erwidern konnte, klopfte es plötzlich an der Tür. Sofort darauf erschien ein Kopf mit einem schwarzen Filz-Dreispitz im Türrahmen.

"Ich bitte um Verzeihung, Sir, aber die Herren, die Sie erwartet haben, sind hier."

"Führen Sie sie herein, Junge", befahl Ourry und stürzte den letzten Schluck seines Portweins hinunter.

"Aye, Sir", antwortete der Soldat, stieß die Tür auf und rief mit kräftiger Stimme, "der Hauptmann wird Sie jetzt empfangen."

Auf das Geheiß des Soldaten hin betraten die drei Männer den Raum. Sie waren alle mittleren Alters und trugen grobe Wolljacken und Hirschlederhosen. Ihre Gesichter waren emotionslos. Sie nickten flüchtig in Richtung Ourry und wandten sich dann Oberst Bouquet zu. Zwei von ihnen verschränkten die Arme vor der Brust, um ihren Unmut darüber zu zeigen, dass sie zu der Versammlung gerufen worden waren.

"Danke, dass Sie gekommen sind, meine Herren. Ich will ganz offen sein: Mein Kommandant hat mir befohlen, mit aller Eile nach Fort Pitt zu marschieren und es gegen die Indianer zu schützen. Zu diesem Zweck beabsichtige ich, den größten Teil meiner Ochsen und Wagen zurückzulassen und nur so viel Proviant mitzunehmen, wie ich auf den Packpferden transportieren kann. Ich hoffe, Sie können mir Weitere zur Verfügung stellen. Da meine Truppen keine erfahrenen Trapper sind und ich die wilde Natur der Gegend und die unzähligen Möglichkeiten für Hinterhalte kenne, möchte ich auch so viele Holzfäller und Trapper wie möglich von Ihnen engagieren, die mit uns marschieren sollen.

Der Rädelsführer der Männer nahm sich einen Moment Zeit, um zu verdauen, was von ihnen verlangt wurde. Nachdem er einen Blick mit den anderen ausgetauscht hatte, trat er vor, und obwohl seine Antwort keine direkte Weigerung war, gaben seine Worte wenig Anlass zur Hoffnung.

"Colonel, wir gehen davon aus, dass die meisten Männer es vorziehen würden, hier zu bleiben, um ihr eigenes Zuhause und ihre Familien zu verteidigen."

"Ich kann ihre Besorgnis gut verstehen", antwortete Bouquet. Er hatte damit gerechnet, dass es einen gewissen Widerstand gegen seine Forderungen geben würde. "Um sie von dieser Sorge zu befreien, wäre ich bereit, zusätzliche Truppen zum Schutz ihrer Familien im Fort zu lassen."

"Meinen Sie etwa die Männer, die so kampflustig sind, dass man sie in Wagen transportieren muss", fragte einer der anderen Männer sarkastisch. Der Spott troff dabei förmlich aus jedem Wort. "Was würden die uns nützen? Können Sie mir das sagen?"

"Urteilen Sie nicht zu hart und nicht zu schnell über diese Männer, Sir", antwortete Bouquet und kämpfte gegen seine Wut über die ungerechtfertigte Kritik des Mannes an. Er war überzeugt, dass allein die Art und Weise, wie er seine Worte aussprach, ausreichen müsste, um die Anmaßung des Mannes zu tadeln.

"Diese tapferen Burschen sind keine Simulanten, sondern lediglich durch Fieber geschwächt. Eine Krankheit, die sie sich im Kampf gegen die Feinde des Königs in Havanna zugezogen haben. Ich für meinen Teil würde ihnen ohne Zögern das Wohlergehen meiner eigenen Familie anvertrauen. Ich hätte Gewissheit, dass es meiner Familie dann an nichts mangeln würde."

Das Hohngelächter des Mannes wurde durch einen finsteren Blick ersetzt. Der Mann drehte sich um und ging zur Tür. Seine beiden Begleiter folgten ihm rasch. Der Anführer der Gruppe ging als Letzter und wandte sich noch einmal Bouquet zu, bevor er den Raum verließ.

"Ihr sollt Eure Pferde bekommen, Herr Oberst. Zu der anderen Angelegenheit kann ich nichts sagen, außer dass ich jedem, der Sie begleiten will, dazu raten werde."

"Ich danke Ihnen, Sir. Ich werde in zwei Tagen nach Fort Pitt marschieren." Mit einem knappen Nicken verließ der Mann den Raum und schloss die Tür hinter sich.

"Verdammte Unverschämtheit", platzte Ourry heraus. Er war verärgert über die mangelnde Bereitschaft der Siedler, ihre Hilfe anzubieten. Bouquet lächelte über Ourrys Ausbruch, ging zum Tisch, nahm die Karaffe und füllte beide Gläser bis zum Rand mit dem übrigen Portwein. Er achtete darauf, keinen Tropfen zu verschütten, und reichte eines der Gläser mit einem Lächeln um die Mundwinkel an Kapitän Ourry weiter.

"Seien Sie nicht zu streng mit ihnen, Lewis. Ich wusste sehr wohl, dass es angesichts ihres harten Lebens hier und all der indianischen Kriegergruppen, die überall an der Grenze ihr Unwesen treiben, schwer werden würde. Sie wissen, dass die Roten Männer, Frauen und Kinder abschlachten und daher das, was ich von ihnen verlange, nur schwer zu billigen ist."

Nachdem er die Hälfte des Glases in einem einzigen Schluck hinuntergespült hatte, wusste Ourry, dass es besser war, das Thema nicht weiter zu verfolgen, und wechselte schnell die Richtung.

„Nun Oberst, mein Fort soll also von Ihren müßigen Taugenichtsen verstärkt werden?", fragte Ourry und blickte durch das Fenster auf das rege Treiben auf dem Platz unter ihm.

"In der Tat, das werden Sie, mit allen sechzig Mann", erwiderte Bouquet mit einem gespielten Blick der Missbilligung. Sein amüsierter Tonfall sprach Bände über die außergewöhnliche Freundschaft zwischen ihnen.

"Und dafür soll ich wohl meine Dankbarkeit zum Ausdruck bringen?"

"Kommen Sie schon, Lewis, ein oder zwei Tage an der frischen Luft und eine angemessenere Ernährung werden die Gesundheit der Männer ungemein verbessern." Ourry entgegnete ihm aber mit einem wissenden Blick.

"Sie vergessen, dass ich die Natur dieser Burschen kenne und mir die Möglichkeiten zur Ausschweifung, die ihnen in Manilla für den Preis eines Schillings des Königs geboten werden, wohl bekannt sind, Sir. Ich bezweifle also, dass frische Luft und eine bessere Verpflegung allein ein Heilmittel für die Krankheit sein würden, die diese Männer plagt."

"Das ist ein Thema, über das Sie mit jemandem sprechen müssen, der medizinisch bewanderter ist als ich", antwortete Bouquet, der eine gewisse Entrüstung vortäuschte. Dann schloss er aber mit ernsterer Stimme.

"In Wahrheit wünschte ich, dass ich mehr fähige Männer entbehren und hierlassen könnte, aber ich fürchte, ich werde alle mir zur Verfügung stehenden Truppen brauchen, wenn ich meine Aufgabe erfüllen soll."

"Verzeihen Sie meine Leichtfertigkeit, Sir, ich bin in der Tat dankbar für die zusätzlichen Truppen, und ich mache mich nur aus Sympathie über ihren Zustand lustig", bemerkte Ourry etwas zerknirscht.

"Unsinn", sagte Bouquet und leerte den Inhalt seines Glases. "Ich bin sicher, dass Sie die Männer nicht beleidigen wollen. Aber genug der Plauderei." Er blickte auf Ourrys Schreibtisch. "Ich muss eine Depesche schreiben und einen Expressreiter losschicken, solange es noch hell genug ist, um ihn loszuschicken."

Zweihundert Meilen weiter westlich saß Esther mit dem zufriedenen Säugling in den Armen auf ihrem niedrigen Lager und schaute zu der alten Frau hinüber. Ihre Hände waren mit einer Ahle und einem Stück Darmsaite beschäftigt, um einem Wiegenbrett für ihren neuen Enkel den letzten Schliff zu geben. Durch eine Bewegung im Augenwinkel abgelenkt, drehte sie sich um und sah die imposante Gestalt von Shingas in der Tür stehen.

Seine wilden Gesichtszüge waren noch immer mit Kriegsbemalung verziert. An seinem Gürtel hing der blutige Skalp des unglücklichen Gefreiten. Shingas nahm die häusliche Szene in Augenschein, legte seine Muskete beiseite und ging zu Esther hinüber. Er richtete seinen Blick auf das Baby, das sie in ihren Armen hielt.

"Du hast einen guten Sohn", sagte die alte Großmutter und sah von ihrer Arbeit auf. Ungerührt von ihren Worten, seine Gesichtszüge wie immer emotionslos, blieb Shingas stumm. Er hielt den Blick auf den Säugling gerichtet. Von einem Gefühl der Beunruhigung ergriffen, sah Esther zu ihm auf. Sie bekam Angst.

"Gib mir das Kind", sagte Shingas und streckte seine Arme aus.

Instinktiv wich Esther zurück und drückte den Säugling an ihre Brust. Obwohl sie nicht verstanden hatte, was er gesagt hatte, war seine Gestik deutlich genug.

"Gib mir das Kind!", forderte Shingas mit demselben harten Ton in der Stimme. Es war ganz klar keine Bitte. Verzweifelt drehte sich Esther um und sah die alte Frau an, die ihr gegenübersaß. Diese erwiderte Esthers flehenden Blick und nickte langsam. Ein wenig getröstet durch die Beruhigung der Frau streckte Esther ihre Arme aus und reichte ihm widerwillig seinen Sohn.

Mit dem Säugling auf dem Arm machte sich Shingas auf den Weg aus dem Dorf hinaus in den umliegenden Wald. Mehr als eine Stunde lang lief er durch das Labyrinth der hoch aufragenden Bäume, während der Waldboden vor ihm anstieg. Jeder Hang führte zu einem anderen, noch höheren.

Die zerklüfteten Hänge waren mit Steinen und den Skeletten umgestürzter Bäume übersät. Schließlich, als die Sonnenstrahlen das lichter werdende Blätterdach wie himmlische Lichtblitze durchdrangen, erreichte Shingas mit wild klopfendem Herz den letzten Gipfel. Der kahle Grad wurde von einer Reihe verwitterter Felsbrocken gekrönt. Jeder Einzelne von ihnen war so alt wie die Christenheit selbst. An ihrem höchsten Punkt ragte eine einzelne riesige Granitplatte wie ein ausladender Balkon hervor. Ein Felsvorsprung, der so delikat ausbalanciert wirkte, dass es vielleicht nur eines Schmetterlings bedurfte, der sich auf seiner Spitze niederließ, um ihn in die Leere unter ihm stürzen zu lassen.

Der Wind wirbelte um ihn herum und er trat auf den Felsen, dessen Oberfläche so flach wie eine Tischplatte war. Shingas streckte seine Arme aus und hob den nackten Säugling über seinen Kopf. Er stand wie eine in Bronze gegossene Figur da und blickte auf das weitläufige Panorama vor ihm. Es war eine unendliche Wildnis aus bewaldeten Bergen und Tälern mit Seen und verschlungenen Flüssen, soweit das Auge reichte. Die Welt, wie Gott sie geschaffen hatte. Das Land der Seneca.

Als die Abendschatten länger wurden und das Baby sich noch nicht von dem langen Ausflug erholt hatte, kehrte Shingas zum Langhaus zurück. Als er das Abteil der Familie betrat, fand er Esther auf einem Bett aus Fellen ausgestreckt und scheinbar schlafend vor, während er den Säugling in seiner Armbeuge wiegte. Andächtig blickte er auf seinen kleinen Sohn hinab. Dessen winzige Hände interessierten sich für die Bärenklauenkette um seinen Hals. Unbemerkt und mit halb geöffneten Augen beobachtete Esther ungläubig die Zärtlichkeit dieser Szene. Sie wagte kaum zu glauben, was sie da sah. Dass dieser Wilde, den sie fürchtete und hasste zugleich, zu solcher Zuneigung fähig sein konnte, war unbegreiflich für sie.

Augenblicke danach erschien plötzlich ein Krieger in der Tür, und der Bann war gebrochen. Shingas stand auf und schnappte sich seine Muskete. Er deckte das Baby vorsichtig mit einem Fell zu und schlich sich davon. In der Gewissheit, dass er nicht zurückkehren würde, verließ Esther ihre Pritsche, hob den Säugling auf und zog das Vorderteil ihres Kleides herunter. Dann hielt sie das Baby an ihre geschwollene Brust.

KAPITEL 11

Am 28. Juli war Oberst Bouquets Armee endlich abmarschbereit. Sie umfasste nicht mehr als fünfhundert Mann. Die Soldaten hatten sich zuvor einen weiteren Tag ausgeruht. Zusätzliche Mehlvorräte waren aus dem fünfzig Meilen östlich gelegenen Carlisle herbeigeschafft worden.

Während die Morgensonne bereits die Luft erwärmte, brachen die Grenadiere und Highlander begleitet von eindringlichen Paukenschlägen ihr Lager ab und stellten sich in ihrer Marschordnung auf. In der Mitte des Konvois, auf beiden Seiten von einer

Kompanie leichter Infanterie flankiert, wurden die schweren Wagen, die jeweils von einem Ochsengespann gezogen wurden, in Reihe gebracht. Dahinter muhte eine kleine Rinderherde, die von einem halben Dutzend Viehtreibern mit Stöcken in Schach gehalten wurde. Im hinteren Teil des langen Konvois waren die Packpferde zu etwa einem Dutzend aneinandergereiht und wurden jeweils von einem Treiber geführt. Die von ihren Hufen aufgewirbelten Staubwolken drangen in die Nasenlöcher der Nachhut der Grenadiere und setzten sich auf ihren blutroten Jacken ab.

An der Spitze der Kolonne beobachteten Colonel Bouquet und seine Offiziere das Geschehen mit kritischem Blick. Sie hatten sich mit einem Frühstück mit kaltem Schinken, frisch gekochten Eiern und dampfendem Kaffee gestärkt. Auch eine Gruppe von etwa dreißig Waldbewohnern schaute zu. Gekleidet in ihre üblichen fransenbesetzten Jagdkutten, das Kinn auf den Lauf ihrer Musketen gestützt, betrachteten sie die Szene des geordneten Chaos mit einem Anflug von gelangweilter Gleichgültigkeit.

Unter ihnen befanden sich auch Samuel und Adam Endicote. Die beiden hatten im Gegensatz zu den meisten einen anderen Grund, sich diesem waghalsig scheinenden Unternehmen anzuschließen. Nach einem Jahr brütender Untätigkeit hatte der ältere Mann die Gelegenheit ergriffen als sie sich ihm bot. Er nutzte jeden Vorwand, um seine Rachegelüste zu befriedigen.

Nachdem die Kompaniefeldwebel ihm mitgeteilt hatten, dass alles bereit war, winkte er zum Abschied Hauptmann Ourry zu, der von den Festungsmauern herabschaute wie ein König von seinem Schloss. Dann lenkte der Colonel sein Pferd im Schritt aus der kleinen Siedlung.

Auf beiden Seiten der Straße sahen die vertriebenen Siedler schweigend zu, wie sich die Kolonne ihren Weg in die umliegende Wildnis bahnte. Sie reckten ihre Hälse, um einen letzten Blick auf eine scharlachrote Jacke zu erhaschen, bevor die kleine Armee in den grünen Gewölben des Waldes verschwand.

Von allen Seiten von einer undurchdringlichen Wand aus Bäumen umgeben und mit einem Teil der Holzfäller und Trapper als Abschreckung gegen einen Überraschungsangriff vor sich, stapfte der Konvoi aus Truppen und Wagen über das, was von der Forbes

Road übriggeblieben war. Inmitten der zweiten Gruppe der Waldmänner, die der Kompanie von Grenadieren folgte und den Zug der Packpferde bewachte, wuchs Samuels Hoffnung auf Rache mit jedem Schritt. Das Verlangen nach Vergeltung wurde durch den Wind seines Hasses angefacht.

Am fünften Tag erreichten sie den Hauptkamm der Alleghany Mountains und begannen den langen, quälenden Aufstieg zu seinem Gipfel. Sie mühten sich die dicht bewaldeten Höhen hinauf. Im Zickzack ging es um Felsen und umgestürzte Baumstämme herum. Die Ochsen schnauften, während sie die schweren Wagen über das zerklüftete Gelände zogen. Jeder Soldat verfluchte den dicken Stoff seiner Uniform und schwitzte in der Julihitze.

Nach zwei Tagen erreichten sie endlich den Gipfel. Ehrfürchtig blickten sie auf die unendliche Wildnis der bewaldeten Berge, die sich vor ihnen erstreckte. Ein grünes Meer, das sich unendlich fortzusetzen schien, nur unterbrochen vom Schatten der vorbeiziehenden Wolken, die wie windgepeitschte Galeonen über es hinwegzogen.

Zum Glück war das Land nach dem Abstieg über den Kamm weniger zerklüftet. Die Bäume waren weniger dicht, und ohne Felsen und halbvergrabene Baumstümpfe, die die Wagen behinderten, kamen sie gut voran. Nachdem sie an einem kleinen Bach gerastet und das Vieh getränkt hatten, erreichten sie zur großen Freude aller am sechsten Tag den kleinen Außenposten von Fort Ligonier.

Das auf einem niedrigen Hügel neben dem Loyalhanna Creek etwa fünfzig Meilen von Fort Bedford gelegene Fort diente in erster Linie zum Schutz des Nachschubs für das am Zusammenfluss von Alleghany und Monogahela gelegene Fort Pitt.

Das 1758 errichtete Fort war zwar kleiner als Fort Bedford, aber mit seinen hohen, quadratischen Mauern und einer überdachten Bastion an jeder Ecke des Forts nicht weniger beeindruckend. Außerhalb des Forts, umgeben von einem tiefen Graben, befanden sich eine Reihe von robusten Nebengebäuden, darunter ein Sägewerk, ein Räucherhaus und eine Schmiede. Man betrat das Fort durch ein zentrales Tor, das durch Holzpalisaden geschützt war.

Der großzügige Innenhof beherbergte eine Offiziersmesse, ein Wachhaus, ein Quartiermeisterlager und eine große Kaserne für die Soldaten. Die müden Truppen von Bouquet freuten sich zwar über den Anblick der Festungsmauern, aber noch mehr freute sie der Anblick des Kreuzes des Heiligen Georg, das an der Fahnenstange flatterte.

Vor den Toren wartete der Kommandant des Forts, Leutnant Archibald Blane. Er freute sich über den Besuch einer so großen Truppe und die damit verbundene erhöhte Sicherheit für den Außenposten. Blane war ein korpulenter Schotte und ein Offizier, der Oberst Bouquet nicht unbekannt war, da dieser ihn einst verärgert hatte. Blane hatte einmal vorgeschlagen, dieses Fort aufzugeben. Glücklicherweise hatte er das Vertrauen des Colonels in seine Integrität wiederhergestellt, denn danach hatte er den Posten mit einer Garnison von nur sieben Soldaten entschlossen gegen marodierende Indianer verteidigt. Dieser Umstand machte das Treffen zwischen den beiden nun herzlich. Nachdem er den üblichen Salut ausgetauscht hatte, stieg Bouquet von seinem Pferd und schüttelte die ausgestreckte Hand des Offiziers und erkundigte sich:

"Ist die von mir entsandte Verstärkung eingetroffen?"

"In der Tat, Herr Oberst, und ich habe mich noch nie so gefreut, einen Schottenrock zu sehen oder so gute Soldaten zu begrüßen."

"Dann ist alles in Ordnung?"

"Aye, Oberst, alles ist gut. Seit meiner letzten Meldung sind wir nur noch zweimal angegriffen worden. Der zweite Angriff war am einundzwanzigsten. Es war die schwerste Attacke. Sie feuerten beinahe den ganzen Tag auf uns."

"Verluste?", wollte Bouquet wissen.

"Keine, Sir", sagte Blane, ein wenig überrascht von der Schroffheit der Frage. "Es hat den Anschein, dass das Glück uns nicht im Stich gelassen hat."

"Ausgezeichnet! Ausgezeichnet! Und was gibt es Neues von Fort Pitt?"

"Leider gibt es wenig zu berichten, Sir. Ich habe seit dem dreißigsten Mai nichts mehr von ihnen gehört, und obwohl zwei Expressreiter von Bedford aus durchkamen, ist keiner von ihnen zurückgekehrt."

Obwohl Bouquet von dieser Nachricht beunruhigt war, behielt er seine Enttäuschung für sich. Er dachte an die Sicherheit seiner Männer und der Vorräte.

"Habt ihr im Fort Platz für meine Wagen und Pferde?"

"Natürlich, Herr Oberst. Wir haben auch Platz in der Kaserne, zumindest für einige Ihrer Männer, wenn Sie es wünschen. Ich bin sicher, dass sie den Komfort eines Feldbettes nach so vielen Nächten auf dem harten Boden begrüßen würden."

"Danke, aber nein. Die Männer sind an ihre Zelte gewöhnt, und so erschöpft sie auch sind. Der harte Boden wird sie nicht um den Schlaf bringen. Wenn Sie keine Einwände haben, würden aber meine Offiziere und ich uns in Ihrem Offiziersquartier einquartieren." Seine Worte waren eher eine Erklärung als eine Bitte.

Nachdem die Angelegenheit zwischen ihnen geklärt war und seine Offiziere ihm berichtet hatten, dass seine Wünsche für die Sicherheit und das Wohlergehen seiner Truppe erfüllt worden waren, zog sich Oberst Bouquet in das ihm zugewiesene Quartier zurück. Er hatte viel zu tun, auch wenn er müder war, als er zugeben wollte.

Der eigentliche Grund für das Zurückziehen war eher, dass er allein sein wollte und nicht so sehr, dass er sich ausruhen musste. Obwohl Fort Pitt weniger als drei Tagesmärsche entfernt war, gab es angesichts der gefährlichen Route, die vor ihnen lag, einiges, worüber er nachdenken musste, denn auf der Strecke würde es unzählige Gelegenheiten für einen Hinterhalt geben.

Etwa eine Stunde später verließ Oberst Bouquet sein Quartier. Er hatte seinen Kopf wieder freibekommen und sich seine Pläne für die nächsten Tage zurechtgelegt. Vor dem Abendessen wollte er sich die Beine vertreten. Er ging vorbei an den Ochsen- und Pferdegespannen, die hinter den schweren Wagen zusammengepfercht waren. Viele der Tiere schliefen bereits. Bouquet kletterte die Leiter hinauf und ging an der Innenseite der Schutzmauer entlang. Er nickte dem diensthabenden Wächter zu und schlenderte, die Hände hinter dem Rücken verschränkt, die schmale Plattform entlang. Auf halber Strecke blieb er stehen und blickte auf die sauberen Zeltreihen hinunter, neben denen die Musketen der Soldaten wie Getreidegarben aufgestellt waren. Das Gemurmel der Männerstimmen drang zu ihm herauf. Wie müde sie nach einem zermürbenden Tagesmarsch auch sein mochten: Es gab immer noch einige, die die Energie für ein Gespräch aufbrachten. Lächelnd wandte er sich ab, und sein Herz war erfüllt von Bewunderung für die Unbefangenheit seiner Männer. Er betete, dass sie durch Gottes Gnade alle sicher in Fort Pitt ankommen würden.

Als Oberst Bouquet ins Offiziersquartier zurückkehrte, wurde er von dem verlockenden Duft von gebratenem Fleisch der aus der Küche Drang angelockt und er begab sich in den Speisesaal. Der lange Tisch in der Mitte des Raumes war bereits mit Zinntellern und Gabeln gedeckt und wurde von zwei passenden Leuchtern erhellt. Etwa ein halbes Dutzend nicht im Dienst befindlichen Offiziere, die an der Tafel saßen, sprangen schnell auf, als er den Raum betrat. Colonel Bouquet quittierte die Ehrerbietung mit einem Kopfnicken und setzte sich auf den freien Stuhl am Kopfende des Tisches. Wenige Augenblicke später betraten zwei Soldaten den Raum. Es ertönte das Scharren der Stühle auf dem Holzboden, als die Offiziere sich wieder auf ihre Plätze setzten. Einer der beiden Männer trug ein großes Holzbrett, auf dem ein beeindruckender Roastbeef-Braten lag. Der andere hielt eine Terrine mit frisch gekochten Kartoffeln in den Händen. Die beiden Männer stellten beides auf den Tisch und hofften, dass genug Fleisch für ihr eigenes Abendessen übrigbleiben würde. Dann verließen sie den Raum. Noch bevor sich die Tür geschlossen hatte, sprang der junge Leutnant vom Siebenundsiebzigsten Regiment auf und schnappte sich die zweizinkige Gabel und das Tranchiermesser. Beides lag auf beiden Seiten des Bratens bereit.

"Mit Ihrer Erlaubnis, Sir?", fragte er und blickte zu seinem Befehlshabenden Offizier. Bouquet lächelte über den unverhohlenen Enthusiasmus des jungen Offiziers, winkte mit der Hand und beobachtete mit offenkundigem Amüsement, wie der junge Offizier sich mit unbändigem Eifer über den Braten hermachte. Er wurde noch angestachelt von seinen Kameraden, die mit dem Klappern der Zinnteller auf dem Tisch kundtaten, dass jeder von ihnen das erste Stück haben wollte.

Nachdem die Mahlzeit beendet und alle drei Flaschen aus dem Lager des Quartiermeisters mit dem Segen von Leutnant Blane geleert worden waren, schlug Bouquet den knöchernen Griff seiner Gabel hart auf den Tisch und rief zur Ordnung in dem Raum auf.

"Meine Herren, ich bitte um Ihre Aufmerksamkeit." Er hielt inne, um die Gespräche verstummen zu lassen. "Bevor ich zum eigentlichen Thema komme, möchte ich Lieutenant Blane herzlich für das ausgezeichnete Abendessen danken, das er uns serviert hat." Seine Worte wurden von den anderen Offizieren mit "hier, hier" bekräftigt.

"Nun zur Sache", sagte Bouquet und sprach erst weiter, nachdem wieder Ruhe eingekehrt war. "Da seit mehreren Wochen keine Nachrichten aus Fort Pitt eingetroffen sind und es kaum Informationen über den Verbleib des Feindes gibt, habe ich beschlossen, mit aller Eile vorzurücken. Zu diesem Zweck beabsichtige ich, die Ochsen und Wagen zurückzulassen und die Vorräte einschließlich des gesamten Mehls und allem, was wir brauchen auf Packpferden zu transportieren." Seine Worte wurden von den versammelten Offizieren mit einem einheitlichen Kopfnicken quittiert.

"Außerdem schlage ich angesichts der Tatsache, dass unsere Route über den tückischen Pass am Turtle Creek führen wird, vor, dass wir vorerst nur bis zum Außenposten von Bushy Run vorrücken. Mir ist klar, dass es viele Möglichkeiten für einen Hinterhalt am Turtle Creek gibt. Wir werden uns also am Bushy Run bis zum Einbruch der Nacht ausruhen und dann im Schutz der Dunkelheit in einem Gewaltmarsch die Überquerung des Turtle Creek Passes in Angriff nehmen. Gibt es noch irgendwelche Fragen?"

Leutnant Blane erhob sich. "Was ist mit meiner Verstärkung, Oberst, soll ich sie hierbehalten?" fragte er, sichtlich besorgt darüber, dass diese nicht erwähnt worden war.

"Natürlich, Leutnant, aber da ich nicht riskieren kann, meine Truppen zu reduzieren, wird die Ersatztruppe notgedrungen nicht so zahlreich sein und hauptsächlich sich aus jenen zusammensetzen, die als zu gebrechlich erachtet werden, um den bevorstehenden Marsch zu überstehen."

Leutnant Blane fühlte sich etwas vor den Kopf gestoßen, wusste aber, dass es wenig Sinn hatte, Einspruch zu erheben. Er setzte sich wieder auf seinem Stuhl.

Bouquet warf einen Blick in die Runde und stellte fest, dass keine weiteren Fragen gestellt wurden. Er legte seine Hände auf die Tischplatte und drückte sich vom Stuhl hoch. Die anderen Offiziere standen schnell auf.

"Es war ein anstrengender Tag, und wenn Sie mich entschuldigen würden, ich ziehe mich jetzt in mein Bett zurück." Mit einem freundlichen Lächeln fügte er hinzu, „nach einer so üppigen Mahlzeit und dem bis auf den letzten Tropfen geleerten feinen Claret von Leutnant Blane sollten Sie vielleicht ebenfalls meinem Beispiel folgen." Die Worte waren mehr ein väterlicher Ratschlag als ein Befehl.

Am Morgen des vierten August gönnte der Colonel seinen Männern ein spätes Frühstück, während er den Expressreiter mit einer Depesche für Sir Jeffrey Amherst losschickte. Dann wurden die Zelte abgeschlagen, und die kleine Truppe setzte sich mit dreihundert Mann, fünfzig Packpferden und ein paar Rindern in Bewegung und setzte ihren Marsch nach Fort Pitt fort. Da Turtle Creek weniger als zwei Tagesmärsche entfernt war und man nicht vor dem Abend am Außenposten ankommen wollte, rief Oberst Bouquet sehr zur Freude seiner Männer den Befehl zu einer Rast. Man war weniger als ein Dutzend Meilen marschiert, und die Männer waren es gewohnt, die doppelte Strecke an einem Tag zurückzulegen.

Früh am nächsten Morgen, als die Station von Bushy Run nur noch etwa zwanzig Meilen westlich entfernt lag, brach Bouquets kleine Armee wieder in die umliegende Wildnis auf. Ihnen waren die Gefahren bewusst, die vor ihnen lauerten.

Den ganzen Tag über mühten sich die Männer und Tiere in der drückenden Hitze auf der schmalen Straße ab. Der beschwerliche Weg führte sie über dicht bewaldete Hügel und in die verworrenen Sohlen verborgener Täler. Vorneweg spähte die Vorhut der Waldbewohner in Dreier- und Vierergruppen zu beiden Seiten den schmalen Pfad aus. Der Rest der Trapper bildete zusammen mit einem Trupp Highlander das Schlusslicht. Unter ihnen waren Samuel Endicote und sein Sohn Adam, die mit jeder Meile tiefer in die Heimat derjenigen vordrangen, die ihre Familie ermordet hatten.

Äußerlich unverändert durch die Ereignisse, die ihm widerfahren waren, wurde Samuel innerlich von Hass zerfressen. Das Verlangen nach Rache war so stark, dass es von seiner Seele Besitz ergriffen hatte. Da er nicht in der Lage war, allein zu handeln, hatte er die Gelegenheit ergriffen und sich Bouquets Armee angeschlossen, obwohl er nicht wusste, wie sich das Unternehmen entwickeln würde. Der Marsch hatte nur einen Zweck, das Land von heidnischen Wilden zu befreien. Samuel war sich sicher, dass sich ihm eine Gelegenheit bieten würde, seinen Durst nach Rache zu stillen.

Wäre er unter denjenigen gewesen, die den Wald vor ihm auskundschafteten, und hätte er die Sehkraft eines Falken besessen, hätte er vielleicht unbewusst die Ursache dieses aufflackerten Hasses erahnen können. Er hätte mit eigenen Augen sehen können, wer für diese mörderischen Rachegelüste verantwortlich war. Doch selbst wenn er Shingas bemerkt hätte, hätte er leider nie erfahren, dass dieser für die Zerstörung seines Lebens verantwortlich gewesen war. Abgesehen von der unbestreitbaren Tatsache, dass es sich bei den Mördern um Indianer gehandelt hatte und diese höchstwahrscheinlich vom Stamm der Mingos gewesen waren, blieb ihre Identität ein Rätsel für ihn. Aber das war ihm jetzt egal. Sein einziger Wunsch war es, so viele rote Teufel zu töten, wie das Schicksal ihm vor die Füße legte. Ob mit seiner Muskete, seiner Axt oder seinen bloßen Händen, es war ihm egal, wer sie waren oder welchem Stamm sie angehörten. Erst wenn alle in die Hölle geschickt waren, würde er Erleichterung von der Qual seines Verlustes finden.

Shingas und eine Gruppe von Seneca-Kriegern, deren Gesichter mit frischer Kriegsbemalung angemalt waren, beobachteten von ihrem Aussichtspunkt aus die Kolonne von Soldaten, die sich durch den grünen Wald auf sie zubewegte. Durch das dichte Laub verdeckt wussten auch sie nichts von der Anwesenheit des

Farmers in der Truppe. Der Trupp wirkte wie eine Schlange, die sich durch hohes Gras bewegte. Als sie genug gesehen hatten, wandten sich Shingas und seine Krieger ab und verschwanden zwischen den Bäumen.

Oberst Bouquet ritt an der Spitze der Kolonne und wurde von mehreren seiner Offiziere flankiert. Nach einem anstrengenden Tag im Sattel erhielt er endlich die willkommene Nachricht, dass der Bushy-Run-Außenposten weniger als eine halbe Meile entfernt war. Mit einem Dankesruf an den Trapper, der ihm die Nachricht überbracht hatte, wendete er sein Pferd und ritt entlang der Kolonne zu den müden Soldaten zurück. Mit fröhlicher Stimme rief er ihnen zu, während er vorbeitrabte.

"Noch ein paar Meter, Jungs, und ihr werdet die verdiente Pause bekommen." Die Worte klangen für die müden Soldaten wie eine süße Melodie. Die schweren Musketen belasteten sie und sie waren zwanzig Meilen lang fluchend und schwitzend durch die brütende Hitze marschiert. Doch kaum waren die Worte über seine Lippen gekommen, ertönte von vorne das Krachen von Gewehrschüssen, in das sich der unverwechselbare Klang indianischer Kriegsschreie mischte.

Als die Kolonne auf dem Kamm eines niedrigen Hügels zum Stehen kam, befahl Colonel Bouquet Leutnant McIntosh mit zwei Kompanien leichter Infanterie des 42igsten Regiments vorzurücken, um die Vorhut zu unterstützen. Er beobachtete ängstlich, wie sie in den Wäldern verschwanden.

Innerhalb weniger Minuten bewahrheiteten sich seine Befürchtungen, denn anstatt aufzuhören, wurde das Musketenfeuer lauter. Die Soldaten und Viehtreiber, die hinter ihm hergezogen waren, lauschten mit grimmiger Miene und wachsender Besorgnis den immer lauter werdenden Kampfgeräuschen.

Überlegt und ruhig bleibend sammelte Oberst Bouquet seine berittenen Offiziere um sich und gab seine Befehle. Nachdem er seine Anweisungen erhalten hatte, ritt Leutnant Graham auf seinem Pferd auf die beiden Grenadierkompanien an der Spitze der Linie zu.

Er befahl den Männern, sich als Flankenschutz neben dem Versorgungskonvoi aufzustellen. Kaum waren sie aus der Reihe getreten, begann die imposante Gestalt von Major Campbell auf seinem großen Grauschimmel, die verbleibenden Truppen zu einer verlängerten Linie zu formieren. Er brüllte laut den Befehl zum Aufstecken der Bajonette.

Die Vorhut aus Waldmännern und die schottischen Highlander, die von zwei Kompanien leichter Infanterie unterstützt wurden, waren weder in der Lage, vorzurücken, noch sich zurückzuziehen. Die Toten und Verwundeten lagen dort, wo sie gefallen waren, und blockierten den Weg. So gerieten sie unter schweren Beschuss. Sie suchten hinter den Bäumen Deckung und erwiderten das Feuer. Die Hinterwäldler suchten sich ihr Ziele aus, wie sie sich boten. Die Kompanien von Leutnant McIntosh antworteten in bewährter Tradition mit koordinierten Salven. Leider richteten diese zwischen den Bäumen keinen Schaden an. Um ihr Leben fürchtend, stürmte plötzlich eine Reihe von Highlander und Grenadieren hinter den Bäumen hervor, während sich das feindliche Feuer der Indianer verstärkte. Die berittenen Offiziere trieben ihre Kämpfer mit erhobenen Schwertern an.

Versteckt hinter Bäumen und Büschen beobachteten Shingas und etwa hundert Krieger, wie die Soldaten den Abhang zu ihnen hinaufkletterten. Ihre scharlachroten Uniformen fielen stark zwischen dem grünen Laubbäumen auf. Ihre Bajonette blitzten durch gelegentliche Sonnenstrahlen auf. Die Krieger wählten den richtigen Moment aus und sprangen schließlich aus der Deckung, um die vorrückenden Soldaten unter schweren Beschuss zu nehmen. Mit Genugtuung sahen sie zu, wie die Reihen der Soldaten unter der vernichtenden Salve zusammenbrachen. Die Lücken in den Reihen füllten sich aber schnell. Die wilden Highlander unter ihnen schrien wie Waldgeister. Ohne Zeit, ihre Musketen nachzuladen, gaben Shingas und seine Krieger ihre Stellungen auf, während die Soldaten auf sie zustürzten.

Die Krieger verließen ihre Positionen und verschmolzen förmlich mit dem Wald. Als der Kamm vom Feind gesäubert war, jubelten sowohl die Highlander als auch die Grenadiere, und der Angriff war abgewehrt. Doch noch während sie ihren Erfolg feierten, ertönte von hinten das Krachen von Musketen Feuer abermals begleitet von Kriegsgeschrei. Bouquet befürchtete, dass der

Konvoi verloren sein könnte, und da die Verfolgung eines so schwer fassbaren Feindes nichts einbrachte, gab er den Befehl zum Rückzug.

Seine Krieger drängten sich um ihn, luden ihre Musketen nach und warteten ungeduldig darauf, den Kampf wieder aufzunehmen. Währenddessen beobachtete Shingas mit Genugtuung, wie sich die Soldaten zurückzogen. Er erkannte den richtigen Moment, sprang auf und stürmte mit einem markerschütternden Schrei den Abhang hinunter. Seine Krieger liefen hinter ihm her wie Bluthunde, die von der Leine befreit worden waren. Sie schossen aus ihren Musketen in die Reihen der sich zurückziehenden Soldaten.

Als der Versorgungszug unter seinem Kommando stand, drängte Leutnant Graham die Treiber der Packpferde dazu, diese zusammenzutreiben, um den beiden Grenadierkompanien die Verteidigung zu erleichtern. Kaum hatten sie begonnen, seinen Wünschen nachzukommen, brach auf beiden Seiten Gewehrsalvenlärm aus. Ein Hagelsturm von Kugeln traf Männer und Pferde gleichermaßen.

Mit der Pistole in der Hand befahl Graham seinen Grenadieren, sich in Reihen entlang der beiden Flanken des Konvois aufzustellen. Er beobachtete mit Genugtuung, wie die Soldaten mit geübter Leichtigkeit ihre Position einnahmen. Mit den Musketen im Anschlag rief der junge Offizier seinen Befehl, und seine Stimme ertönte über den Lärm hinweg. Die Musketen der Grenadiere explodierten in einer ohrenbetäubenden Salve.

Vorne begannen die Grenadiere und Highlander dem Befehl ihres Oberst folgend, sich widerwillig Richtung der belagerten Nachschubkolonne zurückzuziehen. Einige von ihnen stützten dabei einen verwundeten Kameraden. Shingas und seine Krieger hefteten sich an ihre Fersen wie ein Rudel hungriger Wölfe. Sie skalpierten die toten und sterbenden Soldaten, die zurückblieben, und nahmen ihnen die Waffen ab.

Major Campbell kam als erster Offizier aus dem Wald. Das Einschussloch im Ärmel seiner scharlachroten Uniform zeugte von seinem Glück. Er war umringt von einer Schar von Highlander und hob sein Schwert in die Höhe und trieb sein Pferd auf die bedrängten Grenadiere zu. Die Highlander brauchten nur wenig Ermutigung und stürmten lauthals schreiend hinter ihm her. Ihre Bajonette lechzten nach Blut.

Als Pahotan die in Schottenröcken gekleideten Soldaten auf sich zukommen sah, wusste er, dass sie schnell in der Unterzahl sein würden. Er rief seine Krieger zurück. Diejenigen mit Musketen feuerten eine stümperhafte Salve in die Reihen der Grenadiere, bevor sie in den Bäumen verschwanden.

Nachdem der Nachschubkonvoi vor unmittelbarer Gefahr sicher war und sie froh darüber waren, dass ihre Feinde sie nicht anhaltender angegriffen hatten, begannen Bouquets Soldaten damit, einen Teil des Hügels zu sichern, um den Nachschubs Konvoi und die verängstigten Tiere zu sichern. Grenadiere, Highlander und die leichte Infanterie standen Schulter an Schulter wie ein Ring aus Stahl. In der Mitte des Rings begannen einige der Holzfäller, Hunderte von Mehlsäcken von den Packpferden abzuladen und damit eine niedrige Barrikade zu errichten. Es schien sie dabei nicht zu beeindrucken, dass sie aus allen Richtungen beschossen wurden. Die Barrikade diente als Verteidigungsstellung, aber auch als ein Zufluchtsort für die verwundeten Soldaten.

Verärgert sah Shingas zu, wie Bouquets Soldaten begannen, sich zu einem Verteidigungsring zu formieren. Er ärgerte sich darüber, dass die vereinigten Krieger der Seneca, Delaware und Shawnee nicht zum Angriff übergegangen waren, als der Feind unvorbereitet gewesen war. Aber da jeder Stamm von seinem eigenen Kriegshäuptling angeführt wurde und kein Häuptling mit einer einstimmigen Strategie die Krieger anführte, war die Gelegenheit verpasst worden. Aber es war noch nicht alles verloren, denn obwohl Shingas Feinde zahlenmäßig gleich stark war, wusste er, dass sein Feind an diese Art der Kriegsführung nicht gewöhnt war. Sie waren eher an die europäische Methode des Kampfes gewöhnt und schlugen ihre Schlachten auf offenem Feld. Dort standen sich die gegnerischen Armeen in ihren farbenprächtigen Uniformen, mit entfalteten Standarten und dem Dröhnen der Kanonen in den

Ohren in langen Reihen gegenüber. Nicht so in der Wildnis der Wälder und Hügel, wo hinter jedem Baum ein Feind lauerte. Die Taktik des Angriffs und der Flucht war etwas, das sie sich erst noch aneignen mussten. Und das, so hoffte er, könnte sich als ihr Verhängnis erweisen.

Dieser Tag war noch lange nicht zu Ende und, während sich die Waldmänner an den Wänden aus Mehlsäcken abmühten, bewegten sich Pahotan und eine Truppe von Seneca- und Delaware-Kriegern ungesehen durch die dicht stehenden Bäume.

An Pahotans Seite befand sich ein Delaware-Kriegshäuptling namens Custaloga, dessen langes, schwarzes, Haar mit Rabenfedern geschmückt und dessen Wangen mit Zinnoberrot und Ocker bemalt waren. In seiner Armbeuge ruhte locker eine furchterregende Kriegskeule. Vor ihnen, zwischen den dicht zusammenstehenden Bäumen, wartete die schmale Reihe von Soldaten ängstlich und bewachten den unteren Hang.

Bouquet spürte, dass die Schlacht sich beruhigt hatte, und sah, dass der Schutzwall aus Mehlsäcken errichtet worden war. Er gab den Befehl, die schwerer Verwundeten aus den Reihen zu entfernen. Die übrigen, auch die mit einer leichten Verwundung, blieben auf ihrem Posten. Hinter ihnen stampften die Pferde und Rinder nervös mit gespitzten Ohren und geblähten Nüstern hin und her. Ihre Treiber hatten Mühe, die verängstigten Tiere im Zaum zu halten.

Samuel und ein halbes Dutzend der Waldsiedler hatten sich in der Nähe des Hügelkamms hinter einem umgestürzten Baum in Deckung gebracht. Sie hatten eine gute Sicht. Jeder von ihnen wartete ungeduldig auf die Gelegenheit, eine Kugel in jeden Wilden zu schießen, der dumm genug wäre, sich zu zeigen. Adam blieb auf Anweisung seines Vaters hinter dem Schutzwall aus Mehlsäcken, während die Verwundeten um ihn herum passiv und hilflos auf dem Boden lagen. Er wollte an der Seite seines Vaters bleiben, aber nachdem er bereits drei seiner vier Söhne an diese heidnischen Teufel verloren hatte, wollte Samuel nicht zulassen, dass sie ihm auch noch den letzten von ihnen nahmen.

Plötzlich wurde die Stille durch einen Kriegsschrei unterbrochen, und eine mörderische Salve schlug in der Reihe der Soldaten ein. Johlend und schreiend brachen Custaloga und seine Delaware-Krieger aus dem umliegenden Wald hervor. Entschlossen, den Feind aus nächster Nähe zu bekämpfen, stürmte ein Dutzend Soldaten mit Hauptmann Bassett an der Spitze mit aufgepflanzten Bajonetten vor. Doch noch während sie die Reihen durchbrachen, verschwanden Custaloga und seine Krieger bereits in den tieferen Wäldern. Ihre kupferfarbene Haut diente dabei als natürliche Tarnung.

Kaum waren Captain Bassett und seine Männer aus Frustration über die Taktik der Indianer zu ihrer Position zurückgekehrt, eröffneten Pahotan und seine Seneca-Krieger aus ihrer Deckung heraus das Feuer und schickten einen Hagel von Geschossen Richtung Soldaten. Mit einer Musketen Kugel in der Schulter sank Captain Graham auf die Knie. Neben ihm sackte ein Grenadier zu Boden. Aus seinem linkem Auge ragte ein gefiederter Schaft. Ein anderer Soldat trat vor, um seinen Platz einzunehmen und die Lücke in den Reihen zu schließen. Wütend über die Dreistigkeit des Angriffs schrie Hauptmann Bassett so laut wie jeder Highlander. Flankiert von Männern der leichten Infanterie stürmte er vor. Hinter ihm räumten fleißige Hände die Toten und Sterbenden zur Seite.

Während die Indianer ihren Angriff von allen Seiten vorantrieben, kauerten Samuel und die anderen Waldmänner hinter ihrer Barrikade und begannen nach Belieben zu schießen. Jeder Mann freute sich, wenn sein Schuss in einen Körper einschlug.

Versteckt hinter der Barrikade aus Mehlsäcken lagen die Körper der Verwundeten um Adam herum. Sie waren bandagiert und bluteten. Adam drückte sich verängstigt in eine Ecke der behelfsmäßigen Mauer und presste sich die Hände auf die Ohren, um die klagenden Rufe nach Wasser zu verdrängen.

Nach mehr als sieben Stunden ununterbrochener Kämpfe bis in die Dunkelheit der Nacht ließ das Feuer auf beiden Seiten allmählich nach. Die erschöpften Soldaten, die sich verzweifelt nach Ruhe sehnten, sackten auf den Boden, wo immer sie geradegestanden waren. Die Offiziere, die sich zwischen ihnen bewegten, lobten sie für ihre Disziplin und ihre unerschütterliche Entschlossenheit. Man hatte Angst, ein Feuer zu entfachen, und verteilte die wenigen Vorräte unter den müden Verteidigern. Im Lager brach eine unruhige Nacht an. Der unruhige Schlaf der Soldaten wurde gelegentlich von einem wilden Schrei aus dem Wald unterbrochen. Jeder Schrei war eine Erinnerung daran, was sie erwarten würde, sobald sich der Mantel der Dunkelheit am nächsten Tag heben würde.

Nachdem das Lager gesichert und in regelmäßigen Abständen Wachen aufgestellt worden waren, zog sich Oberst Bouquet in das kleine Zelt zurück, das für ihn neben der Barrikade aus Mehlsäcken errichtet worden war. Im Bewusstsein der Schwierigkeiten, die sie am nächsten Tag zu erwarten hatten und der sehr realen Aussicht, dass vielleicht keiner von ihnen überleben würde, begann er im Schein einer brennenden Kerze, die Ereignisse des Tages und seine Befürchtungen für den morgigen Tag in einer Depesche an Sir Jeffrey Amherst niederzuschreiben. Er schloss mit einem Bericht über die Verluste des Tages und einer Würdigung der Tapferkeit der Offiziere und Männer unter seinem Kommando. Er schrieb alles auf, in der Hoffnung, dass eine wahrheitsgetreue Wiedergabe der Ereignisse irgendwie in Sir Jeffreys Besitz gelangen würde, selbst wenn alle umkommen sollten.

Wir haben nennenswerte Verluste erlitten: Leutnant Graham und Leutnant James McIntosh vom 42igsten Regiment sind gefallen und Hauptmann Graham ist verwundet. Vom Royal American Regiment wurde Leutnant Dow mit einem Durchschuss getötet. Vom 77igsten Regiment sind Leutnant Donald Campbell und Mr. Peebles, ein Freiwilliger, verwundet. Unser Verlust an Soldaten einschließlich der Waldsiedler und Viehtreiber übersteigt sechzig Tote und Verwundete. Das Gefecht hat von ein Uhr mittags bis in die Nacht hinein gedauert, und wir erwarten, dass es bei Tagesanbruch weitergeht.

Wie auch immer unser Schicksal aussehen mag, ich hielt es für notwendig, Eurer Exzellenz diese Information zukommen zu lassen, damit Ihr auf jeden Fall die Maßnahmen ergreifen könnt, die Ihr bei den Provinzen für ihre eigene Sicherheit und die wirksame Entlastung von Fort Pitt für richtig haltet. Im Falle eines weiteren Gefechts mit den Wilden befürchte ich unüberwindliche Schwierigkeiten. Der Schutz und Transport unserer Vorräte sind durch die Verluste an Männern und Pferden bereits sehr erschwert. Hinzu kommt die zusätzliche Notwendigkeit, die Verwundeten zu transportieren, denn deren Lage ist wirklich beklagenswert.

Ich kann mich gar nicht genug für die ständige Unterstützung von Major Campbell während des langen Gefechts bedanken. Ich kann auch nicht genügend meine Bewunderung für das kühle und ruhige Verhalten der Truppen zum Ausdruck bringen. Keiner der Männer hat auch nur einen einzigen Schuss ohne Befehl abgefeuert, und sie sind dem Feind mit aufgepflanzten Bajonetten entgegengestürzt und haben ihn von unseren Stellungen vertrieben. Das Verhalten der Offiziere steht weit über meinem Lob.

Ich habe die Ehre und großen Respekt, Sir ihr Anführer zu sein.
Henry Bouquet.

Die Soldaten wurden von einem Chor der Morgendämmerung geweckt, wie sie ihn noch nie zuvor gehört hatten. Müde erhoben sie sich auf ihre Füße. Das ohrenbetäubende Krachen der Musketen und die Kriegsschreie der wilden Feinde erklangen in ihren Ohren. Sie suchten Schutz vor dem tödlichen Geschosshagel und warteten gefasst auf den nächsten Angriff. Sie mussten nicht lange warten.

Am Fuße des niedrigen Hügels, über die Stämme umgestürzter Bäume kletternd und durch das immergrüne Laub verdeckt, bewegten sich Shingas und eine große Gruppe von Seneca- und Shawnee-Kriegern auf die einreihige Truppenlinie zu. Sie kamen bis auf fünfzig Fuß heran, richteten ihre Musketen aus und eröffneten schweren Beschuss auf die Verteidiger. Dann stürmten die Krieger, teilweise verdeckt durch die Rauchwolken der Musketen, aus den umliegenden Wäldern. Mit ihren Tomahawks fielen sie über den Feind her, hackten auf die Verwundeten ein, die hilflos am Boden lagen, und drängten gleichzeitig die Überlebenden zurück.

Als er den potenziellen Bruch in ihrer Verteidigungslinie sah, stürmte Hauptmann Bassett, unterstützt von einer Kompanie der Highlander, die für einen solchen Fall als Reserve gehalten wurden, mit dem Schwert in der Hand den Hang hinunter auf die belagerten Soldaten zu.

Das Blut tropfte von seiner Axt, als Shingas alarmiert durch die Schlachtrufe der Highlander seinen Kriegern eine Warnung zurief. Sie zogen sich in die Sicherheit der Bäume zurück. Shingas-Krieger, von denen viele eine blutige Trophäe in den Händen hielten, folgten ihm dicht auf den Fersen. Diejenigen, die eine geladene Muskete hatten, feuerten einen Abschiedsschuss auf die vorrückenden Highlander ab.

Kaum hatten Bassett und seine Schotten die Lücke in dem Verteidigungskreis geschlossen, stürmten von allen Seiten Gruppen von Shawnee- und Delaware-Kriegern vor. Sie fielen mit immer größerer Wildheit über die Verteidiger her und waren fest entschlossen, die Reihen der Soldaten zu durchbrechen. Im Lager selbst brachen kleine Gruppen von Packpferden aus der Herde aus und durchbrachen den Truppenring, um aufgeschreckt von dem Geschrei der Indianer in den umliegenden Wald zu fliehen.

Wütend über den Anblick der fliehenden Tiere und ohne auf die um ihn herumfliegenden Kugeln zu achten, schritt Major Campbell zu einer Gruppe von Treibern hinüber, die ängstlich hinter der Wand aus Mehlsäcken kauerte. Er brüllte ihnen zu, sie sollten die Tiere unter Kontrolle bringen, doch seine Worte stießen auf taube Ohren. Viele ignorierten ihn einfach, während andere, unbewaffnet und hilflos, davonliefen und in den Bäumen und hinter Büschen Schutz suchten. Als er sich angewidert abwandte und zu seinem eigenen, sicher angebundenen Pferd gehen wollte, sank es plötzlich in die Knie, als es von einer verirrten Musketenkugel am Kopf getroffen wurde. Sein Leben war in einem Augenblick ausgelöscht worden.

Den ganzen Vormittag über tobte der Kampf, und obwohl sie von Müdigkeit und Durst geplagt waren und seit dem Morgen nur noch das bisschen Wasser in ihren Feldflaschen hatten, hielten die kampfmüden Truppen ihren Verteidigungskreis um den Konvoi aufrecht. Oberst Bouquet, der die Schlacht von seiner Position im Herzen des Lagers aus beobachtete und sah, wie immer mehr seiner tapferen Soldaten zwischen den Reihen fielen, spürte, dass sich das Blatt gegen sie wendete. Entschlossen, dies zu ändern, versammelte er seine Offiziere um sich, während die Kugeln wie wütende Bienen an ihm vorbeizischten. Er teilte den Offizieren mit lauter Stimme seinen Plan mit.

"Meine Herren, ich fürchte, mit Galanterie allein werden wir diesen Kampf nicht gewinnen. Wenn nicht alles verloren sein soll, müssen die Wilden dazu gebracht werden, sich verteidigen und an Ort und Stelle stehen bleiben zu müssen, um zu kämpfen." Schweigend nickten die grimmig dreinblickenden Offiziere zustimmend.

"Da wir zu wenige sind, können wir sie nicht angreifen, damit wir unsere Verwundeten nicht in noch größere Gefahr bringen. Ich beabsichtige eine Strategie, um den Feind zu uns zu locken. Auf meinen Befehl hin, Major Campbell", fuhr er mit Dringlichkeit in der Stimme fort, "ziehen Sie eine Kompanie der leichten Infanterie und eine Kompanie der Highlander vom 42zigsten Regiment aus der Verteidigungslinie ab. Die Truppen an jeder Flanke müssen sich dann zurückziehen, um die Lücke zu schließen. Ich hoffe, dass die Wilden dieses Manöver als Zeichen unseres Rückzugs missverstehen und so genügend Selbstvertrauen gewinnen, dass sie uns mit all ihren Kriegern angreifen werden. Sie und Ihre Männer nehmen links von der Verteidigungslinie eine Position ein, von wo der Feind Sie nicht beobachten kann. Wenn diese Strategie erfolgreich ist, warten sie den günstigsten Moment ab, um in ihre rechte Flanke zu fallen. Ist das klar?" Major Campbell sah Bouquet mit seinen dunklen, schweren Augenlidern an und nickte.

"Sie, Sir", fuhr Bouquet fort und drehte sich zu Hauptmann Bassett um, "werden mit der dritten Kompanie der leichten Infanterie und den Grenadieren des 42igsten Regiments eine Stellung einnehmen, damit Sie im günstigsten Augenblick den Angriff unterstützen können." Mit einem letzten Blick in die Runde in die ihm entgegenblickenden Gesichter fügt er hinzu, "ich fürchte, dass wir nur eine Chance haben werden, meine Herren, also schlagen Sie hart zu und zeigen Sie keine Gnade."

Mit dem Schwert in der Hand gab Major Campbell in aller Ruhe seine Befehle und begann, die beiden Kompanien aus der Linie zu entfernen. Gleichzeitig befahlen seine beiden Leutnants, dem Wunsch ihres Oberst entsprechend, die Truppen auf beiden

Flanken zurückzuziehen. Die Lücke, die durch die sich zurückziehenden Truppen entstanden war, schloss sich rasch wieder. In der Zwischenzeit bewegten sich Hauptmann Bassett und die Kompanien der leichten Infanterie und der Grenadiere außer Sichtweite des Feindes auf die ihnen zugewiesene Position hin. Eine flache Senke zwischen zwei niedrigen Hügeln war ideal, denn sie überblickte die rechte Flanke von Major Campbells Truppe. Als sie in Position waren und der blanke Stahl ihrer Bajonette in der Morgensonne aufblitzte, warteten sie auf das Ergebnis von Oberst Bouquets kühnem Plan.

Vom umliegenden Wald aus beobachteten Pahotan und Custaloga mit wachsendem Interesse, wie die Soldaten begannen, sich von ihrer Position zu entfernen. Langsam zogen sie sich in Richtung des Zentrums des Lagers zurück. Da nur noch wenige Soldaten übrig waren, die sich ihnen entgegenstellen konnten, gaben die beiden Kriegshäuptlinge voller Zuversicht ihren wartenden Kriegern ein Zeichen und zogen sie zusammen. Wenige Augenblicke später stürmten hundert mit Tomahawks und Kriegskeulen bewaffnete Seneca- und Delaware-Krieger aus den Bäumen, nachdem sie eine Salve von Kugeln und Pfeilen auf die schmale Linie der Soldaten abgefeuert hatten. Ihr schauriges Kriegsgeschrei hallte durch den Wald.

Überwältigt von dem grausamen Angriff schützten die spärlichen Bajonette kaum vor dem wilden Ansturm der Indianer. Die zahlenmäßig stark unterlegenen Soldaten wurden langsam zurückgedrängt. Ihre Toten und Verwundeten wurden der Gnade des Skalpiermessers überlassen. Als die Linie durchbrochen war, drängten die Seneca- und Delaware Krieger vorwärts, begierig darauf, ihren verhassten Feind mit den Klingen ihrer Messer zu bearbeiten, bis kein einziger Soldat mehr am Leben war.

Major Campbell beobachtete mit wachsender Genugtuung, wie der Feind den Köder schluckte. Er und seine Männer waren durch einen niedrigen Bergrücken verdeckt. In der Gewissheit, dass der richtige Zeitpunkt gekommen war, ließ er die Kompanien der leichten Infanterie und der Highlander auf den Kamm des niedrigen Berges vorzurücken und gab ihnen einen Moment Zeit, ihre Musketen auszurichten und zu zielen. Dann brüllte er los.

"Feuer!" Sofort hallte eine krachende Salve durch die Bäume. Der tödliche Hagel von Musketen-Kugeln schlug in den Reihen der ahnungslosen Indianer ein. Die überlebenden Seneca- und Delaware-Krieger waren von dem Überraschungsangriff überrumpelt und hatten Dutzende von Toten und Verwundeten zu beklagen. Nun sahen sie sich einer neuen Gefahr gegenüber.

Die Krieger waren entsetzt und frustriert darüber, dass sie nun eine Schlacht unter den Bedingungen ertragen mussten, die ihnen von ihrem schwer fassbaren Feind auferlegt worden waren. Die beiden Infanteriekompanien stürmten den Hang hinunter auf den Feind zu und zwangen ihn dazu, den Kampf abermals aufzunehmen.

Trotzig schreiend drehte sich Pahotan zu den anstürmenden Soldaten um. Die übrigen Krieger, die sich von dem plötzlichen Angriff erholt hatten, folgten seinem Beispiel und machten sich mit Tomahawks und Kriegskeulen bereit, dem Angriff der Soldaten entgegenzutreten. Doch der Schock war zu groß. Die Bajonette der Soldaten waren zu unüberwindbar, und nach einem kurzen Widerstand und aufsteigender Panik, die sich bei den überlebenden Kriegern wie Flammen im trockenen Gras ausbreitete, drehten sich die Krieger um und flohen. In dem darauffolgenden Handgemenge schlug Pahotan instinktiv mit seinem Beil nach dem Soldaten vor ihm. Die Stahlspitze bohrte sich in das Gesicht des Mannes, die geschärfte Klinge durchschlug Knorpel und Knochen und ließ ihn auf die Knie fallen. Pahotan befreite seine Axt und stieß seinen Kriegsschrei aus, um sich dem nächsten Angreifer zuzuwenden. Doch als er den Soldaten erblickte, war es bereits zu spät, und mit einem urzeitlichen Schrei stieß der Highlander, der einen blutigen Verband um den Kopf trug, sein Bajonett tief in die Brust des Kriegshäuptlings. Der heftige Aufprall des Bajonetts ließ ihn auf die Knie fallen. Mit hasserfülltem Gesicht riss der Schotte die Klinge aus dem Oberkörper und stürzte sich erneut auf den Krieger und rammte das blutige Bajonett in Pahotans entblößte Kehle.

Mit dem Lärm der Schlacht in den Ohren führte Captain Bassett seine Männer auf den Kamm des gegenüberliegenden Hügels, von dem aus sie Major Campbells Flanke überblicken konnten.

Rasch formierte er die Männer in zwei Reihen. Kaum hatten die Soldaten ihre Position eingenommen, tauchten plötzlich Dutzende von fliehenden Indianern vor ihnen auf. Die Offiziere nutzten den Augenblick und schrien einen Befehl. Mit grimmiger Genugtuung sahen sie zu, wie viele der Wilden von einem plötzlichen schweren Kugelhagel erfasst zu Boden stürzten.

Von seinem Aussichtspunkt aus sah Shingas angesichts des ungebrochenen Verteidigungsrings der Soldaten hilflos zu, wie die überlebenden Seneca- und Delaware-Krieger in die Wälder flohen. Er konnte ihnen nicht zu Hilfe eilen. Shingas wusste, dass die Schlacht verloren war, und ohne sich die Bitterkeit der Niederlage anmerken zu lassen, versammelte er seine Seneca-Krieger um sich und schlich sich in die Sicherheit des Waldes zurück.

Als das Lager gesichert und der Feind besiegt war, sackten die erschöpften Soldaten zu Boden. Als ihre Kameraden von der Verfolgung der Indianer zurückkehrten, waren sie kaum noch in der Lage, die Kraft für einen Jubelschrei aufzubringen. Zwei der zurückkehrenden Highlander hatten es geschafft, einen der fliehenden Wilden zu fangen, und sie zerrten ihn vorwärts und warfen den unglücklichen Gefangenen vor den versammelten Truppen auf den Boden. Großer Jubel brandete auf, als Major Campbell mit der Pistole in der Hand nach vorne schritt und in aller Ruhe seine Waffe hob, um den unglücklichen Krieger zu erschießen. Er schoss ihm in den Kopf, als würde er einen tollwütigen Hund zur Strecke bringen.

Nachdem die Wälder vom Feind gesäubert waren, freute sich der Oberst darauf, zum Bushy-Run-Außenposten weiterziehen zu können. Dort würden seine Männer und Pferde endlich ihren Durst stillen können. Er gab Anweisung, Sänften für die Toten und Verwundeten vorzubereiten und alle Mehlsäcke, die nicht transportiert werden konnten, zu verbrennen. Dann setzte er sich hin und schrieb abermals einen Brief. In dem Schreiben an seinen Befehlshaber informierte er diesen kurz und bündig über die Ereignisse des Tages und sprach bescheiden über seinen eigenen Anteil am Sieg. Angesichts der Verluste, die seine Truppen in den zwei Tagen der Schlacht erlitten hatten, verzichtete er darauf, die

Namen und Ränge der Gefallenen aufzulisten. Es waren acht Offiziere und einhundertfünfzehn Soldaten und Viehtreiber. Er würde die Namen in einem späteren Augenblick nachreichen. Abermals aber lobte er abschließend wie immer die Tapferkeit seiner Truppen.

Ihr Verhalten bei diesem Kampf spricht so sehr für sich selbst, dass ich ihre Verdienste nicht weiter würdigen muss.

KAPITEL 12

In der Sicherheit von Fort Pitt, welches zusätzlich durch eine Truppe von tausend Provinzsoldaten verstärkt war, begann Oberst Bouquet den bevorstehenden Feldzug zu planen. Die Provinzsoldaten, die von der Versammlung von Pennsylvania aufgestellt und autorisiert worden waren, hatten die Aufgabe, die Stämme zu bestrafen, die für die Angriffe auf die Forts Seiner Majestät und die westlichen Siedlungen verantwortlich waren, und diese vollständig zu unterwerfen. Dieser Feldzug war ein Unterfangen, das ihn in eine Wildnis führen würde, in die noch nie eine englische Armee vorgedrungen war. Obwohl es durch die Notwendigkeit gerechtfertigt war, war es auch ein Unternehmen voller Gefahren.

So machte sich Colonel Bouquet Anfang Oktober mit den Resten seiner mittlerweile gut erholten eigenen Truppen, unterstützt von einer Truppe der eingezogenen Söldner, auf den Weg, um Vergeltung zu suchen. Mit ihnen marschierten auch jene Trapper, die sich dazu entschieden, bei Oberst Bouquet zu bleiben.

Er hatte Vorräte auf Packpferde laden lassen und hatte genügend Rinder und Schafe bei sich, um die Truppen mit Fleisch zu versorgen. Nachdem er den Allegheny River überquert hatte und es keine Straße gab, auf der sie weitermarschieren konnten, machten sich eine Gruppe von Pionieren und Holzfällern daran, einen Weg durch die Wand aus Bäumen zu hacken.

Vor ihnen gingen die Waldbewohner, Männer, die Oberst Bouquet nach ihrem Sieg bei Bushy Run sehr schätzte. Sie suchten den Wald nach Anzeichen von Gefahr ab.

Tag für Tag kämpfte sich die Armee durch die scheinbar unendliche Wildnis aus dunklen Wäldern und verworrenem Dickicht. Mit bestenfalls acht Meilen zurückgelegter Strecke pro Tag bahnte sie sich langsam, aber unaufhaltsam ihren Weg durch das Tal des Ohio. Jeder Mann, ob Soldat oder Pionier gleichermaßen, bewunderte den majestätischen Anblick der Wälder und Berge. Immer tiefer drangen sie in die Heimat ihrer Feinde vor.

Gelegentlich stießen sie auf das breite Flussbett des Ohio Rivers und folgten, wo immer möglich, seiner langsam dahinfließenden Strömung. Sie genossen die lichte Helligkeit der grasbewachsenen Uferstreifen, die mit Ahorn und Hainen von Linden gesäumt waren. Am zehnten Tag ihres Marsches erreichten sie das Ufer des Muskingum Rivers. Sie folgten seinem serpentinenartigen Lauf über mehrere Meilen, bis sie eine geeignete Stelle zum Überqueren ans westliche Ufer fanden. Dort schlugen sie ihr Lager auf.

Als sie am nächsten Morgen aufbrachen, entdeckten sie eine Gruppe von Indianern, die an den Rändern der umliegenden Wälder herumschlichen. Sie entfernten sich schnell, als Major Campbell auf seinem neuen Pferd mit einer Gruppe von Highlander auf sie zukam.

Auf ihrem Marsch durch das bewaldete Muskingum Tal stießen sie am zweiten Tag auf ein verlassenes Tuscarora Dorf. Obwohl es nicht nötig war, die Ankunft seiner Truppen anzukündigen, nutzte Colonel Bouquet die Gelegenheit, die Angst der Indianer zu schüren. Er befahl seinen Männern das Dorf niederzubrennen, sehr zu deren Freude. Die verräterischen schwarzen Rauchwolken, die aus den Baumwipfeln aufstiegen, waren ein untrügliches Zeichen, dass er in dem Gebiet angekommen war.

Als er am nächsten Tag eine Stelle erreichte, an der eine große Wiese Gras für seine Tiere bot und in den umliegenden Wäldern ein ausreichender Vorrat an Brennholz zu finden war, ordnete Oberst Bouquet eine längere Rast an. In dem Bestreben, ein dauerhafteres Lager zu errichten, waren die Holzfäller bald damit beschäftigt, Bäume zu fällen, um hölzerne Palisaden zu errichten.

Sie sollten zum Schutz der Vorräte und der Tiere dienen. Andernorts waren Gruppen von Soldaten damit beschäftigt, Zeltreihen zu errichten und Feuerstellen auszugraben. Der Anblick der Metzger, die ihrer Arbeit nachgingen, und der Köche, die ihre Utensilien für das Abendessen bereitlegten, spornte alle an.

Nachdem er sich vergewissert hatte, dass alles in Ordnung war, versammelte Oberst Bouquet am späten Nachmittag seine Offiziere um sich und gab den Befehl, die zwanzig Mohawk-Indianer, die ihm von Sir William Johnson als Führer und Dolmetscher zur Verfügung gestellt worden waren, in die umliegenden Dörfer der Shawnee und Delaware zu entsenden. Sie sollten den Stammeshäuptlingen mitteilen, dass sie sich unter Androhung des Todes am nächsten Tag auf der Wiese am Fluss unterhalb ihres Lagers zu einem Treffen einzufinden hätten.

Bei strahlendem Sonnenschein und begleitet vom Rasseln der Trommeln zogen die Truppen von Oberst Bouquet in Formation auf die Wiese. Ihre schweren Stiefel stapften über das taufeuchte Gras. Die polierten Klingen ihrer Bajonette glänzten im heller werdenden Licht.

In der Mitte der Wiese stand eine rustikale Laube, die am Vortag aus Schösslingen und Ästen errichtet worden war. Oberst Bouquet und seine leitenden Offiziere saßen auf Stühlen, die eigens für diesen Anlass aus Fort Pitt herbeigeschafft worden waren. Unter dem Dach der Laube sahen sie mit Stolz auf die Soldaten, die sich in langen Reihen vor ihnen aufstellten. Die barfüßigen Highlander in ihren Schottenröcken auf der einen Seite, die Royal Americans in ihren scharlachroten Mänteln auf der anderen.

Auf der dritten Seite und den Royal Americans gegenüber stand eine Reihe der Provincial Levies in ihren mattblauen Jacken und roten Westen. Bei ihnen warteten auch eine dahinterstehende Gruppe von Trappern in ihren fransenbesetzten Hirschlederhemden. Die Truppen rahmten den Unterstand zu beiden Seiten ein. Es war eine Demonstration militärischer Stärke, die den Feind beeindrucken und ihm gleichzeitig Angst einjagen sollte.

Als die Sonne höher am Himmel stand, erschien nach bangem Warten eine Delegation von Stammeshäuptlingen, umgeben von einer Schar von Kriegern, am anderen Ufer des Muskingum River. Ein sehr erleichterter Oberst Bouquet und seine Offiziere sahen dabei zu, wie eine kleine Flotte von Kanus die Häuptlinge über die weite Wasserfläche brachte.

Am anderen Ufer angekommen, gingen die Stammeshäuptlinge im Gänsemarsch auf den Unterstand zu. An der Spitze der kleinen Prozession standen Custaloga und Kiashuta in ihren prächtigen Gewändern, jeweils eine bunte Decke um die Schultern gelegt. Ihre kühnen Gesichtszüge waren mit Ocker, Zinnoberrot, Bleiweiß und Ruß bemalt. Falls sie von der Demonstration der Waffenstärke beeindruckt waren, so verrieten ihre hochmütigen, gleichgültigen Mienen nichts davon.

Mit einer Ausnahme setzten sich die Mitglieder der Delegation im Schneidersitz auf die Decken, die vor den verhassten englischen Offizieren auf dem Boden ausgelegt waren. Derjenige, der stehen geblieben war, trat vor und reichte Bouquet eine angezündete Pfeife. Er beobachtete, wie sie von Offizier zu Offizier weitergereicht wurde. Jeder von ihnen zog den Rauch ein, bevor er die Pfeife an den neben ihm Sitzenden weitergab. Als die Zeremonie beendet war und Bouquet die Pfeife an den älteren Häuptling zurückgab, sah er ungeduldig zu, wie der Vorgang unter den sitzenden Indianern wiederholt wurde.

Als das Ritual schließlich beendet war, erhob sich ein Delaware-Häuptling namens Turtle Heart zögerlich. Er hielt einen Perlenbeutel in einer seiner knorrigen Hände und richtete sich auf, um zu den vor ihm sitzenden Offizieren zu sprechen. An der relevantesten Stelle seiner Rede hielt er inne, um eine Kette aus bunten Muscheln, die in einen Gürtel geflochten war, aus dem Beutel zu nehmen. Er reichte den Gürtel Oberst Bouquet. Der Häuptling beherrschte die englische Sprache bewundernswert und sprachgewandt.

"Brüder", begann er mit überraschend jugendlicher Stimme, "ich spreche im Namen der Völker, die vor euch stehen, und mit diesen Zeichen öffne ich eure Ohren und eure Herzen, damit ihr meinen Worten zuhören könnt. Brüder, dieser Krieg war weder unsere noch eure Schuld, sondern das Werk jener Völker, die im Westen leben. Ihre wilden, jungen Männer hätten uns getötet, wenn wir nicht ihrem Willen gefolgt wären. Brüder, ihr seid zu uns gekommen und habt das Kriegsbeil erhoben, um uns zu erschlagen. Wir nehmen es jetzt aus eurer Hand und werfen es weg. Meine Brüder, es ist der Wille des Großen Geistes, dass zwischen uns Frieden herrscht. Wir auf unserer Seite ergreifen nun die Kette der Freundschaft, aber da wir sie nicht allein halten können, wünschen wir, dass auch ihr sie ergreift und sie nie wieder aus den Händen fallen lasst. Brüder, diese Worte kommen von unseren Herzen, nicht von unseren Lippen." Er schloss seine Ansprache mit einem letzten Akt der Unterwerfung.

"Ihr bittet uns, euch alle Gefangenen unter uns zurückzugeben, und das werden wir tun. Alles, worum wir bitten, ist, dass man uns Zeit gibt, dies zu tun."

Nachdem er seine lange Rede beendet hatte, zog Turtle Heart seine Decke über sich und setzte sich im Schneidersitz auf den Boden. Kaum hatte er Platz genommen, folgte ihm ein Häuptling nach dem anderen. Alle stimmten den Worten zu, aber die Offiziere verstanden sie nicht. Dann gaben sie Bouquet einen weiteren Gürtel, gefertigt aus den Gehäusen der Kaurischnecken, und ein kleines Bündel von Stöcken. Letzteres war ein Hinweis auf die Anzahl der Gefangenen, die sie festhielten und die sie auszuliefern versprachen.

Mit dem letzten der vor ihm liegenden Zeichen erhob sich Oberst Bouquet. Seine normalerweise freundliche Art wurde durch Gefühle des Unmuts und der Wut über die Heuchelei der Indianer ersetzt. Er verzichtete auf die bei solchen Zusammenkünften übliche Anrede mit ihren freundschaftlichen Untertönen und wählte stattdessen einen förmlicheren Ton, als er seine Antwort formulierte. Seine kräftige Stimme drang bis in die hinteren Reihen der versammelten Soldaten. Seine Worte waren Musik in deren Ohren.

"Sachems, Kriegshäuptlinge, die Entschuldigungen, die ihr uns vorgebracht habt, sind leichtfertig wie vergeblich. Euer Verhalten ist weder zu entschuldigen noch zu rechtfertigen. Eure Krieger haben mit eurer Zustimmung unsere errichteten Festungen angegriffen, und ihr habt unsere Vorposten in Venango und Le Boeuf heimtückisch zerstört. Eure Krieger haben auch unsere Truppen in den Wäldern am Bushy Run angegriffen, dieselben Truppen, die jetzt vor euch stehen. Derselbe ... .'

Plötzlich hielt er mitten im Satz inne, abgelenkt durch das plötzliche Auftauchen eines jungen Delaware-Mädchens, das ihn mit ihren schimmernden, braunen Augen fragend ansah. Er wusste nicht, wie er auf diese unvorhergesehene Unterbrechung reagieren sollte, doch bevor er etwas dazu sagen konnte, wandte sie ihren Blick ab, ging zu Custaloga hinüber und setzte sich dicht neben ihn. Sie flüsterte ihm etwas ins Ohr. Schnell übersetzte sie die Worte des Offiziers in ihre Muttersprache. Bouquet erkannte ihre Rolle und ließ die junge Frau ausreden, bevor er seine Ansprache fortsetzte. Sein Tonfall war nachdrücklich, seine Worte kompromisslos.

"Wir werden das nicht länger dulden, und ich bin nun zu euch gekommen, um euch zu zwingen, für die Verletzungen, die ihr uns zugefügt habt, Buße zu tun", sagte Bouquet, während sein Blick auf dem Delaware Mädchen verweilte. Er lächelte, als die Augen des Häuptlings vor Zorn zu glühen begannen, nachdem sie seine Worte wiederholt hatte.

"Eure Verbündeten, die Ottawa, die Ojibwas und die Wyandots, haben um Frieden gebeten, sogar die Sechs Nationen haben sich mit uns verbündet. Die großen Seen und Flüsse um euch herum sind alle in unserem Besitz. Selbst eure Freunde, die Franzosen, sind unserem Willen unterworfen und können euch nicht mehr helfen." Er schloss mit erhobener Stimme. "Ihr seid alle in unserer Macht, und wenn wir wollen, können wir euch von der Erde tilgen."

Die Häuptlinge, die über die Härte seiner Worte erschraken, hörten mit wachsender Sorge zu, obwohl ihre Gesichter so gleichgültig wie immer schienen. Er wartete einen Moment, bis sie den Ernst seiner Worte begriffen. Dann fuhr Oberst Bouquet fort. Sein Ton war nun etwas milder. Seine Worte gefälliger.

"Aber die Engländer sind ein barmherziges und großzügiges Volk und wenn es euch gelingt, uns zu überzeugen, dass ihr eure vergangenen Taten aufrichtig bereut und dass wir uns in Zukunft auf euer anständiges Verhalten verlassen können, dann könnt ihr noch auf Gnade und Frieden hoffen." Er breitete die Arme in einer wohlwollenden Geste aus. "Wenn ich feststelle, dass die Bedingungen, die ich euch auferlegen werde, gewissenhaft erfüllt werden, werde ich euch nicht mit der Härte behandeln, die ihr verdient. Ich gebe euch zwölf Tage Zeit, um mir alle Gefangenen, die sich in eurem Besitz befinden, ohne Ausnahme auszuliefern. Männer, Frauen und Kinder, unabhängig davon, ob sie von euren Stämmen adoptiert wurden, verheiratet sind oder unter irgendeiner religiösen Verbindung oder einem Vorwand bei euch leben. Außerdem müsst ihr sie mit Kleidung und Proviant ausstatten, damit wir sie in ihre Siedlungen zurückbringen können. Wenn ihr diese Bedingungen erfüllt habt, werdet ihr erfahren, unter welchen Bedingungen ihr den gewünschten Frieden erlangen könnt." Er fügte als Erinnerung an seine Vormachtstellung hinzu, "als Beweis für euren guten Willen verlange ich, dass ihr drei eurer wichtigsten Häuptlinge als Geiseln übergebt, als Sicherheit dafür, dass ihr mein Vertrauen verdient."

Als ihm die Bedeutung von Bouquets Worten bewusst wurde, sprang Custaloga auf und griff mit der Hand unter seiner Decke nach dem in seinem Gürtel verborgenen Messer. Doch bevor er die Klinge aus der Scheide ziehen konnte, bildete eine Reihe von Soldaten einen Halbkreis um die versammelten Häuptlinge, ihre Musketen im Anschlag. Mit einem Nicken von Oberst Bouquet wurden Custaloga, Kiashuta und ein prominenter Shawnee-Häuptling, dessen Name sich nicht aussprechen ließ, abgeführt. Der kalte Stahl der Bajonette drückte dabei gegen ihren Rücken.

Colonel Bouquet beobachtete, wie die übrigen Häuptlinge unter der Laube hervortraten, und wandte sich mit gerunzelter Stirn an Captain Bassett, der auf dem Stuhl neben ihm saß.

"Leider fürchte ich, dass sie trotz all ihrer schönen Worte noch etwas mehr Überzeugungsarbeit leisten müssen, bevor meine Bedingungen erfüllt werden." Sein Tonfall verriet ein Gefühl der Enttäuschung.

"Vielleicht könnte in Anbetracht Ihrer Bedenken eine Durchsuchung einiger ihrer Dörfer die nötige Ermutigung für diejenigen sein, die sich weigern, Ihren Wünschen nachzukommen, Sir", antwortete Hauptmann Bassett und nutzte den mangelnden Optimismus seines Befehlshabers und die sich daraus ergebende Gelegenheit für sich. Nachdem er einen Moment über den Vorschlag nachgedacht hatte und keine offensichtlichen Nachteile darin sah, nickte Oberst Bouquet.

"In Ordnung, Hauptmann", sagte Bouquet, dem der Tatendrang des Offiziers sehr wohl bekannt war. "Wie Sie schon sagten, könnte eine Demonstration der Stärke vielleicht jede Hoffnung auf Milde zerstreuen, die sie hegen könnten." Ein breites Lächeln erhellte das Gesicht von Bassett. Begierig, der Enge der Untätigkeit zu entkommen, hob Kapitän Bassett den Arm zum Gruß, drehte sich auf den Fersen um und schritt davon. Dabei wurden seine Schritte immer länger.

KAPITEL 13

In dem Moment, als Hauptmann Bassett an der Spitze von zwei Kompanien roter leichter Infanterie ins Dorf ritt, wusste die alte Frau sofort, was sie zu tun hatte. Sie ergriff Esthers Hand und eilte davon. Im Langhaus angekommen, legte sie einen Finger an die Lippen und deutete auf eine der Pritschen. Mit dem schlafenden Säugling im Arm kletterte Esther auf das Lager, wohl wissend, was die Alte vorhatte. Die alte Frau deckte sie schnell mit einer Decke aus Fellen zu. Zufrieden, dass beide gut versteckt waren, hoffte sie, dass sie nicht entdeckt werden würden. Die alte Frau drehte sich um und ging davon.

Als Captain Bassett den Platz erreichte und sein nervöses Pferd unter ihm tänzelte, blickte er ungerührt auf die sich versammelnde Menge von Indianern. Eine Mischung aus Angst und Erstaunen zeichnete sich auf ihren Gesichtern ab. Als die beiden Kompanien der Infanterie vor ihm Aufstellung nahmen, gab er mit lauter Stimme den Befehl, das Dorf gründlich zu durchsuchen. Gespannt beobachtete er, wie die Soldaten sich in Paare aufteilten und sich auf die umliegenden Langhäuser zubewegten.

Versteckt unter der Decke aus Fellen und mit ihrem kleinen Sohn im Arm lauschte Esther, als jemand das Langhaus betrat. Das Geräusch der schweren Schritte, die den Mittelgang entlangkamen, wies die Eindringlinge schnell als Soldaten aus. Sie wagte kaum zu atmen, weil sie befürchtete, dass das Baby jeden Moment aufwachen könnte. Sie lauschte, als sie näherkamen. Der Klang ihrer Stimmen war undeutlich, aber wurde lauter, als sie von Raum zu Raum gingen.

Mit ihren Musketen in der Hand gingen die beiden Soldaten durch die Mitte des Langhauses und durchsuchten nacheinander die einzelnen Nischen, allerdings ohne großen Eifer. Sie stießen hier und da halbherzig mit ihren Bajonetten nach unten und zertraten mit ihren schweren Stiefeln ein paar Tontöpfe. Sie beschwerten sich lauthals, dass sie eine so niedere Arbeit verrichten mussten. Vor allem dann, wenn es ihre Kameraden in Fort Pitt so viel einfacher hatten.

Dies war das Dritte Dorf, das sie seit ihrem Aufbruch vor einer Woche durchsuchten, und ihre Begeisterung für diese Aufgabe war längst verflogen. Überzeugt davon, dass sie ihren Befehl genug befolgt hatten, machten sich die beiden schließlich auf den Weg zurück nach draußen. Draußen angekommen, waren sie froh, das düstere Innere des Gebäudes verlassen zu haben. Sie gingen zum nächsten Langhaus.

Rittlings auf seinem Pferd sitzend beobachtete Hauptmann Bassett erwartungsvoll, wie seine Truppen von Langhaus zu Langhaus zogen und nach Gefangenen suchten. Obwohl sie bisher noch nichts vorzuweisen hatten, genoss er es, wieder als Soldat im Feld zu sein. In Fort Pitt zu bleiben und das Kindermädchen für eine Schar verängstigter Siedler zu spielen, reizte ihn nicht besonders.

Um ihn herum versammelte sich eine große Anzahl der Seneca. Alt und Jung waren dabei und sie schauten ängstlich schweigend zu. Nur ein paar Krieger waren zu sehen. Sie standen abseits der Menge und ihre mürrischen Mienen verrieten ihren Hass auf die rotgekleideten Soldaten.

Im Gegensatz zu den anderen Schaulustigen war Meeataho erfreut über die Ankunft der Soldaten, denn sie hatte sich an die Spitze der sie umgebenden Menge gestellt. Der Grund für ihre Anwesenheit erfüllte sie mit Freude. Bald würde die Yengeese Frau weg sein. Abgeholt und zu ihrem eigenen Volk zurückgebracht, und dann würde Shingas ihr gehören. Mit diesem Gedanken im Herz wartete Meeataho gespannt auf die beiden Soldaten, die mit ihrer Beute aus dem Langhaus der weißen Frau kommen würden.

Augenblicke später zerfielen ihre Hoffnungen zu Staub. Ungläubig sah sie, wie die beiden Soldaten mit leeren Händen aus dem Langhaus kamen. Voller Wut und Frustration schob Meeataho die vor ihr Stehenden beiseite und stürmte über den Platz auf die Gestalt von Hauptmann Bassett auf seinem Pferd zu. Sie wich den tanzenden Hufen seines unruhigen Pferdes aus und deutete mit dem Arm auf das Langhaus, aus dem die beiden Soldaten gekommen waren, und schrie ihn an. Perplex blickte Hauptmann Bassett zu ihr hinunter. Die Frau war eindeutig verzweifelt, aber er hatte keine Ahnung, warum. Er wusste nicht, was sie ihm mit ihrem zeternden Kauderwelsch sagen wollte. In dem Bemühen, die Sache zu klären, rief er den Mohawk-Krieger, der als Dolmetscher mitgebracht worden war.

"Du da, was sagt sie? Was will sie von mir?"

Der Mohawk-Krieger gehorchte dem Befehl des Offiziers und ging zu Meeataho hinüber, die etwas zu ihm sagte. Er hörte ihr aufmerksam zu, als sie ihre Worte wiederholte, und wandte sich wieder an Captain Bassett. Sie sagt: "Weiße Frau in Hütte."

"Ist sie ganz sicher?" fragte der Offizier verblüfft über diese Andeutung.

"Sie ist sicher", erwiderte der Krieger und nickte bedächtig.

Fasziniert von der Möglichkeit, dass das, was die Frau behauptete wahr sein könnte, drehte sich Hauptmann Bassett in seinem Sattel und rief einen seiner Unteroffiziere zu sich.

"Sergeant, gehen Sie und durchsuchen Sie das Gebäude nochmal. Er deutet auf das betreffende Langhaus. "Diesmal gründlich." Der Unteroffizier war nicht erfreut über die angedeutete Unterstellung des Hauptmanns, dass seine Männer nicht in der Lage seien, eine so einfache Aufgabe auszuführen. Er ging mit unverhohlenem Widerwillen langsam zu dem Langhaus hinüber, zog den Vorhang beiseite und duckte sich hindurch.

Hunderte von Augen waren auf den Eingang gerichtet. Als der Feldwebel wieder erschien, sahen die Dorfbewohner mit angehaltenem Atem zu, wie er den Vorhang beiseitezog. Ein Raunen ging durch die Menge, als Esther gegen das grelle Sonnenlicht blinzelnd aus dem Gebäude trat. Den Säugling hatte sie an sich gedrückt. Der Unteroffizier ließ Esther einen Moment Zeit, um sich zu sammeln, nahm sie dann sanft am Arm und führte sie zu dem berittenen Offizier.

Erfreut darüber, dass seine Suche endlich Früchte getragen hatte, bemühte sich Kapitän Bassett, das selbstzufriedene Grinsen auf seinem Gesicht durch ein wohlwollendes Lächeln zu ersetzen. Er blickte in das Gesicht der Frau, die zu ihm aufblickte.

"Habt keine Angst, ihr seid jetzt in Sicherheit. Ihre Qual ist vorbei", sagte er mit perfekt gespieltem Mitgefühl. Überwältigt von ihren Gefühlen und unfähig zu sprechen, starrte Esther einfach zu dem britischen Offizier in seiner scharlachroten Jacke auf.

"Wie ist Ihr Name?" fragte Bassett und war ein wenig verärgert über die offensichtliche Gleichgültigkeit der Frau darüber, dass sie gerettet war. "Können Sie sich erinnern, wie Sie heißen?"

Esther hatte zunächst Mühe, die richtigen Worte zu finden, doch schließlich fand sie ihre Stimme wieder. "Esther Colwill. Man nennt mich Esther Colwill."

Verschlagen lächelnd richtete Kapitän Bassett seinen Blick auf das Mischlingskind, das sie in ihren Armen hielt.

"Und das Kind? Ist es Ihres?"

"Ja", erwiderte Esther. Die Frage überraschte sie. "Ja, das Kind ist meins."

"Und sein Vater? Ist er auch hier?" fragte Bassett und gestikulierte in Richtung der Gruppe von Kriegern. "Kannst du ihn mir zeigen?"

Erschrocken über seine Worte, drückte Esther den Säugling schützend an sich.

"Haben Sie denn keine Antwort für mich?" rief Bassett und hatte Mühe, seine Wut zu zügeln.

"Er ist nicht hier", antwortete Esther, erschrocken über die Frage des Beamten.

"Ist er tot?"

"Ich weiß es nicht. Ich . . ."

"Ist er vielleicht bei einem Angriff auf die Soldaten Seiner Majestät ums Leben gekommen?" rief Bassett und richtete sich im Sattel auf.

Erschrocken wich Esther zurück und die Farbe wich aus ihrem Gesicht. Der Sergeant, der neben ihr stand, starrte den Offizier mit unverhohlener Abscheu an. Captain Bassett bemerkte den Blick des Feldwebels und ließ sich, verlegen über seinen Wutausbruch, in seinen Sattel sinken.

"Das macht nichts. Ich . . . " Der Satz wurde unterbrochen, als die Gestalt eines jungen Mädchens aus dem Kreis der Schaulustigen hervortrat und zu Esther hinübereilte. Captain Bassett strich seinem Pferd sanft über den Hals und sah auf den Neuankömmling hinab. Seine Miene wurde weicher den nun hatte er die Aussicht auf ein zweites Kopfgeld für das Auffinden von Gefangenen.

"Nun, und wen haben wir denn hier? Hast du einen Namen, Kind?" Chantal klammerte sich an Esthers Kleid und blickte zu ihm auf. Sie interessierte sich mehr für die Reihen goldener Knöpfe, die die Vorderseite seiner Uniform zierten, als dass sie versuchte zu verstehen, was er zu ihr sagte.

"Komm schon, Kind, du kannst mir doch sicher deinen Namen sagen", bemerkte Bassett und wurde wieder ein wenig ungeduldig.

"Sie versteht nicht, was Sie sagen", erklärte Esther und drückte die Schulter des Kindes beruhigend. Überrascht von Esthers Bemerkung starrte Kapitän Bassett sie verwundert an.

"Sie ist Französin", sagte Esther zur Erklärung. Eine Gefangene wie ich." Von Esthers Worten erzürnt, spornte Captain Bassett sein Pferd an.

"Nehmt Aufstellung!" rief er laut. Er war wütend darüber, dass man ihn zum Narren gehalten hatte. Er versuchte sein temperamentvolles Reittier unter Kontrolle zu bringen und rief dem

Unteroffizier zu, "setzt Mistress Colwill und ihren Säugling auf eines der Packpferde."

"Und was ist mit dem Mädchen, Sir?" erkundigte sich der Unteroffizier. "Sollten wir sie nicht auch mitnehmen?"

"Das Mädchen ist Französin, Feldwebel. Sie geht uns nichts an." Bassett spuckte die Worte förmlich aus und sein Gesicht wirkte bedrohlich wie Donner.

"Nein, bitte, Sir, ich flehe Sie an, lassen Sie sie nicht im Stich", heulte Esther und war entsetzt über seine Worte. "Ich werde mich um sie kümmern. Ich verspreche, dass sie keinen Ärger machen wird."

"Sie haben Ihren Befehl, Sergeant", sagte Bassett ungerührt und drehte sich zu ihr um. "Sorgen Sie dafür, dass er ausgeführt wird."

Esther wusste, dass weitere Proteste nutzlos sein würden, und ließ sich unter den Augen einer triumphierenden Meeataho abführen. Der Anblick der alten Frau, die aus der Menge heraustrat und sich auf die unglückliche Gestalt von Chantal zubewegte, spendete ihr etwas Trost. Es war ein kleiner Trost zu wissen, dass das Kind wenigstens seine Adoptivgroßmutter haben würde, die auf sie aufpassen konnte.

KAPITEL 14

Zwei Tage lang ertönte auf der weiten Wiese und in den umliegenden Wäldern der Lärm von Axt und Säge, und dort, wo einst eine große Wiese gewesen war, befand sich nun bereits eine kleine Siedlung. Sie war von einer Palisade aus angespitzten Pfählen umgeben und durch breite, mit Erde aufgeschüttete Gräben befestigt. Hinter diesem Schutzwall waren mehrere einfache Hütten errichtet worden. In ihnen waren die Gefangenen ohne Familie oder Verwandte untergebracht worden. Dort blieben sie, bis sie in die Siedlungen im Osten zurückgebracht werden konnten.

Daneben befanden sich mehrere Lagergebäude und ein größeres Gebäude, in dem diejenigen behandelt werden konnten, die

die Hilfe eines Arztes benötigten. Um sie herum standen in geordneten Reihen Dutzende von weißen Militärzelten, die als Unterkunft für den Zustrom zusätzlicher Truppen dienten. Das Fort konnte trotz seiner beeindruckenden Größe nicht alle Soldaten aufnehmen.

Das Herzstück der Anlage war ein großes, offenes Gebäude von dreißig Fuß Länge und fast ebenso großer Breite, dessen rohes Strohdach von den geraden Stämmen junger Bäume getragen wurde, die in regelmäßigen Abständen in den Boden gerammt waren. Das Gebäude diente als Versammlungshaus, in dem Gefangene, die von ihren wilden Entführern zurückgebracht wurden, von den Leuten empfangen wurden, die darauf hofften, einen geliebten Menschen wiederzusehen. Manche hofften auf ihr Kind, das ihnen aus dem Schoß gerissen worden war und das für immer verloren geglaubt war.

Am zwölften Tag trafen, wie von Bouquet gefordert, die zurückzuführenden Gefangenen ein. Eine scheinbar endlose Flottille von Kanus aus Birkenrinden brachte sie über die Weite des Muskingum River. Am anderen Ufer angekommen, begannen die Gefangenen unterschiedlichen Alters und Geschlechts, begleitet von ihren Ersatzfamilien, den grasbewachsenen Hang hinauf zum Versammlungshaus zu laufen. Manche von ihnen trugen einen Säugling auf dem Arm. Unter ihnen liefen halbnackte Kinder wie ein Rudel wilder Hunde umher. Sie wussten nichts von dem Schicksal, das sie erwartete. Die meisten von ihnen waren im Säuglingsalter ihren leiblichen Müttern entrissen worden und wurden von ihren Adoptiveltern als ihre eigenen Kinder aufgezogen. Bei den übrigen Entführten handelte es sich hauptsächlich um junge Frauen, von denen viele die Partnerin eines indianischen Ehemanns geworden waren. Ihr gemischter Nachwuchs, der in Gefangenschaft geboren worden war, klammerte sich an ihre Brüste.

Im Versammlungshaus warteten Dutzende von Siedlern auf sie, Väter, Mütter, Ehemänner und Brüder, die krampfhaft die Gesichter der sich nähernden Gefangenen musterten. Als sie näherkamen, stürmte plötzlich eine Frau aus der Menge hervor und stürzte mit einem durchdringenden Schrei auf einen Krieger zu, der ein kleines Kind auf dem Arm trug. Sie entriss ihm das Kind und Freudentränen liefen ihr über das Gesicht. Sofort stürmten andere Siedler nach vorne, unfähig sich zurückzuhalten. Sie umschlangen die Neuankömmlinge. Jeder von ihnen suchte eifrig nach einem geliebten Menschen unter denen, die sie bereits aufgegeben hatten.

Verwirrt von der Anwesenheit so vieler hellhäutiger Menschen klammerten sich die verängstigten Kinder an ihre Adoptiveltern. Sie wurden von ihren leiblichen Müttern zu sich gerufen, konnten sich aber nicht an diese erinnern. Die Kinder wollten sich nicht von ihren indianischen Müttern trennen. Unter den Gefangenen befanden sich auch junge Frauen, die als Bräute entführt worden waren. Sie standen mit beschämten Gesichtern vor ihrem Vater oder Bruder, viele von ihnen mit einem Baby im Arm. Und dann waren da noch die Mütter, die ihre Kinder Jahre zuvor verloren hatten, und die verzweifelt die Gesichter der kleinen Kinder in einer Agonie aus Hoffnung und Zweifel abtasteten.

Der Missklang von lautem Schluchzen und Wehklagen derjenigen, die ihren geliebten Menschen nicht gefunden hatten, überschattete die Zusammenführung mit Trauer. Die kampferprobten Soldaten, die rund um das Gebäude verteilt waren, beobachteten das tragische Melodrama, das sich vor ihnen abspielte. Sie verbargen ihre wahren Gefühle aber hinter stoischen Gesichtern.

Ein Junge befreite sich aus der Umarmung der Frau, die ihn als ihr Eigentum beansprucht hatte, und schlüpfte zurück in die Menge. Er bahnte sich einen Weg durch den Wald von Beinen, um in die Freiheit zu gelangen. Als der Soldat den Ausbrecher entdeckte, warf er seine Muskete über die Schulter und jagte ihm hinterher. Als er das Versammlungshaus hinter sich gelassen hatte und sich trotz der Rufe seines Verfolgers einen Weg durch die Menschenmenge bahnte, spürte der Junge plötzlich, wie ihn eine Hand am Arm packte. Als er aufblickte, sah er das Gesicht von Oberst Bouquet, der auf ihn herunterlächelte. Sein Fluchtversuch wurde vereitelt.

Bouquet überließ seinen Gefangenen dem verfolgenden Soldaten und beobachtete mit einem Gefühl der Beunruhigung, wie der

Soldat sich auf den Weg zurück zum Versammlungshaus machte. Das zappelnde Kind hatte er unter den Arm geklemmt wie ein Schwein auf dem Weg zum Markt. Er verdrängte den Gedanken und erinnerte sich an die Tugendhaftigkeit seines Handelns zusammen mit Major Campbell an seiner Seite. Dann setzte er seinen Weg fort. Er bewegte sich unauffällig inmitten der versammelten Menschenmenge und die lauten Stimmen klangen in seinen Ohren nach.

Der Expressreiter, dessen Uniformärmel nun mit einem Gefreiten Abzeichen verziert war, zügelte sein Pferd und sprang aus dem Sattel. Er genoss die Gelegenheit, wieder festen Boden unter den Füßen zu haben. Er band sein Pferd sicher fest und bahnte sich einen Weg durch die Zeltreihen. Nachdem er sich bei einem der Wachposten über den wahrscheinlichen Aufenthaltsort des Obersts informiert hatte, machte er sich auf den Weg zum Versammlungshaus. Da er einen Kopf größer als die meisten um ihn herum war, hatte er keine Mühe, Oberst Bouquet in der wogenden Menge zu finden. Mit seiner Posttasche unter dem Arm bahnte er sich seinen Weg zu ihm.

"Eine Depesche aus Fort Bedford, Sir", sagte der Expressreiter und salutierte, bevor er das Dokument überreichte.

"Danke, Korporal", sagte Bouquet und beobachtete, wie der Reiter das Dokument aus seiner Tasche zog. "Zweifellos wieder einer von Ourrys verdammten Briefen", sagte Bouquet und drehte sich zu Major Campbell um. "Ich schwöre, der Mann hat Tinte in den Adern, denn er schreibt ständig, und meistens aus keinem anderen Grund, als um mich über Ereignisse zu informieren, die weder von Interesse noch von Bedeutung sind."

Als die beiden Offiziere wieder von der Menge verschluckt wurden, wandte sich der Eilreiter nach getaner Arbeit ab und machte sich auf den Rückweg zu seinem Pferd. Da sah er sie. Sie standen wie zwei verlorene Seelen am Rande der Menge und ihre Gesichter waren von Verzweiflung gezeichnet. Beide waren so gekleidet, wie er es in Erinnerung hatte, und obwohl ihr Aussehen unter den Strapazen der Gefangenschaft gelitten hatte, erkannte er sie sofort. Ohne an sein Pferd zu denken, ging er auf die beiden zu.

Es war die Frau, die ihn zuerst sah. Ihre Hand flog instinktiv zum Mund und unterdrückte den Freudenschrei, bevor er über ihre Lippen kam. Dann erblickte ihn auch das junge Mädchen mit den goldenen Locken, die verfilzt und verknotet waren. Ihr Gesicht leuchtete sofort auf. Der Soldat, den sie rittlings auf seinem wunderschönen braunen Pferd sitzen gesehen hatte, kam auf sie zu und lächelte.

Adam beobachtete ihr Wiedersehen mit einem Anflug von Bedauern. Nur für einen kurzen Moment hatte er zu glauben gewagt, dass die Frau Esther sein könnte. Enttäuscht wandte er sich ab, angezogen vom Klang der Stimmen, die vom Fluss heraufkamen. Weitere Kanus mit ihrer Ladung von Gefangenen kamen an. Von neuer Hoffnung erfüllt, dass Esther unter ihnen sein könnte, eilte er in Richtung des grasbewachsenen Flussufers davon.

Zufrieden damit, dass seine Forderungen nach Freilassung der Gefangenen von den Indianern erfüllt wurden, überließ Colonel Bouquet die Sache Major Campbell und machte sich auf den Rückweg zum Fort. Als er an einer kleinen Gruppe von Gefangenen vorbeikam, die von stoischen Kriegern flankiert wurden, erregte der Anblick einer Siedlerin, die vor einem jungen Mädchen kniete, seine Aufmerksamkeit. Fasziniert ging er zu ihr hinüber, ohne dabei von den Schaulustigen bemerkt zu werden. Als die Frau seine Anwesenheit bemerkte, blickte sie zu ihm auf, und Tränen liefen ihr über das Gesicht.

"Sie erkennt mich nicht." Sie weinte, weil sie fest daran glaubte, dass das junge Mädchen ihre lang vermisste Tochter war. "Sie erkennt mich nicht."

Gerührt von der Notlage der Frau blickte Bouquet zu dem jungen Mädchen hinüber. Es sah aus wie ein Indianerkind.

"Verzeihen Sie mir, aber sind sie wirklich sicher, dass dieses Kind Ihre Tochter ist?" fragte Bouquet. Seine Worte wurden durch seinen mitfühlenden Tonfall gemildert.

„Ich bin mir so sicher, wie ich lebe und atme. Dieses Kind ist von mir", erwiderte die Frau und war sichtlich entsetzt über seine

Zweifel. "Es ist das Kind, das auf meinem Schoß saß, während ich ein Schlaflied für sie sang, um sie in den Schlaf zu wiegen. Ich bin mir ganz sicher", sagte sie und wischte sich die Tränen von den Wangen. "Sie ist meine geliebte Tochter, und sie hat mich vergessen." Gerührt von ihrer Antwort, beugte sich Oberst Bouquet zu ihr hinunter und flüsterte ihr ins Ohr.

"Singen Sie das Lied, das Sie ihr als Kind immer vorgesungen haben." Zuerst starrte ihn die Frau verwirrt an. Dann drehte sie sich, ermutigt durch das Lächeln des Offiziers zu dem kleinen Mädchen um, und begann zu singen. Sofort erhellte sich das Gesicht des Mädchens, denn die Worte weckten schlummernde Erinnerungen, und mit einem Freudenschrei warf sie sich schließlich in die Arme ihrer Mutter.

Niedergeschlagen von seiner vergeblichen Suche zwischen den Neuankömmlingen stapfte Adam den Hang hinauf zu der Reihe rustikaler Gebäude. Dort waren er und sein Vater vorübergehend untergebracht worden. Da er mit seinen Gedanken ganz woanders war, wurde er eher rein zufällig Zeuge der Ankunft von Hauptmann Bassett und seinem Trupp Soldaten, die sich ihren Weg durch die Zeltreihen bahnten. Da sah er sie, seine Esther. Sie ritt auf dem Rücken eines der Packpferde und sein Herz machte einen Sprung. Begeistert bahnte er sich einen Weg durch die Menschenmenge und rannte auf sie zu. Er wollte ihr zurufen, und wegen der puren Freude, sie wiederzusehen, blieben ihm die Worte im Halse stecken. Doch noch bevor er ein Dutzend Schritte gemacht hatte, packte ihn plötzlich eine schwere Hand an der Schulter und zwang ihn stehenzubleiben. Adam drehte sich um und starrte auf seinen Vater.

"Papa, sie ist es. Esther. Ich habe sie gefunden", rief er erfreut und zeigte mit dem Arm auf sie. "Schau mal, siehst du sie?" Samuel schaute in die Richtung, in die sein Sohn zeigte, und bemerkte, dass der Junge Recht hatte. Es war Esther, und obwohl ihr Haar zu Zöpfen geflochten war und sie wie eine Indianerin gekleidet war, war ihr Gesicht unverkennbar. Doch dann sah er den Säugling in ihren Armen, und seine Miene verhärtete sich.

"Am besten, wir geben uns ihr noch nicht zu erkennen", sagte er mit einem rauen Ton in der Stimme. Im Nu verschwand das Lächeln aus Adams Gesicht.

"Aber Papa..."

"Tu jetzt, was ich sage", sagte Samuel und brachte den Protest seines Sohnes zum Schweigen. Voller Enttäuschung drehte sich Adam gehorsam um und ging davon. Samuel folgte einen Schritt hinter ihm, seine Gedanken voll von neuen Möglichkeiten. Die Entdeckung der Frau hatte seine Hoffnungen auf Rache neu entfacht. Es bestand die Möglichkeit, dass der Wolf, falls er noch lebte, nach seinem Jungen suchen würde. Der Gedanke zauberte ein untypisches Lächeln auf Samuels Gesicht.

Er war in die Wälder verbannt worden, während die siegreichen Soldaten die umliegenden Indianerdörfer durchsuchten. Nun verschlang Shingas die warme Mahlzeit. Er stellte die leere, sauber ausgelöffelte Schüssel auf die Pritsche neben sich. Währenddessen kam die alte Frau mit einem großen Topf mit frisch erhitztem Wasser herein. Sie stellte ihn zu seinen Füßen ab und blickte zu ihm auf. Nachdem sie ihm vom Schicksal seiner Familie erzählt hatte, wusste sie in ihrem Herzen, dass er nicht eher ruhen würde, bis er sie gefunden hatte. Sie hatte beschlossen, die Rolle, die Meeataho bei ihrer Entführung gespielt hatte, nicht preiszugeben. Sie war damit zufrieden, die Bestrafung des jungen Mädchens für ihren Verrat aufzuschieben, bis ihre Familie wieder bei ihr war. Sie nahm die leere Schüssel und verschwand wortlos, während sie Shingas allein ließ, damit er sich waschen konnte. Nachdem sein Hunger gestillt war, griff Shingas in seine Tasche und holte ein kleines Tongefäß mit einer blassen Paste heraus. Er tauchte zwei Finger hinein und begann, die Substanz in sein Gesicht einzuarbeiten. Er trug die Paste sorgfältig auf, bis sein Gesicht einer Künstlerpalette glich. Zufrieden tauchte er ein Stück Stoff in den Topf voll heißem Wasser und begann, das Kaleidoskop der Farbe abzuwaschen.

Nachdem alle Spuren des Krieges aus seinem Gesicht entfernt waren, nahm Shingas seine Muskete und verließ sein kleines

Zimmer. Die englischen Rotröcke hatten seine Familie geraubt. Jetzt würde er sie sich zurückholen.

Esther saß am Eingang des behelfsmäßigen Gebäudes und stillte zufrieden ihren Säugling an der Brust. Sie war dankbar für das Bisschen Wind. Hinter ihr lagen andere Frauen. Einige von ihnen hatten sich mit Babys und Kleinkindern auf Strohmatratzen ausgestreckt. Andere schliefen oder suchten lediglich etwas Schatten. Als Esther auf das geschäftige Treiben vor ihr blickte, entdeckte sie den blonden Jungen, den sie aus dem Versammlungshaus hatte weglaufen sehen. Zu seiner wahren Familie zurückgekehrt und mit einem Hemd und einer Hose bekleidet, beobachtete sie, wie er sich dagegen wehrte, dass man versuchte, seine Füße in ein Paar Schuhe zu stecken.

Als sie ihren Blick abwandte, stand Shingas nicht einmal zwanzig Schritte von ihr entfernt. Er wirkte kühn wie ein Löwe, und die Szene machte sie seltsam traurig. Seine Augen starrten sie mit unbewegtem Blick an. Geschockt von seinem plötzlichen Auftauchen starrte Esther ihn an und verschiedene Gefühle durchfluteten ihr Gehirn. Ihr Herz schlug schneller, als er, scheinbar unbeeindruckt von der Anwesenheit des Soldaten, der am Ende der Reihe postiert war, auf sie zuging. Aufgeschreckt durch die unerlaubte Anwesenheit des Indianers trat der Wachposten vor. Die Muskete hatte er im Anschlag. Das Bajonett wirkte wie eine Warnung.

"Halt!", rief der Soldat.

Shingas beäugte den Wachposten mit einer Mischung aus Hass und Verachtung und griff instinktiv nach dem Tomahawk, der an seinem Gürtel hing. Bedroht von der feindseligen Geste machte der wachhabendete Soldat einen Schritt zurück und rief dem Unteroffizier zu. "Unteroffizier der Wache!" Seine Muskete richtete sich dabei auf Shingas' Brust.

Auf den dringlichen Ruf des Wächters reagierte eine Gruppe bewaffneter Soldaten und bewegten sich auf das Gebäude zu. Als Shingas die Soldaten erblickte und verstand, dass seine Absichten vorerst vereitelt waren, entfernte er sich Richtung

Versammlungshaus, denn er wollte nicht in Ketten enden. Schnell verlor er sich in der wogenden Menge.

Als er seine Hoffnungen erfüllt sah, stürzte sich Samuel mit der Muskete in die Menge der Menschen. Adam folgte ihm wie ein treuer Jagdhund dicht dahinter. Nachdem er gesehen hatte, wohin die zurückkehrenden Soldaten Esther und ihren Säugling gebracht hatten, hatte er mit seiner Bewachung begonnen. Er beobachtete das Gebäude in der Hoffnung, dass derjenige, der seinen Samen in sie gepflanzt hatte, nach der Mutter und ihrem Kind suchen würde. Natürlich nur, wenn er die Schlacht überlebt hatte. Nun, da seine Gebete erhört worden waren und die Verkörperung seines alles verzehrenden Hasses sich ihm offenbarte, würde er endlich Rache nehmen können.

Als alle Hoffnung, seine Familie zurückzubekommen, erloschen war, verließen Shingas die offene Wiese, auf deren grasbewachsener Bühne sich das menschliche Drama abspielte. Er schlich sich in den umliegenden Wald und bahnte sich einen Weg durch die dicht gedrängten Bäume. Es dauerte nicht lange, bis er merkte, dass er verfolgt wurde. Das Geräusch der schweren Schritte seines Verfolgers war in der unendlichen Stille des Waldes deutlich zu hören. Da er wusste, dass kein Indianer seine Anwesenheit so ohne Weiteres preisgeben würde, setzte Shingas seinen Weg fort. Hinter ihm, ohne zu wissen, dass seine Beute sich ihrer Anwesenheit bewusst war, verlängerte Samuel keuchend vor Anstrengung seine Schritte. Der überwältigende Wunsch, den Abstand zwischen ihm und der Person, die er töten wollte, zu verringern, trieb ihn an.
Als er die kleine Waldlichtung betrat und die Falle zuschnappte, drehte sich Shingas wie ein gefangenes Tier um und stellte sich seinen Verfolgern. Mit weniger als fünfzig Schritten Abstand zwischen ihnen wagte Samuel kaum, sein Glück zu fassen, und hob seine Muskete, um zu zielen. Insgeheim hoffte er, dass die Kugel der Muskete ihn eher verwunden als töten würde, so dass er die Chance hätte, sein Opfer mit dem Messer zu erledigen. Doch kaum hatte er den Finger am Abzug, flog Cattawas Tomahawk

schon durch die Luft auf ihn zu. Er Tomahawk wirbelte um die eigene Achse und das Geräusch seines wirbelnden Fluges glich dem Flügelschlag von hundert Kolibris und verstummte, als sich die Stahlspitze mitten in Samuels Rücken bohrte und seine Wirbelsäule durchtrennte.

Mit einem wilden Schrei zog Cattawa sein Skalpiermesser aus dem Gürtel und stürmte auf Samuels liegenden Körper zu. Sein Kriegsschrei hallte dabei durch die Bäume. Er ließ sich auf die Knie fallen und griff nach einer Handvoll Haare seines Opfers, doch bevor er die Klinge in Samuels Fleisch versenken konnte, war Adam mit einem wütenden Gebrüll auf ihm. Er hob den Krieger in seine kräftigen Arme und warf ihn auf den Boden, wie ein bockiges Kind, das seine Puppe aus der Kinderwiege wirft. In seinem Zorn kniete er neben den Körper seines Vaters, ohne den dunklen Fleck zu bemerken, der sich von der tiefen Wunde in seinem Rücken ausbreitete, und begann, das Haar des Vaters zu streicheln.

Wütend sprang Cattawa mit dem Messer in der Hand auf, doch bevor er sich vorwärts werfen konnte, stellte sich Shingas ihm in den Weg. Seine Hand hob sich vor dem Krieger. Die Geste machte dem wütenden Krieger klar, dass dieser Mann verschont werden sollte. Cattawa wusste, dass er Shingas' Autorität nicht herausfordern durfte, und steckte sein Messer zurück in die Scheide. Ein mürrischer Gesichtsausdruck verdunkelte sein Gesicht. Er beobachtete die anderen Mitglieder der kleinen Kriegstruppe dabei, wie sie sich wie neugierige Kinder um Adam scharten. Sie beobachteten den Mann, wie er sich sanft hin und her wiegte und mit halb geöffneten Lippen leise stöhnte. Als er sich ihrer Anwesenheit bewusst wurde, liefen ihm Tränen über die Wangen und Adam blickte in ihre kriegerischen Gesichter.

Seltsam berührt von seinem Wehklagen ergriff ein Krieger eine von Adams Händen und zog ihn auf die Beine. Und während sich die Kriegerschar wie ein schützender Mantel um ihn scharte, wurde der Letzte der Söhne von Samuel Endicote wie ein verlorenes Kind in den Wald weggeführt.

KAPITEL 15

Am Rande der Wiese standen acht offene Wagen, die jeweils von einem Ochsengespann gezogen wurden, in Reih und Glied. Ihre Kutscher warteten geduldig mit der Peitsche in der Hand, während die Letzten der nicht abgeholten Frauen und Kinder auf die Wagen kletterten, um sich auf die Rückreise in ihre Siedlungen vorzubereiten.

Um sie herum drängte sich eine Schar indianischer Frauen, deren Gesichter von Trauer gezeichnet waren. Sie mussten sich von einer adoptierten Schwiegertochter oder einem Kind trennen, das sie als ihr Eigenes großgezogen hatten. Jede von ihnen zeigte ihre Zuneigung, indem sie die Abreisenden mit Essen und Decken für die lange Fahrt versorgten.

Esther saß im ersten Wagen und schaute mit gemischten Gefühlen auf die verstörten Frauen herab. Dann begann das Baby zu weinen. Es war wieder hungrig. Sie freute sich über die Ablenkung und knöpfte ihr neues Leinenkleid auf. Es war das Geschenk einer freundlichen Siedlerfrau gewesen. Sie würde es nicht brauchen, hatte sie unter Tränen gesagt und es Esther in die Hand gedrückt. Sie hatte ihr erzählt, dass sie und ihr Mann auf der Suche nach ihrer lang vermissten Tochter hierhergekommen waren, aber dass ihre Suche vergeblich gewesen war. Während andere sie angefleht hatten, die Hoffnung nicht aufzugeben, hatten sich die beiden widerstrebend damit abgefunden, dass sie ihre Tochter nie wiedersehen würden.

Kaum hatte das Baby zu saugen begonnen, kam ein junger Offizier in seiner scharlachroten Jacke und mit Dreispitzhut im Galopp auf die Wagenkolonne zugeritten. Er brachte das Pferd zum Stehen und rief etwa ein Dutzend Soldaten zu, die in einiger Entfernung im Schatten der Bäume standen. Dankbar, endlich unterwegs zu sein, schulterten sie ihre Musketen und bahnten sich ihren Weg zu den Wagen. Sie drängten sich dabei durch die Menge der Frauen und positionierten sich in regelmäßigen Abständen neben dem kleinen Konvoi. Froh darüber, dass die letzten, die noch keine Familie bei sich hatten, sicher in den Wagen saßen, wurde der Befehl zur Abfahrt gegeben. Begleitet vom Knallen der

Peitschen der Kutscher rumpelte die Wagenkolonne in Richtung des umliegenden Waldes davon.

Dank des holprigen Weges, der erst kürzlich von Oberst Bouquets Baumfällern in schweißtreibender Arbeit durch den Wald geschlagen worden war, kamen die Wagen mit dem jungen Offizier an der Spitze in gleichmäßigem Tempo voran. Die Soldaten, die neben ihnen marschierten, waren zwar nicht sehr erfreut über ihren Dienst als Eskorte, aber sie begnügten sich mit der Aussicht, bald die Freuden der Bierstube genießen zu können, wenn sie Carlisle erreichen würden.

In den ruckelnden Wagen sitzend, ertrugen die meisten Frauen und Kinder die holprige Fahrt schweigend. Einige von ihnen waren zu erschöpft von den Ereignissen der letzten Tage und dösten trotz der Unannehmlichkeiten ein. Die meisten, ob schlafend oder wach, dachten darüber nach, welcher Empfang sie bei ihrer Rückkehr in die Zivilisation erwartete. Vor allem diejenigen mit Säuglingen und Kleinkindern, die in der Gefangenschaft zur Welt gekommen waren.

Während das Baby in ihren Armen schlief, waren dies auch Esters Hauptgedanken. Da sie nicht wusste, welches Schicksal Samuel und Adam ereilt hatte, konnte sie nur an das unvermeidliche Wiedersehen mit dem Bauern und seinem Sohn denken und daran, welche Auswirkungen ihre Gefangennahme und die Geburt eines Kindes auf den Ausgang haben würden. Augenblicke später wurden ihre Gedanken durch einen Chor von Schreien aus dem hinteren Teil des Wagens unterbrochen. Eines der Räder war gegen einen Baumstumpf geprallt, hatte sich von der Achse gelöst und die verängstigten Insassen um ein Haar herausgeschleudert. Der Fahrer fluchte laut über sein Pech, kletterte von seinem Sitz herunter und begann, unterstützt von zwei Soldaten, seinen Fahrgästen aus ihrer prekären Lage zu helfen.

Nachdem der Wagen von seiner menschlichen Ladung befreit war, nahm der Fahrer eine dicke Stange von der Ladefläche und schob sie unter die Achse des Wagens. Nachdem er sich vergewissert hatte, dass die Achse in der richtigen Position war, legte er die Stange auf seine Schulter und versuchte mit Hilfe eines anderen Gespann Führers, den Wagen anzuheben. Ein dritter Mann stand mit dem Rad bereit, um es wieder auf die Achse zu schieben. Aber auch ohne seine Last war das Gewicht des Wagens zu hoch für die beiden Männer.

Durch die Schreie der Frauen aufgeschreckt, trieb der junge Offizier sein Pferd an und machte sich auf den Weg zum Ende des Konvois. Als er sah, wie sich die beiden Fahrer vergeblich bemühten, den Wagen anzuheben, wandte er sich an die Gruppe der umstehenden Soldaten.

"Ihr Männer dort, helft mit! Seht zu, dass ihr euch bewegt!" rief er, verärgert über die mangelnde Bereitschaft der Soldaten dem Kutscher zu helfen. Da sie keine andere Wahl hatten, als den Befehl des Offiziers zu befolgen, versuchten sie erst gar nicht, ihren Unmut zu verbergen. Sie legten ihre Musketen beiseite und gingen auf den beschädigten Wagen zu.

Der blonde Junge stand inmitten der Menge, denen man aus dem beschädigten Wagen geholfen hatte, und schaute sich verstohlen um. Nachdem er sich vergewissert hatte, dass alle, auch die begleitenden Soldaten, durch die Bemühungen, das Rad wieder auf die Achse zu montieren, abgelenkt waren, ging er langsam in Richtung der Bäume zurück. In der Gewissheit, dass seine Abwesenheit nicht bemerkt worden war, verließ er mit einem letzten verstohlenen Blick den Weg und schlüpfte unter den ausgestreckten Ästen hindurch in den Wald.

Wenige Minuten später stürmte der Ausreißer keuchend auf die kleine Waldlichtung, dicht gefolgt von drei gleichaltrigen Indianerjungen. Gemeinsam mit seinen Jugendfreunden begann er, sich auszuziehen. Er warf die verhassten Kleidungsstücke auf den Boden. Die Schuhe wurden als Letztes ausgezogen. Der Junge fand großen Gefallen daran, sie in die Bäume zu schleudern, wo sie sich in den Ästen verfingen. Sie hingen an dem immergrünen Laub wie eine bizarre Weihnachtsdekoration. Vor Freude über seine Verwandlung johlend rannten die drei Indianerjungen in den Wald hinein. Der nackte Ausreißer grinste von einem Ohr zum anderen und wollte ihnen gerade hinterherlaufen, als er Shingas erblickte, der auf der anderen Seite der Lichtung stand. Er war Zeuge der waghalsigen Flucht des Jungen. Ein wenig unsicher starrte der Junge ihn an. Dann, einen Wimpernschlag später und ermutigt durch das Schweigen des Krieger, rannte er mit einem trotzigen Schrei zwischen den Bäumen davon. Sein bleicher Hintern leuchtete dabei wie das Hinterteil eines fliehenden Rehs auf.

Als das Tageslicht zu schwinden begann, war sich der junge Offizier bewusst, wie anstrengend die Tagesreise für seine Schützlinge gewesen sein musste. Er beschloss, eine Rast einzulegen. Die große Lichtung bot genügend Platz für die Wagen, und nachdem er sie zu einem Verteidigungsring aufgestellt hatte, überließ er es den Gespannführern, sich um die Bedürfnisse ihrer Ochsen zu kümmern. Er begann währenddessen mit seinen Männern, das Lager zu errichten. Der Offizier ordnete an, dass dringend ein Feuer angezündet und eine warme Mahlzeit zubereitet werden müsse.

Ob es sich nun um ein Versehen oder eine Vergesslichkeit des Quartiermeisters des Forts handelte, stellte sich bald heraus, dass keine Zelte zusammen mit den Vorräten aufgeladen worden waren. Glücklicherweise war der Umstand aber schnell vergessen, denn es bestand kaum Bedarf an Privatsphäre und das Wetter schien zu halten. Außerdem gab es einen Vorrat an Decken.

Nachdem das Lager in Dunkelheit getaucht war und alle satt waren, legten sich die meisten Heimkehrer in ihre Decken. Einige zogen es vor, unter dem Wagen zu schlafen, während andere die offene Wiese und die Sterne über ihren Köpfen bevorzugten. Nachdem er einen Wachdienstplan aufgestellt hatte, folgte der junge Offizier dem Beispiel des Fuhrmanns und kletterte auf die Ladefläche von einem der Wagen. Ein Soldat war am Rande des Lagers postiert worden, während ein Zweiter die Ochsen und sein kostbares Pferd bewachen sollte. Er rechnete nicht mit irgendwelchen Wilden, die sich in den Wäldern herumtreiben könnten. Angesichts der Strenge, mit der Oberst Bouquet sie bestraft hatte, und der furchtbaren Repressalien, die sie im Falle eines Fehlverhaltens zu erwarten hätten, bezweifelte der Offizier, dass einer von ihnen es wagen würde, die Soldaten des Königs anzugreifen. Die geringe Anzahl würde dabei keine Rolle spielen.

Zufrieden, dass er seine Pflicht erfüllt hatte, schlief er trotz den harten Brettern als Matratze und seinem Sattel als dürftiges Kissen schnell ein.

Mit dem Rücken gegen die schuppige Rinde der riesigen Hemlocktanne gepresst, unterdrückte der junge Soldat ein Gähnen und starrte in den Nachthimmel. Seine tintenähnliche Schwärze beherbergte eine Million Sterne, die über ihm wie ein Schwarm himmlischer Glühwürmchen funkelten. Er widerstand dem Drang, über ihren Ursprung nachzudenken oder zu versuchen, die Geheimnisse des Universums zu verstehen, und wandte seine Gedanken stattdessen dem jungen Mädchen zu, das er während der zwei Tage, die sie in Fort Bedford verbracht hatten, kennengelernt hatte. Sie war bildhübsch mit einer schlanken Figur und Augen, die so tiefgründig waren, dass man darin ertrinken konnte. Aber was ihm am meisten in Erinnerung geblieben war, waren ihre Lippen. Sie hatten die Farbe von reifen Kirschen, waren voll und einladend, und obwohl er noch nie ein Mädchen geküsst hatte, wurde ihm bei dem Gedanken, seine Lippen auf die ihren zu pressen, ganz schwindelig.

Natürlich gab es auch andere, die ein Auge auf sie geworfen hatten. Meistens ältere Soldaten, die mit ihrem wissenden Zwinkern und ihren anzüglichen Bemerkungen um ihre Aufmerksamkeit buhlten. Aber seine Schüchternheit schien ihn beliebt gemacht zu haben, und zu seiner großen Überraschung und Freude war er derjenige, den sie angelächelt hatte.

In einer Flut von Emotionen, die Muskete zwischen die Beine geklemmt, holte die junge Wache das kleine Spitzentaschentuch aus seiner Kitteltasche. Dessen wohlriechender Duft erinnerte ihn an den Moment, als sie es ihm in die Hand gedrückt hatte. Die Erinnerung an die Tränen, die ihr in die Augen gestiegen waren, als er die schmale Straße entlangging, und ihr Anblick, als sie ihm hinterher gewunken hatte, bis er außer Sichtweite gewesen war.

Das Taschentuch noch immer an die Nase gepresst und in Gedanken an ein Wiedersehen versunken, weiteten sich die Augen des jungen Soldaten plötzlich vor Entsetzen. Ungläubig starrte er auf die furchterregende Erscheinung, die plötzlich vor ihm auftauchte. Bevor er reagieren konnte, wurde ihm eine Hand auf den halb geöffneten Mund gelegt, um den qualvollen Schrei zu ersticken, den die Klinge eines Messers auslöste, das in sein Herz gestoßen wurde.

In der Gewissheit, dass sein Leben erloschen war, zog Shingas sein Messer aus der Brust des Soldaten und ließ den Körper der Wache sanft zu Boden sinken. Er wischte das Blut an der Klinge an der Jacke des toten Soldaten ab und steckte das Messer zurück in die Scheide. Nachdem die Gefahr der Entdeckung gebannt war, machte er sich schweigend wie ein Schatten auf den Weg ins Lager. Es dauerte nicht lange, bis er Esther und den Säugling schlafend unter einer Decke unweit der flackernden Überreste des Feuers fand. Shingas bückte sich, zog vorsichtig eine Ecke der Decke beiseite und hob den Säugling in seine Arme, um ihn nicht zu wecken.

Esther war sich nicht sicher, was sie geweckt hatte. Eine Vorahnung vielleicht? Ein sechster Sinn? Instinktiv streckte sie ihre Hand aus. Ihr Kind war verschwunden. Entsetzt richtete sie sich auf und ein Schrei blieb in ihrer Kehle stecken. Dann sah sie ihn im Schneidersitz ihr gegenübersitzen. Im sanften Schein des verlöschenden Feuers hielt er den Säugling in den Armen. Halb ängstlich, halb erleichtert und eine gefühlte Ewigkeit lang unfähig, etwas zu sagen, starrte Esther zu ihm rüber.

Undurchschaubar wie immer, aber ohne Kriegsbemalung im Gesicht, entdeckte sie eine Weichheit in seinen Zügen. In der Art, wie er sein Kind hielt, spiegelte sich eine Sanftheit wider. Sie hatte diesen Gesichtsausdruck schon einmal gesehen. Ihr war klar, dass er wegen seines Kindes gekommen war, aber wenn das so war, warum war er dann noch hier? Die Antwort ließ nicht lange auf sich warten, denn Shingas streckte seine Arme aus und reichte ihr den schlafenden Säugling. Als sie das Baby in ihre Arme nahm und an ihre Brust drückte, blickten seine tiefschwarzen Augen in ihr Gesicht. Als Mutter und Kind wieder vereint waren, erhob sich Shingas und ging langsam davon. Wie ein Gespenst verschwand er in der Dunkelheit hinter dem Feuer.

Eine gefühlte Ewigkeit lang saß Esther unschlüssig da und starrte in die Dunkelheit. Ihr Geist war überflutet von widersprüchlichen Gedanken, die alle gehört werden wollten. Dann, wie von einem Blitz getroffen, wusste sie mit unerschütterlicher Klarheit, was sie zu tun hatte, und sie erhob sich, den Säugling in den Armen, und eilte ihm nach.

Die Wahrheit war, dass sie auch hätte bleiben können. Sie hätte sich in die Siedlungen zurückbringen lassen können, mit der Aussicht, dass der Farmer Endicote seinen Anspruch auf sie erheben würde. Aber was konnte sie jetzt von ihm erwarten, außer in ein Leben der Knechtschaft zurückkehren zu müssen? Da Saul tot war, brauchte sie nicht, Adams Frau zu werden. Doch um was sie sich am meisten sorgte, war die Sicherheit ihres Sohnes. Seine bloße Anwesenheit würde den trauernden Farmer ständig an diejenigen erinnern, die seine Familie ermordet hatten. Eine Erinnerung, die so bitter war, dass sie gewiss war, dass der Hass, den sie hervorrief, ihn irgendwann verzehren würde. Er würde sich an ihrem Kind rächen. Doch so verlockend die Rückkehr in die Siedlung auch war, so musste sie doch ehrlich zu sich sein. Der wahre Grund für ihre Entscheidung, mit ihm zu gehen und der Zivilisation den Rücken zuzukehren, um ihr Leben bei den Seneca zu verbringen war eher persönlicher Natur.

Im Alter von fünfzehn Jahren war sie zur Waisen geworden. Ihr Vater war dem Kummer über den Verlust seiner Frau und seines Sohnes erlegen und hatte sich eine Pistole an den Kopf gehalten. Seitdem war sie zu einem Leben in Knechtschaft verurteilt gewesen. Sie war von Arbeitgeber zu Arbeitgeber weitergereicht worden, als ob sie ein unerwünschtes Möbelstück wäre. Ihr Schuldschein wurde schließlich von Samuel Endicote gekauft.

Da sie bei den Seneca lebte und von ihnen nicht mehr als Gefangene angesehen wurde, hatte sie eine Befreiung von diesem Leben der Knechtschaft erfahren. Eine Freiheit, die sie nur ungern wieder aufgab. Sie war auch Teil einer Familie geworden. Sie hatte ein Kind. Sie hatte einen Ehemann. Ja, es stimmte, er war ein Wilder, aber sie hatte eine andere Seite seines Wesens gesehen. Sie hatte gesehen, wie diese Maske der Unergründlichkeit fallen gelassen wurde und ein Mensch mit einem gütigen und liebevollen Herzen zum Vorschein kam. Und dann war da noch ihre geliebte Chantal, die sie so sehr vermisste. Ein Kind, dem sie versprochen hatte, auf es aufzupassen. Doch die eigentliche Überzeugungsarbeit, der wahre Grund für ihren Entschluss, zu einem Leben bei den Seneca zurückzukehren, lag in dem Wissen, dass er Gefühle für sie hegte. Gefühle, die sie ihm nie zugetraut hätte. Ein Zeichen von Zuneigung, das so tief war, dass es ihr Herz berührte. Er hätte seinen Sohn nehmen und auf Nimmerwiedersehen in der Nacht verschwinden können. Doch stattdessen hatte er beschlossen, ihn ihr zurückzugeben. Er hatte ihr die Wahl ihres Schicksals überlassen, und allein dieser Akt war es, der sie nun an ihn band. Diese eine Geste, die sie so sicher mit ihm verband, als hätte ein Pfarrer vor ihnen gestanden und sie in Gottes Gegenwart zu Mann und Frau erklärt.

Schweigend gingen Shingas und Esther an dem jungen Wachsoldaten vorbei, der am Fuße des Baumes zusammengesunken saß. Er hielt das Spitzentaschentuch des jungen Mädchens noch immer in seiner reglosen Hand. Die beiden gingen wie Schatten des Monds auf die Reihen der Bäume zu und verschwanden in der düsteren Dunkelheit des Waldes.

Anhang

Um die historische Authentizität zu gewährleisten, habe ich Auszüge aus den Originaldokumenten in den Archiven der Pennsylvania Gazette in Harrisburg PA und des London Magazin von 1763 in den Text eingefügt. Dazu gehören unter anderem der Brief von Hauptmann Ecuyer an Hauptmann Ourry und die Korrespondenz zwischen Sir Jeffrey Amherst und Oberst Bouquet vor und nach der Schlacht von Bushy Run.

Auszüge aus der Rede des Delaware-Häuptlings Turtle Heart und Colonel Bouquets Antwort während der Konferenz am Ufer des Muskingum River stammen aus Colonel Bouquets offiziellen Tagebüchern, die im Archiv der Pennsylvania Gazette aufbewahrt werden. Diese Dokumente wurden freundlicherweise zur Verfügung gestellt von Accessible Archives Inc. online databases.

Eine Veröffentlichung der EK-2 Publishing GmbH

Friedensstraße 12
47228 Duisburg
Registergericht: Duisburg
Handelsregisternummer: HRB 30321
Geschäftsführerin: Monika Münstermann

E-Mail: info@ek2-publishing.com
Website: www.ek2-publishing.com

Cover/Umschlag: Mario Heyer
Autor: Barry Cole
Übersetzung: Manuela Schneider
Buchsatz: Jill Marc Münstermann

1. Auflage, September 2024

Über den Autor

B arry Cole wurde in Yorkshire geboren und begann nach seinem Ausscheiden aus der Armee, Geschichten und Artikel für die Monatszeitschriften von zwei indianischen Wohltätigkeitsorganisationen zu verfassen. Mit seiner Liebe zum Film studierte er dann zwei Jahre lang am London Workshop für Drehbuchautoren. Sein erstes Buch, *The Time Bandit*, wurde 2016 veröffentlicht, gefolgt von dem historischen Roman *Shingas* ein paar Monate später. Sein drittes Buch *The Conquistador´s Horse* erschien 2018 und wurde von *Looking Window Pictures* für einen Kurzfilm ausgewählt. Sein neuestes Buch *The Letter*, das von der Schlacht von Stalingrad handelt, wurde 2021 von *Michael Terence Publishing* veröffentlicht. Nachdem er mehrere Jahre auf einem Kanalboot gelebt hat, ist er nun zu seinen Wurzeln in North Yorkshire zurückgekehrt. Die Idee zu seinem neuesten Buch *A New Beginning* entstand aus einem kurzen Drehbuch, das er während seines Studiums im Screenwriter's Workshop geschrieben hat. Er plant daraus ein Spielfilm Drehbuch zu schreiben. Für diejenigen, die es interessiert, sei gesagt, dass einer der Charaktere nach dem Großonkel des Autors, Albert Edward Clemens, benannt ist. Dieser starb im August 1915 während des unglückseligen Gallipoli-Feldzugs. Obwohl die einzige Gemeinsamkeit darin besteht, dass beide Männer Soldaten waren, soll sein Erscheinen in dem Buch dieder Verbindung der Familie mit einem der größten amerikanischen Schriftsteller, Samuel Langhorne Clemens, besser bekannt unter seinem Pseudonym Mark Twain, huldigen.

Ihre Zufriedenheit ist unser Ziel!

Liebe Leser, liebe Leserinnen,

hat Ihnen unser Buch gefallen? Haben Sie Anmerkungen für uns? Kritik? Bitte zögern Sie nicht, uns zu schreiben. Wir werden jede Nachricht persönlich lesen und beantworten.

Schreiben Sie uns: info@ek2-publishing.com

Wussten Sie schon, dass Sie uns dabei unterstützen können, deutsche Militärliteratur sichtbarer zu machen? Bitte nehmen Sie sich einen Moment Zeit und bewerten Sie dieses Buch auf Amazon. Viele positive Rezensionen führen dazu, dass das Buch mehr Menschen angezeigt wird.

Sie können somit mit wenigen Minuten Zeitaufwand unserem kleinen Familienunternehmen einen großen Gefallen tun. Vielen Dank für Ihre Unterstützung!

PS: In seltenen Fällen kommt ein Buch beschädigt beim Kunden an. Bitte zögern Sie in diesem Fall nicht, uns zu kontaktieren. Selbstverständlich ersetzen wir Ihnen das Buch kostenlos.

Entdecken Sie packende Indianer-Geschichten von EK-2 Publishing!

Wandeln Sie auf den Spuren des berühmten wie berüchtigten Apachen-Kriegers Geronimo und lassen Sie sich von seiner wechselvollen Lebensgeschichte voller Höhen und Tiefen, Siege und Niederlagen inmitten der Indianerkriege mitreißen!

9 783964 033963